AIME-MOI

DU MÊME AUTEUR

Délivre-moi, Michel Lafon, 2013
Possède-moi, Michel Lafon, 2013

Titre original
Complete me

Première publication par Bantam Books, une maison d'édition de The Random House Publishing Group, une division de Random House, Inc., New York.

Ouvrage publié avec l'accord de Bantam Books.

© Éditions Michel Lafon, 2013, pour la traduction française
118, avenue Achille Peretti – CS 70024
92521 Neuilly-sur-Seine Cedex
www.michel-lafon.com

J. KENNER

AIME-MOI

Traduit de l'anglais (États-Unis)
par Pascal Loubet

À toutes les merveilleuses lectrices qui ont pris le temps de me contacter par le biais de mon site Web, des réseaux sociaux ou par e-mail, afin de me dire combien elles appréciaient le temps passé avec Nikki et Damien : vos messages, votre soutien et votre enthousiasme sont sans prix pour moi !

Je remercie particulièrement le personnel du consulat général d'Allemagne à Houston, ainsi que Jacqueline Jugenheimer, qui m'ont aidée pour les questions de procédures judiciaires allemandes. Toute erreur ou approximation sera de mon fait.

Toute mon affection à Kathleen O'Reilly pour ses SMS et ses coups de fil, alors que rien ne l'y obligeait ; à K. J. Stone et Jessica Scott pour avoir lu les premiers jets et formulé leurs commentaires sur le manuscrit, ainsi qu'à Jean Brashear pour ses lectures et ses réflexions durant nos déjeuners et cafés !

Enfin, j'adresse un immense merci à tout le monde chez Trident Media Group, notamment à Kimberly Whalen, ainsi qu'à tout le personnel de Bantam qui a fait de l'aventure de la Trilogie Stark une merveilleuse expérience, et tout particulièrement Maggie Oberrender, Gina Wachtel, et la fabuleuse Shauna Summers.

Chapitre premier

La peur m'arrache à un profond sommeil et je me redresse en sursaut dans la grisaille d'une chambre. Les chiffres vert terne du réveil électronique annoncent qu'il est minuit à peine passé. Je suis haletante, les yeux écarquillés, mais je ne vois rien. Les derniers vestiges d'un cauchemar déjà oublié qui me frôlent comme l'ourlet déchiré du linceul d'un fantôme suffisent à me remplir de terreur, mais s'évanouissent comme une brume sans substance quand je tente de les saisir.

Je ne sais pas ce qui m'a effrayée. Je sais seulement que je suis seule et que j'ai peur.

Seule ?

Je me retourne vivement dans le lit en tendant la main sur le côté. Mais avant même que mes doigts n'effleurent les draps frais et hors de prix, je sais qu'il n'est pas là.

Je me suis peut-être endormie dans les bras de Damien, mais une fois de plus, je me réveille seule.

Au moins je sais maintenant d'où vient ce cauchemar. C'est la même peur que j'affronte chaque jour et chaque nuit depuis des semaines. La peur que je cache derrière un sourire de façade quand je m'assieds jour après jour à côté de Damien, tandis que ses avocats vérifient sa défense dans ses moindres détails. Qu'ils exposent les particularités d'un procès pour meurtre selon la loi allemande. Qu'ils le supplient quasiment de lever le voile sur les recoins les plus sombres de son enfance, car ils savent, tout comme moi, que c'est là que se trouve la clé de son salut.

Mais Damien s'entête dans le silence, et je suis terrorisée à l'idée de le perdre. Qu'on va me l'enlever.

Il n'y a pas que la peur. Je suis tout aussi accablée et paniquée de savoir que je ne peux rien y faire. À part attendre, regarder et espérer. Mais je n'aime pas attendre et je n'ai jamais eu foi en l'espoir. C'est un cousin du destin, et les deux sont trop capricieux à mon goût. En fait, il me faut de l'action. Mais seul Damien peut agir, et il a obstinément refusé.

Et cela, pour moi, c'est le pire. Car si je comprends la raison de son silence, je ne peux m'empêcher d'être en colère. En effet, au fond, ce n'est pas seulement lui-même que Damien sacrifie, c'est moi aussi. C'est nous.

Le temps nous est compté. Son procès va commencer d'ici quelques heures et, à moins qu'il change d'avis concernant sa défense, je cours le risque de le perdre.

Je ferme les yeux pour retenir mes larmes. Je peux repousser la peur, mais ma colère est comme un être vivant, et je crains qu'elle explose malgré tous mes efforts pour l'apaiser. D'ailleurs, je crains même que la refouler rende encore plus violente l'explosion finale.

Quand il a été inculpé, Damien a tenté de m'éloigner, pensant qu'il me protégeait. Mais il s'est trompé et j'ai fait le voyage jusqu'en Allemagne pour le lui dire.

Je suis là depuis plus de trois semaines, et pas un jour je n'ai regretté d'être venue, ni douté de ce qu'il m'a dit lorsque je suis apparue sur le pas de sa porte : il m'aime.

Mais cette certitude ne diminue pas l'angoisse qui croît en moi. Je la sens m'envahir, surtout la nuit, quand je me réveille seule et que je le sais réfugié dans la solitude et le scotch, alors que j'ai besoin de le tenir dans mes bras. Il m'aime, oui. Néanmoins, j'ai peur qu'il me repousse à nouveau. Pas d'un seul coup ; petit à petit.

Eh bien, pas question !

Je m'arrache au confort de notre lit et je me lève. Nue, je me penche pour ramasser le coûteux peignoir blanc de l'hôtel Kempinski. Damien l'a fait glisser de mes épaules après notre douche hier soir, et je l'ai laissé à sa place, près du lit.

La ceinture, c'est une autre histoire : je dois la chercher dans les draps. Le sexe avec Damien est toujours intense, mais à mesure qu'approche le procès, c'est devenu plus sauvage, plus puissant, comme si, en ayant le contrôle sur moi, Damien pouvait en maîtriser l'issue.

Je me masse distraitement les poignets. Ils ne portent pas de marques, mais seulement parce que Damien fait attention. Je ne peux pas en dire autant de mon cul, où je sens encore le contact de sa paume. J'aime cette persistante sensation cuisante, et j'aime savoir qu'il a besoin de ma soumission autant que j'ai besoin de me donner à lui.

Je retrouve la ceinture au bout du lit. La veille, il m'a attaché les poignets dans le dos. Je la passe à ma taille, savourant le luxueux confort après un réveil aussi brutal. La chambre est tout aussi apaisante, parfaite dans ses moindres détails. Tout est impeccable, et chaque bibelot, chaque objet décoratif sont arrangés avec goût. Cependant, en cet instant, je ne prête pas attention au charme du lieu. Je n'ai qu'une envie, retrouver Damien.

La chambre donne sur un immense dressing et une salle de bains éblouissante. Je jette un coup d'œil dans les deux, sans m'attendre à l'y trouver, puis je me dirige vers le salon. La pièce est vaste et tout aussi bien agencée, avec des sièges et un bureau rond couvert de papiers et de dossiers ; les affaires que Damien continue de diriger alors que tout s'écroule autour de nous, ainsi que les documents juridiques que son avocat, Charles Maynard, lui a donnés à lire.

Je laisse tomber le peignoir et j'enfile la splendide robe fourreau que Damien a nonchalamment jetée sur l'accoudoir d'un fauteuil après me l'avoir ôtée hier soir. Nous nous sommes évadés de la réalité pendant quelques heures en allant faire les boutiques de Munich sur la célèbre Maximilianstrasse, et j'ai acheté assez de chaussures et de robes pour ouvrir la mienne.

Je passe une main dans mes cheveux tout en gagnant le téléphone près du bar. Je me force à ne pas aller dans la salle de bains me rafraîchir et me remaquiller. Plus facile à dire qu'à faire : depuis l'enfance, on m'a répété qu'une femme ne sort jamais sans s'être convenablement apprêtée. Mais au côté de Damien, j'ai tourné le dos à bien des règles de ma jeunesse, et pour l'heure je tiens plus à le retrouver qu'à me remettre du rouge à lèvres.

Je décroche et presse une touche. Presque immédiatement, une voix répond avec un accent allemand.

– Bonsoir, mademoiselle Fairchild.
– Il est au bar ?

Je n'ai pas besoin de préciser de qui je parle.

– Oui. Dois-je lui faire apporter un téléphone ?
– Non, ce n'est pas la peine. Je vais descendre.
– *Sehr gut*. Désirez-vous autre chose ?
– Non, merci. (Je m'apprête à raccrocher quand je me ravise juste avant qu'il coupe.) Attendez !

Et je l'embauche pour qu'il m'aide à distraire Damien de ses démons.

Malgré l'âge du bâtiment et l'élégance des lieux, dans l'hôtel règne une ambiance moderne, et j'ai fini par me sentir chez moi entre ces murs. J'attends impatiemment l'ascenseur, puis avec plus d'impatience encore quand je suis dedans. La descente me paraît durer une éternité, et lorsque les portes s'écartent sur l'opulent hall, je file droit sur le bar de style club anglais.

Bien que nous soyons dimanche soir, le Jahreszeiten Bar est bondé. Je prête à peine attention à la femme qui chante au piano. Je ne m'attends pas à trouver Damien parmi son auditoire.

Je parcours la pièce toute de bois et de cuir rouge, en écartant un serveur qui cherche à me faire asseoir. Je m'arrête un instant près d'une blonde de mon âge qui sirote du champagne en riant, en compagnie d'un homme qui pourrait être son père.

Je me retourne lentement en balayant la salle du regard. Damien n'est pas devant le piano, ni assis au bar. Et il n'est pas non plus dans l'un des fauteuils en cuir disposés devant les tables.

Je commence à me dire qu'il est peut-être parti, le temps que j'arrive. Mais, en m'écartant d'une colonne, j'aperçois le reste de la salle, avec le feu qui brûle dans la cheminée de l'autre côté. Devant se trouvent une petite banquette et deux fauteuils. Et bien entendu, j'y aperçois Damien.

Je laisse échapper un tel soupir de soulagement que je me retiens presque à la blonde pour ne pas tomber. Damien est assis dans l'un des fauteuils, face à la cheminée, dos à la salle. Ses larges épaules sont droites, elles pourraient porter tout le poids du monde. Mais je préférerais qu'il n'ait pas à le faire.

J'avance vers lui, mes pas étouffés par l'épaisse moquette et le brouhaha des conversations. Je m'arrête juste derrière lui, sentant déjà l'attraction familière que j'éprouve en m'approchant de lui. La voix de la chanteuse qui résonne dans la salle a des accents si douloureux que je crains de fondre en larmes après tout le stress accumulé ces dernières semaines. Mais non. Je suis venue pour réconforter Damien, et non l'inverse, et je continue mon chemin avec une résolution nouvelle. Quand je suis enfin tout près de lui, je pose la main sur son épaule et me penche en avant.

– C'est une soirée privée, demandé-je en lui frôlant l'oreille de mes lèvres, ou bien c'est ouvert à tout le monde ?

J'entends plus que je ne vois son sourire.

– Tout dépend de la personne qui le demande.

Sans se retourner ni ajouter un mot, il lève un bras pour m'inviter à le rejoindre. Je lui prends la main, il me guide délicatement pour contourner le fauteuil, et je me retrouve devant lui.

Je connais chaque trait de son visage. Chaque arête et chaque courbe. Ses lèvres, ses expressions. Je peux fermer les yeux et me représenter les siens, assombris par le désir, illuminés par le rire. Je n'ai qu'à regarder ses cheveux couleur de nuit pour imaginer les douces et épaisses boucles entre mes doigts. Il n'y a rien en lui qui ne me soit intimement familier, et pourtant chaque regard que je lui porte me frappe et résonne en moi avec assez de force pour me couper le souffle.

Nul ne le niera, il est splendide. Mais ce n'est pas seulement son physique qui vous terrasse. C'est tout l'ensemble. Le pouvoir, l'assurance, la sensualité – tout ce qu'il ne pourrait chasser, même s'il le voulait.

– Damien, je chuchote, impatiente de sentir son prénom sur ma langue. (Ses lèvres magnifiques s'incurvent lentement en un sourire. Il m'attire à lui et me fait asseoir sur ses genoux. Je m'installe bien volontiers sur ses cuisses fermes et musclées, mais sans m'appuyer contre lui. Je veux garder assez de distance pour voir son visage.) Tu veux qu'on en parle ?

Je sais ce qu'il va répondre, mais je retiens mon souffle en espérant me tromper.

– Non, dit-il. Je veux juste te serrer dans mes bras.

Je souris comme si ses paroles étaient délicieusement romantiques, ne voulant pas qu'il voie combien elles me glacent. J'ai besoin de son contact, oui. Mais j'ai encore plus besoin de lui.

Je caresse sa joue. Il ne s'est pas rasé depuis hier et son poil rêche érafle ma paume. Le simple fait de le toucher me serre la poitrine et me fait haleter. Un jour viendra-t-il où je pourrai être près de lui sans brûler de désir ? Sans avoir besoin de sentir sa peau sur la mienne ?

Ce n'est même pas un désir sexuel – pas complètement, en tout cas. Mais un besoin. Comme si ma survie dépendait de lui. Comme si nous étions les deux moitiés d'un tout et que l'une ne pouvait survivre sans l'autre.

Avec Damien, je suis plus heureuse que jamais. Et jamais je n'ai été aussi malheureuse. Parce qu'à présent je sais vraiment ce qu'est la peur.

Je me force à sourire, car il n'est pas question que je lui laisse voir à quel point je suis terrifiée à l'idée de le perdre. Mais il me connaît trop bien.

– Tu as peur, dit-il avec une tristesse qui me fait fondre. Tu es la seule personne au monde que je ne pourrais supporter de faire souffrir, et pourtant je suis la cause de cette terreur.

– Non, je proteste. Je n'ai pas peur du tout.

– Menteuse… dit-il gentiment.

– Tu oublies que je t'ai vu en action, Damien Stark. Tu es une fichue force de la nature. Ils ne peuvent pas te retenir. Peut-être qu'ils l'ignorent encore, mais moi je le sais. Tu vas te sortir de cette affaire et rentrer en homme libre. Ça ne peut pas se passer autrement.

Je dis cela parce que j'ai besoin d'y croire. Mais il a raison. J'ai affreusement peur. Damien, évidemment, ne se laisse pas tromper. Il repousse délicatement une mèche derrière mon oreille.

– Tu as toutes les raisons d'avoir peur. C'est le genre d'affaire qui met l'eau à la bouche d'un procureur.

– Mais tu avais seulement quatorze ans.

– C'est pourquoi je ne comparais pas en tant qu'adulte.

Je me rembrunis car, même s'il avait quatorze ans seulement, il encourt une peine de dix ans de réclusion.

– Mais tu n'as pas tué Merle Richter.

Après tout, c'est le plus important. Il s'assombrit.

– La vérité est malléable, et quand je serai dans ce tribunal, la vérité sera ce que la cour décidera qu'elle soit.

– Alors tu dois faire en sorte que les juges connaissent la *vraie* vérité. Bon sang, Damien, tu ne l'as pas tué ! Et même si c'était le cas, tu aurais des circonstances atténuantes.

Damien ne m'a raconté que récemment ce qui s'était passé. Richter et lui se sont battus, et quand son adversaire est tombé, Damien n'a pas bougé, refusant de tendre une main secourable à l'homme qui avait abusé de lui pendant tant d'années.

– Oh, Nikki... (Il m'attire contre lui, un bras autour de ma taille, dans un geste si vif qu'il m'arrache un cri.) Tu sais bien que je ne peux pas faire ce que tu demandes.

– Je ne demande rien.

C'est une piètre réponse, puisque ma demande est évidente. Je le supplie, même. Et Damien le sait très bien. Pourtant, il s'obstine à refuser. La colère monte en moi, mais avant qu'elle n'explose, sa bouche s'écrase sur la mienne. En un baiser brutal et profond qui fait naître un désir brûlant. Il n'efface ni ma colère ni mes craintes, mais les apaise, et je me colle contre Damien, regrettant de ne pouvoir rester à jamais à l'abri entre ses bras.

Son corps se tend contre le mien et son sexe gonflé sous son jean taquine mes fesses. Je lui rends son baiser avec ardeur, dépitée que nous soyons dans un bar et non pas dans notre suite.

Après un instant, je me reprends, hors d'haleine.

– Je t'aime, dis-je.

– Je sais.

J'attends vainement qu'il me dise les mêmes mots. J'ai un petit pincement au cœur et je me force à sourire. C'est un sourire de concours de beauté, le genre que je fais en public, mais pas à Damien.

Je me dis qu'il est juste fatigué, mais je n'y crois pas. Damien Stark ne fait jamais rien sans raison. Et bien qu'il soit impossible de s'insinuer dans son esprit, je le connais assez bien pour deviner ses motivations. Alors j'ai envie de me lever d'un bond et de lui hurler dessus. Le supplier de ne pas me repousser. Crier que je comprends, qu'il essaie de me protéger, parce qu'il sait qu'il risque de perdre le procès. De m'être arraché. Mais, bon sang ! sait-il que tout ce qu'il me fait, c'est du mal ?

Je crois de tout mon cœur que Damien m'aime. Mais je redoute que l'amour ne suffise pas. Surtout s'il s'acharne à me repousser en s'imaginant à tort qu'il me protège.

Avec une résolution renouvelée, j'en rajoute côté sourire et je me lève délicatement en lui tendant la main.

– Vous devez être au tribunal à dix heures, monsieur Stark. Je crois que vous feriez mieux de me suivre.

Il se lève, l'air inquiet.

– Vas-tu me dire que j'ai besoin de dormir ?

– Non.

Son regard glisse sur moi, et je tressaille comme s'il m'avait touchée.

– Tant mieux, dit-il.

Non seulement ces deux mots recèlent un monde de promesses, mais en plus ils écartent la peur qui me glaçait quelques secondes plus tôt. Je me laisse aller à sourire.

– Ni de cela non plus, dis-je. Pas tout de suite, en tout cas.

Le voir décontenancé me donne envie de rire, mais il n'a pas le temps de poser de question que le concierge arrive.

– Tout est prêt, mademoiselle Fairchild.

– Merci, le moment est on ne peut mieux choisi, je réponds avec un sourire éclatant.

Je prends la main de l'homme que j'aime, complètement dérouté, et l'entraîne dans le hall avec le concierge jusqu'à l'entrée de l'hôtel. Où, auprès d'un voiturier tout étourdi par le spectacle, attend une Lamborghini rouge vif.

– Qu'est-ce que c'est ? demande Damien.

– Une voiture de location. Je me suis dit qu'un peu de distraction te ferait du bien ce soir, et l'A9 n'est qu'à quelques kilomètres d'ici. Voiture de sport. Autoroute allemande. L'équation m'a parue facile à résoudre.

– Un jouet pour le petit garçon ?

– Comme nous avons déjà d'autres jouets intéressants dans la chambre, dis-je à mi-voix, j'ai pensé que cela te plairait de changer de catégorie. (Je le conduis jusqu'au voiturier qui attend, la portière côté passager ouverte.) Je crois savoir qu'elle réagit au quart de tour et je sais que tu vas adorer avoir toute cette puissance à ta disposition.

– Vraiment ? (Il me toise d'un regard qui m'incendie.) En fait, c'est exactement ce que j'apprécie. Une réaction rapide. La puissance. La maîtrise.

— Je sais, dis-je, me laissant glisser sur le siège passager en découvrant mes cuisses, et un peu plus encore.

Un instant plus tard, Damien est au volant et démarre.

— Si tu roules assez vite, c'est aussi grisant que le sexe, dis-je en plaisantant, avant d'ajouter, incapable de résister : en tout cas, cela fait d'agréables préliminaires.

— Dans ce cas, mademoiselle Fairchild, dit-il avec un sourire de sale gosse qui me récompense de tous mes efforts, je vous conseille de bien vous accrocher.

Chapitre 2

Même à minuit un dimanche, la circulation encombre les rues étroites de Munich. Le moteur de la Lamborghini ronronne et gronde, fourmillant de puissance retenue, comme s'il était aussi frustré de ne pouvoir se libérer et s'envoler que moi de ne pouvoir arranger les choses pour Damien.

Je suis blottie sur le siège baquet en cuir rouge, légèrement tournée sur ma gauche pour pouvoir le regarder. Malgré le grondement de la circulation que je trouverais exaspérant, Damien est calme et parfaitement maître de lui-même. Sa main droite est posée nonchalamment sur le levier de vitesses, les doigts prêts à s'en saisir. Je prends une profonde inspiration, imaginant que sa main se pose sur mon genou nu. Depuis que je le connais, je collectionne les fantasmes. Et franchement, je ne m'en plains pas.

Sa main gauche tient le volant, et malgré le cyclone que nous traversons en ce moment, il a l'air détendu et sûr de lui. De là où je suis, je vois son profil : une mâchoire ciselée, des yeux profondément enfoncés dans leurs orbites, une bouche magnifique qui s'incurve en un imperceptible sourire.

À la lueur du plafonnier de la voiture, ses joues mal rasées et ses cheveux décoiffés lui donnent l'air d'un redoutable rebelle. Et c'est ce qu'il est, je crois. Il n'y a pas plus rebelle que Damien. Il mène sa vie selon ses propres règles. C'est l'une des qualités que j'apprécie le plus chez lui. Du coup, c'est d'autant plus pénible de savoir que s'il acceptait de se défendre au tribunal, la situation pourrait changer du tout au tout.

Nous attendons à un carrefour, puis le feu passe au vert. Il accélère et change de voie si rapidement que je me cramponne pour ne pas chavirer. Il se tourne pour me regarder et je ne vois dans ses yeux qu'un plaisir sans mélange. Je lui souris, et à cet instant rien au monde ne pourrait nous faire du mal. Ce n'est que liberté et bonheur, et j'aimerais que cela dure à jamais. Que nous continuions de rouler éternellement tous les deux, jusqu'à la fin du monde.

Je laisse peut-être galoper mon imagination, mais Damien vit pleinement cet instant. Je vois la tension dans ses muscles, la force et l'assurance avec laquelle il mène la voiture, testant ses limites en accélérant encore et toujours, jusqu'à ce que nous arrivions sur l'auto-route, où il laisse enfin le moteur exploser.

Je déglutis et me redresse sur mon siège. J'avais cru plaisanter en disant que cette promenade serait comme faire l'amour. Apparemment, je me trompais.

– Tu souris, dit-il sans me regarder.

– Oui, j'avoue. Parce que tu es heureux.

– Je suis avec toi. Pourquoi ne serais-je pas heureux ?

– Continue comme ça, dis-je. La flatterie finira bien par te mener quelque part.

– J'y compte bien.

Il murmure à peine, mais cela suffit pour que mon corps réagisse. La fièvre me gagne et des perles de sueur coulent sur ma nuque. Mes seins me semblent lourds, comme si j'avais besoin qu'il les soutienne de ses mains, et mes tétons durcis pressent délicieusement contre la soie de ma robe. Sa réponse, apparemment simple et directe, est lourde de sens. Après tout, nous savons l'un et l'autre que je suis prête à aller partout où Damien voudra m'emmener.

– Nous y sommes, dit-il. (Je sursaute comme s'il venait de répondre à ma pensée, puis je me ressaisis, me rendant compte qu'il veut dire que nous sommes arrivés sur l'A9. Il accélère sur la bretelle d'accès et je me retrouve plaquée sur mon siège. Je prends une profonde inspiration, galvanisée par la vitesse et par l'homme assis auprès de moi.) Tu as prévu quelque chose ? demande-t-il.

Je vois d'un coup d'œil que le compteur approche des 175 kilomètres à l'heure.

– Prévu quelque chose ?

– C'est toi qui as eu l'idée, non ? s'amuse-t-il. Je pensais que tu avais quelque chose de particulier en tête.

– Non, rien, dis-je en ôtant mes chaussures pour remonter mes pieds sur le siège. Rien de plus qu'une escapade en ta compagnie.

– J'aime bien cette idée. Et je sais précisément où je veux finir, ajoute-t-il avec un regard exagérément malicieux.

– Pervers.

– Juste pour toi.

J'ai le menton sur les genoux et, du bout du doigt, il caresse le bracelet de cheville en platine orné d'émeraudes qu'il m'a offert pour me rappeler que je lui appartiens. Comme si je risquais d'oublier.

Sa main remonte sur l'arrière de ma cuisse, légère et sensuelle. Ce n'est rien de plus qu'une caresse, mais une chaleur m'envahit, s'accumule entre mes cuisses et dans mes seins. Comme c'est facile de succomber à un enchaînement de caresses et de plaisir, de besoin et de désir. C'est comme si j'étais dans un état de soif perpétuel et qu'il était l'ambroisie la plus suave qui soit.

Hélas ! cela ne dure pas, car sa main me quitte pour s'occuper de la radio, passant de station en station jusqu'à ce qu'il opte pour une lourde pulsation techno qui résonne dans la voiture. Il change de nouveau de file sur l'autoroute quasi déserte. Je m'enfonce dans mon siège et laisse le rythme pulser en moi tout en regardant cet homme qui m'aime. Et que j'aime. Qui m'appartient totalement. L'idée m'est venue subitement et je me surprends à froncer les sourcils, car ce n'est pas exact. S'il m'appartenait vraiment– à moi et à moi seule –, je pourrais l'emmener loin d'ici. Je pourrais le sauver. Je pourrais chasser ces horreurs judiciaires.

Mais je ne peux pas, et cette vérité inexorable qui me ronge transforme ce moment jusque-là léger et insouciant en une ombre sombre et menaçante.

Je me tourne pour regarder les arbres qui défilent dans la nuit, les étranges formes qui dansent entre elles, projetées par nos phares. Je frissonne, effrayée par ce spectacle inquiétant, comme si nous nous élancions vers le néant, alors que ça n'empêchera pas la réalité de nous rattraper.

Je veux que nous continuions de rouler – vers l'est, où le soleil va se lever dans six heures environ. Je veux

repousser les limites de cette voiture et ne jamais m'arrêter. Nous sommes dans une bulle, à l'abri de ces ombres
noires. Mais dès l'instant où nous nous arrêterons, où
nous rebrousserons chemin…

Non. J'inspire profondément. Je dois être forte. Pas
pour moi, mais pour Damien.

— Nous devrions rentrer, dis-je.

J'ai parlé si bas que je ne suis même pas sûre qu'il
m'ait entendue avec la musique qui résonne dans la
voiture. Je coupe la radio. Brusquement, nous nous
retrouvons dans le silence. Damien me jette un regard,
ce regard où la joie a laissé la place à l'inquiétude.

— Qu'est-ce qu'il y a ?

— Nous devrions rentrer. (J'essaie de hausser le ton,
mais ma voix reste bizarrement sourde, comme si ma
volonté résistait, me soufflait muettement de le supplier
de fuir.) Tu dois te reposer, je me force à dire. Demain,
nous allons être mis à rude épreuve.

— Raison de plus pour continuer tant que nous
pouvons.

— Damien…

Je m'attends à ce qu'il cherche à m'apaiser. À me
rassurer, en me disant que tout ira bien. Il se contente
de me caresser la joue, dans un geste qui me fait frissonner de tout mon corps et monter les larmes aux yeux.
Je serre les poings et tente de les retenir. Je ne peux pas
me permettre de craquer. Pas là. Jamais, même. Si je
perds Damien, je pleurerai. Et tant que je ne connaîtrai
pas l'issue de cette affaire, je veux passer chaque seconde
à simplement savourer sa compagnie. Je parviens à
esquisser un sourire presque sincère et me tourne vers
lui.

– Encore un peu, dit-il en écrasant l'accélérateur.

– Où allons-nous ?

– Dans un endroit que je veux te montrer. (Je dois avoir l'air tout à fait désarçonnée, car il rit doucement.) Ne t'inquiète pas. Nous ne nous enfuyons pas.

Je grimace. J'aurais presque préféré.

Sa main gauche reste sur le volant, mais la droite se pose sur mon genou. Le contact est plus possessif que sexuel, comme s'il avait besoin de savoir que je suis là. Je rejette la tête en arrière, déchirée entre l'envie de savourer le contact de ses doigts sur ma peau et celle de m'en prendre à lui. De hurler, de tempêter. De le supplier de bien vouloir *se défendre*. Parce que Damien Stark n'est pas un homme qui recule et reçoit des coups sans rien dire. Ce n'est pas un homme qui supporte de perdre.

Ce n'est pas un homme qui fait souffrir la femme qu'il aime.

Et pourtant, il est en train de faire tout cela.

Mes pensées, violentes et dangereuses, tourbillonnent en moi alors que les dernières lueurs de la ville s'éloignent, ne laissant qu'un horizon de forêts. Le moteur ronronne discrètement, et je suis fatiguée. Pas seulement à cause de l'heure tardive, mais de tout ce qui m'accable. Je ferme les yeux et me détends, mais je sursaute un instant plus tard en me rendant compte que la voiture est arrêtée, moteur coupé.

– Qu'est-ce qui se passe ? je demande d'une voix pâteuse.

– Tu t'es gentiment assoupie.

Assoupie ? Je fronce les sourcils.

– Combien de temps ?

– Presque une demi-heure.

Cela me réveille complètement, et je me redresse pour regarder autour de moi. Nous sommes apparemment sur le parking d'un restaurant campagnard avec des tables à l'extérieur. Il est fermé, et ces tables de pique-nique désertes semblent plus surnaturelles qu'accueillantes.

– Où sommes-nous ?

– Au Seehaus Kranzberger, dit-il. (Je dois avoir l'air dérouté, car il sourit.) C'était l'un de mes endroits préférés près de Munich. Alaine, Sofia et moi venions ici quand Alaine a eu l'âge de conduire. Après, j'y venais seul. J'y ai beaucoup de souvenirs, ajoute-t-il d'une voix un peu étranglée.

– Mais c'est fermé, dis-je sottement.

– Nous ne sommes pas venus pour dîner, dit-il.

Il descend de la voiture, la contourne et ouvre la portière avant que j'aie le temps de faire un geste. Il tend la main pour m'aider, et je me lève gracieusement.

– Pourquoi sommes-nous venus, alors ?

– Viens avec moi.

Je scrute son visage, incapable de déchiffrer son expression. Il me prend la main et m'entraîne sur un étroit sentier qui serpente entre de grands arbres dont les feuilles paraissent noires et grises sous le clair de lune. J'ignore où nous allons, mais au détour du sentier j'étouffe un cri. Un lac s'étend devant nous, au milieu d'une forêt, scintillant sous la lune dont l'orbe gigantesque se reflète à la surface, si proche qu'elle donne l'impression que nous pourrions plonger et nous en emparer.

– C'est magnifique, je souffle.

— Bienvenue au Kranzberger See. Je passais des heures ici. Je m'asseyais sur le bord et j'écoutais l'eau, les oiseaux et le vent dans les arbres. Je fermais les yeux et je dérivais. Je voulais te le montrer, ajoute-t-il en se retournant vers moi.

Moi, j'entends : « Pardonne-moi. » Je hoche la tête, bouleversée.

— Merci.

Il porte ma main à ses lèvres et dépose un baiser au creux de ma paume. Le geste est délicat et douloureusement romantique, et je ne peux m'empêcher de regretter que nous ne puissions rester ici, perdus dans cette clarté mouchetée, à l'abri, nous imaginant seuls au monde.

Un frisson me parcourt et je me détourne. Je me suis éprise si vite de cet homme et j'ai si peur de le perdre. Je suis terrifiée à l'idée que le bonheur que nous avons trouvé ensemble malgré notre douloureux passé nous soit arraché. Je serre les lèvres pour retenir un cri d'angoisse, car c'est tout ce que je voudrais faire en cet instant, crier, hurler jusqu'à ce que Damien fasse le nécessaire pour arranger la situation et chasser cette horreur.

Mais je ne fais rien. Je reste immobile comme un roc, consciente que le moindre mouvement pourrait me faire exploser. Je me sens instable et dangereuse. Et en cet instant, exploser est la dernière chose à faire.

— Nikki… (Il prononce mon nom avec douceur et me lâche la main pour venir se placer derrière moi. Ses paumes se posent sur mes épaules, chaudes et douces. Je sens le frôlement de ses lèvres sur le dessus de ma tête, ses doigts glissent le long de mes bras nus.) Je t'ai mise hors de toi à la première soirée chez Evelyn, tu te souviens ? J'aurais dû te laisser ainsi. J'aurais dû m'en aller sans jeter un regard en arrière.

Ma bouche est sèche et un étau enserre ma poitrine. Je n'ai pas envie d'entendre cela. Je ne veux pas croire qu'il puisse imaginer préférer ne m'avoir jamais connue, même si je sais qu'il dit cela dans un désir absurde de me protéger.

— Non, dis-je d'une voix étranglée.

C'est le seul mot que je parvienne à articuler.

Il me retourne doucement et pose la main sur ma joue.

— Cela me déchire de voir la peur dans ton regard.

Il a dit cela avec douceur, mais ses mots me frappent en plein cœur, et ma réaction nous surprend tous les deux.

— Cesse ! je crie en lui flanquant une gifle, perdant toute maîtrise. Putain, mais arrête donc ! Tu crois que c'est la solution ? Souhaiter que nous ne nous soyons jamais rencontrés ? Merde, Damien, je t'aime tellement que ça me fait mal et toi, tout ce que tu trouves à faire, c'est me consoler ? Je n'ai pas besoin que tu m'apaises, j'ai besoin que tu agisses.

Je lui frappe la poitrine de mes deux mains, et je pousse un cri quand il me saisit les poignets et m'immobilise.

— Nikki…

Il ne cherche plus à me calmer, cette fois. La voix est dure et menaçante. Je sais que je suis allée trop loin, mais je m'en moque. Je pense que ce ne sera jamais assez, et là, j'ai surtout envie de le casser en deux. De lui faire ravaler son fichu entêtement, de lui faire comprendre que la seule manière de se sauver — de nous sauver — est de présenter des arguments pour sa défense.

— Ils vont te mettre derrière les barreaux, dis-je sèchement. Bon sang ! Damien, comment peux-tu ne pas être mort de trouille ? Je suis si terrifiée que j'arrive à peine à me lever le matin !

Il me regarde comme si je parlais une autre langue.

— Je n'ai pas peur ? demande-t-il en tremblant d'une fureur à peine contenue. C'est ce que tu crois ? (Je recule instinctivement, mais il me retient en m'empoignant par les bras, sans ménagement.) C'est vraiment ce que tu penses ? Bon Dieu ! Nikki, mais je suis terrifié à l'idée d'être arraché à toi. De ne plus pouvoir te toucher. T'embrasser. T'entendre rire, te regarder. Être avec toi.

Ses paroles m'étourdissent tant que je ne me rends pas compte qu'il m'a fait reculer, je suis à présent le dos contre un arbre dont l'écorce dure s'enfonce dans l'étoffe délicate de ma robe. Ses mains glissent, possessives, le long de mes bras, puis remontent sur ma poitrine pour se refermer sur mes seins. Le désir brutal et brûlant qui jaillit en moi m'arrache un cri. Il se penche et ses lèvres me frôlent la joue.

— Je peux tout supporter, sauf l'idée de te perdre. (Sa bouche est brûlante contre mon oreille. Sa main glisse jusqu'à ma cuisse et remonte doucement la jupe.) Si je n'ai pas peur ? chuchote-t-il, alors que sa main se referme sur mon sexe. (Je ne porte pas de petite culotte et il s'insinue sans peine en moi. Je me mords les lèvres, et tout mon corps est comme en fusion.) Je n'ai jamais eu aussi peur de toute ma vie.

Sa bouche se referme sur mes lèvres et ses doigts s'agitent lentement en moi tandis qu'il me donne un profond baiser. Durant un moment de pure félicité, je me perds dans ce baiser. J'ai oublié où nous sommes et pourquoi. Il n'y a que Damien, et la chaleur sensuelle et réconfortante de son corps plaqué contre le mien.

Puis quelque chose se déclenche en moi, me faisant oublier le désir qui me fait battre le cœur et me tendre sur ses doigts. D'une main ferme sur sa poitrine, je le repousse à nouveau.

– Comment oses-tu avoir peur, bon sang, Damien ! Comment oses-tu dire que tu as peur de me perdre, alors que tu pourrais tout arranger ? Faire en sorte que tout soit réglé. Tu pourrais mettre un terme à tout cela, et nous pourrions rentrer chez nous.

Il me regarde fixement, les yeux voilés d'une infinie tristesse.

– Oh, ma chérie… Si je pouvais t'ôter cette peur, je le ferais.

– Si tu pouvais ? je répète. Mais tu le peux, et tu le sais très bien. Et je suis furieuse que tu n'agisses pas.

Je hurle comme une harpie et je déteste ça. Je m'en veux. Mais, bon sang ! J'en veux aussi à Damien en cet instant.

Des larmes coulent sur mes joues et je sens mes genoux se dérober. Damien me rattrape et m'aide à m'asseoir par terre. L'ironie de la situation ne m'échappe pas : Damien sera toujours là pour me rattraper. Du moins le pensais-je. À présent, je ne sais plus, et pour la première fois je me sens seule dans ses bras.

– J'y ai pensé, dit-il d'une voix plus grave que jamais.

Je me fige. Jamais je n'aurais imaginé que l'espoir puisse être aussi glacé et inanimé.

— Pensé à quoi ? je demande prudemment.

Il hésite si longtemps que je commence à croire qu'il ne va pas répondre, puis :

— Je te désirais depuis si longtemps, dit-il lentement. Et maintenant que je t'ai, je risque tout ce qu'il y a entre nous.

Oui, ai-je envie de crier, *oui !* Je me rends compte que j'enfonce mes ongles dans le sol humide, alors je me force à me détendre et à ne pas imaginer ce qu'il va me dire. À ne pas trop espérer.

— Je ne suis pas convaincu que révéler ce que m'a fait Richter soit la panacée que toi, Maynard et tous les autres imaginez. Mais peut-être que je devrais essayer. Si cela veut dire que les accusations vont être levées, dans ce cas, peut-être que je devrais sacrifier une vie privée que je me suis efforcé de protéger pendant des années. (Je perçois l'amertume dans sa voix, et je veux prendre sa main et la serrer dans la mienne. Mais je n'en fais rien. Je reste complètement immobile.) Il n'y a pas de honte à être une victime, n'est-ce pas ? Dans ce cas, pourquoi devrais-je redouter que le monde entier connaisse les horreurs qu'il m'a fait subir ? Quelle importance, si la presse raconte les sombres nuits dans mon dortoir ! Les choses dégradantes qu'il m'a fait faire… Des choses que je ne t'ai même pas racontées. Des choses que j'aimerais pouvoir oublier. (Son regard croise le mien, mais je ne vois que les arêtes et les angles de son visage.) Si cela signifie que je peux te retrouver en homme libre, pourquoi n'irais-je pas clamer cette histoire sur les toits ? La faire placarder partout ? À la télévision, dans les journaux ? Pourquoi refuserais-je de livrer au foutu monde entier l'enfer intime que j'ai vécu, pour qu'il s'en repaisse ?

Je sens quelque chose de froid sur ma joue et je me rends compte que je pleure.

— Non, je murmure. (Je suis furieuse de cette vérité, mais c'est cela, Damien, au fond. Un homme qui vit selon ses propres lois, et c'est de cela que je suis tombée amoureuse.) Pas même pour moi, dis-je. Pas même pour éviter la prison.

Je ferme les yeux, et de nouvelles larmes perlent sur mes cils. Il me caresse du pouce la joue.

— Tu comprends ?

— Non, dis-je.

Je voulais dire oui, et quand j'ouvre les yeux je vois qu'il le sait. Il se rapproche de moi, j'ai le souffle court. Je suis secouée par un hoquet, et ses lèvres se referment sur ma bouche. Ce baiser qui a le goût de mes larmes est d'abord délicat, tendre et suave. Puis, d'une main, il me saisit à la nuque tandis que, de l'autre, il m'entraîne contre lui et m'assied sur ses genoux.

Je pousse un cri de surprise et il en profite. Sa bouche se fait plus dure, sa langue se lie à la mienne et son baiser est plus profond, plus exigeant. J'enroule les boucles soyeuses de ses cheveux sur mes doigts et je me laisse aller à la ferme sensualité de sa bouche, à la sauvagerie de son baiser. Demain, mes lèvres seront tout endolories, mais je ne peux résister à ce baiser qui nous embrase tous les deux.

Je suis haletante quand il se dégage enfin. Mes lèvres sont si gonflées que je me demande si j'ai déjà été vraiment embrassée dans ma vie, même par Damien. Et en cet instant, j'en veux plus encore.

Je me penche vers lui dans une prière muette, mais il m'immobilise et me relève le menton d'une main ferme. Je reste dans cette position gauche, les yeux vers lui.

— Tu es tout pour moi, Nikki. Il faut que tu le saches. Il faut que tu le croies.

— Je le crois, je murmure.

Je vois un frisson le parcourir, puis ses muscles se tendre alors qu'il me serre contre lui. Je fonds dans les bras de cet homme que j'aime tant que cela me fait mal.

— Tu es tout pour moi, répète-t-il. Mais je ne peux pas être sincère avec toi si je ne le suis pas avec moi-même.

— Je sais, dis-je, les lèvres enfouies dans sa chemise. Je comprends. (Je redresse la tête et plonge mon regard dans le sien.) Cela n'en fait pas moins mal pour autant.

— Alors laisse-moi essayer de te soulager. (Il m'écarte et se baisse pour m'embrasser le coin de la bouche.) C'est là que tu as mal ? (Je secoue la tête, les yeux embués de larmes, un sourire se dessinant sur mes lèvres.) Non ? Là, alors ?

Ses lèvres frôlent ma joue et je retiens mon souffle, envahie par la douceur de ce contact.

— Non, dis-je en souriant franchement, à présent. (Cette fois, son baiser se loge au creux de ma gorge. Je renverse la tête en arrière pour la lui offrir et je sens mon pouls battre la chamade sous ses lèvres.) Là non plus, je parviens à chuchoter.

– Pas facile, dit-il. Comment veux-tu que je guérisse d'un baiser un endroit que je n'arrive pas à trouver ?

– Continue de chercher…

– Je n'arrêterai jamais, promet-il. (Sa bouche descend sur ma poitrine et s'arrête sur mon cœur qui tambourine dans ma poitrine.) Pas là non plus, sûrement, dit-il.

Il continue, alors que j'éclate de rire. Je suis aussitôt interrompue par un cri sensuel qu'il m'arrache en refermant soudain sa bouche sur mon sein.

– Damien !

Me soutenant d'un bras au creux des reins, il me tète à travers la soie de cette robe hors de prix. Ses dents taquinent mon téton et je me cambre, perdue dans une brume de désir.

– Là ? murmure-t-il sans vraiment me laisser de répit.

– Oui ! Oh, mon Dieu, oui…

– Je n'en suis pas si sûr, dit-il en se redressant. Je ferais mieux de continuer à chercher.

Il me soulève délicatement et me dépose sur l'herbe tendre avant de monter sur moi à califourchon.

– Damien, je murmure, qu'est-ce que tu…

Il me fait taire d'un geste puis se penche, et sa bouche se referme sur mon sein. Je gémis de plaisir.

– Je t'avais dit que j'allais te soulager avec mes baisers.

Il s'attaque maintenant à mon sein gauche tandis que sa main se referme sur le droit. C'est comme si son corps était un câble où passe un courant qui m'électrifie à chaque contact. Des étincelles jaillissent de ses doigts, gagnent mes seins, me parcourent et me font m'arcbouter dans un insatiable désir.

Trop vite, il change de position, abandonnant mes seins pour errer doucement sur mon corps, ses lèvres seulement séparées de ma peau par une mince pellicule de soie.

Sa bouche est désormais sur mon ventre et ses dents taquinent mon nombril. Ses mains sont passées sous ma robe et la retroussent. La douce étoffe glisse sur ma peau. Les baisers de Damien, légers comme des plumes, se posent sur ma hanche, puis sur mon pubis, avant de descendre, encore et encore. Je me cambre involontairement et je pousse un cri quand sa langue joue avec mon clitoris, avant que sa bouche se referme, brûlante et exigeante, sur mon sexe.

Ses mains remontent sur mes jambes, ses pouces caressent mes cicatrices, puis la chair tendre de l'intérieur des cuisses. Il les écarte. J'ai envie de remuer les hanches, de me tortiller sous le plaisir de son si intime baiser, mais il me maintient exactement dans la position qu'il désire. Je porte une main à ma bouche et la mords en tournant la tête d'un côté et de l'autre, accompagnant le plaisir qui monte lentement, très lentement en moi sous ses baisers experts.

Puis tout explose et je m'arc-boute, la bouche ouverte, mais mon cri est étouffé par Damien : remonté sur moi, il me cloue au sol de tout son poids. Sa bouche se referme sur la mienne et je l'embrasse avidement, protestant d'un gémissement quand il se retire. Il plaque mes mains sur le sol de chaque côté de ma tête et se soulève en me regardant droit dans les yeux. Je lis dans les siens une brûlante passion qui laisse rapidement place à la badinerie.

– Ça va mieux ? demande-t-il avec un sourire effronté.

– Oh oui ! dis-je en me redressant.

– Non, reste allongée.

Je hausse un sourcil, amusée.

– Quelle exigence, monsieur Stark. Que voulez-vous précisément de moi ?

– Que tu sois nue, dit-il.

Et la badinerie disparaît aussi vite qu'elle était apparue, remplacée par un désir ardent, si puissant qu'il me fait de nouveau mouiller.

– Oh !

Lentement, il relève le bas de ma robe. Je ne proteste pas. Je bouge simplement un peu pour qu'il puisse faire passer la robe par-dessus ma tête. Il la jette, puis il enlève son T-shirt avant de déboutonner son jean.

– Je vais te baiser, Nikki. Là, tout de suite, sur la terre tiède, à la belle étoile. Je vais te posséder sous le regard de l'univers entier, parce que tu es à moi et que tu le seras toujours, quoi qu'il arrive.

– Oui, dis-je, même si ce n'était pas une question mais un ordre. Oh oui…

Ses mains m'effleurent, ses yeux débordent d'adoration. J'ai toujours su que j'étais jolie, mais quand Damien me regarde, je me sens encore plus belle. Je me sens à part.

Je lui caresse la joue et regarde la passion monter dans ses yeux. J'enfonce mes doigts dans ses cheveux, lui empoigne la nuque et attire ses lèvres vers les miennes. Notre baiser est avide et sauvage, comme les arbres et les plantes qui nous entourent. Je le serre contre moi, insatiable. Il me caresse les flancs, les seins, entre les cuisses. Le gémissement qu'il pousse en sentant combien je mouille résonne dans tout mon corps.

Nos lèvres se séparent et, d'une main, il se soulève au-dessus de moi.

— Maintenant.

Il n'attend pas ma réponse, mais mes cuisses sont déjà écartées, dans l'attente, et je soulève mes hanches pour aller à sa rencontre alors qu'il s'enfonce en moi. Je pousse un cri, non de douleur mais de plaisir. Car c'est ainsi que nous devons être, Damien et moi, étroitement enlacés. Damien et moi, indissolublement unis contre le monde entier.

Nous bougeons de concert, frénétiques, et quand l'orgasme explose en moi, je me rends compte que je ruisselle de larmes.

— Ma chérie, chuchote-t-il en m'attirant contre lui.

— Non, non, dis-je. C'est juste que j'ai du mal à me retenir.

— Je sais, dit-il en me serrant sur son cœur. Je sais, mon amour.

J'ignore combien de temps nous restons ainsi. Je sais seulement que je n'ai pas envie de bouger. Mais trop vite, Damien passe la main sur mon bras nu et m'embrasse l'oreille.

— Tu es prête à rentrer ?

Bien sûr, je ne le suis pas. Jamais je ne le serai. Mais je sais que Damien a besoin de ma force autant que moi de la sienne. Je me contente donc d'acquiescer et de ramasser ma robe avant de me relever et de tendre la main vers lui.

— Je suis prête. Allons-y.

Chapitre 3

Inlassablement, en rêve, je bascule de la terrasse du bâtiment et je tombe. Damien tend la main vers moi, affolé, et tente de me rattraper. En vain. Il est bloqué au-dessus de moi qui tombe, inexorablement, vers le sol dur et glacé où je vais me fracasser, voler en un million d'éclats, espérant que Damien viendra me reconstituer, mais certaine qu'il ne le fera pas. Qu'il en est incapable. Ne serait-ce que parce que c'est lui qui m'a poussé.

Je me réveille en hurlant, agrippée à Damien. Même le battement régulier de son cœur et ses paroles apaisantes ne peuvent me calmer, car je ne suis plus en mesure de distinguer le cauchemar de la réalité.

Je veux simplement que tout ça soit terminé. Mais quand nous quittons le hall du Kempinski deux heures plus tard − sous les flashes crépitants et cernés par les journalistes hurlant leurs questions sur le procès qui commence aujourd'hui −, je change d'avis. J'ai peur qu'en souhaitant la fin de tout cela, je ne fasse que désirer mon anéantissement. Mieux vaut que les absurdités qui précèdent le procès continuent. Je veux rester à l'abri dans le cocon de cet hôtel, si c'est le seul moyen d'éviter la réalité.

Dès l'instant où nous nous sommes rencontrés, c'est comme si une bulle magique nous avait isolés de tout. Mais la réalité a commencé à s'insinuer dedans. Ma mère, qui a débarqué comme une tornade à Los Angeles, réduisant en pièces la fragile existence que j'avais enfin réussi à me construire. Les paparazzi, qui ont failli me briser quand ils ont appris que j'avais posé nue en échange d'un million de dollars. Et à présent ce procès, qui a tout pour faire voler en éclats ce que Damien et moi avons réussi à construire ensemble.

Je n'ai aucune intention de quitter Damien, et je crois qu'il n'a pas plus l'intention de m'abandonner. Mais je ne peux m'empêcher de craindre que, malgré notre volonté, le destin ait d'autres projets pour nous. Damien est peut-être l'homme le plus fort que je connaisse, mais peut-il lutter contre le monde entier ?

Le trajet est beaucoup trop bref et nous arrivons rapidement au tribunal où siège la cour qui va le juger. Le bâtiment, moderne, est un parallélépipède tout de verre et de pierre blanche. Il me rappelle à la fois le tribunal fédéral de Los Angeles et une salle de spectacle comme le Dorothy Chandler Pavilion. Étant donné le drame qui risque de s'y jouer, c'est sans doute approprié.

Ces derniers jours, je suis venue ici plusieurs fois assister aux réunions entre avocats. Cependant, je n'ai pas tremblé. Aujourd'hui, je ne peux m'en empêcher. Un frisson me glace jusqu'à la moelle, comme si j'étais transie de froid. Comme si jamais plus je ne connaîtrais la chaleur.

Je prends une profonde inspiration et me glisse vers la portière que le chauffeur garde ouverte. Mais je suis arrêtée par la main de Damien posée sur la mienne.

— Attends, dit-il d'une voix sourde. Tiens.

Il ôte sa veste et la pose sur mes épaules. Je ferme brièvement les yeux. Assez longtemps pour me maudire. C'est vrai, enfin, ce n'est pas à Damien de s'occuper de moi. C'est moi qui devrais le soutenir. Je me retourne dans la limousine, l'attire contre moi et dépose un baiser ferme et rapide sur ses lèvres.

— Je t'aime, je lui chuchote, espérant que ces simples mots lui feront comprendre tout ce que je ne dis pas.

— Je sais, dit-il en plongeant son regard dans le mien. À présent, enfile cette veste.

Je hoche la tête, comprenant le message muet : peu importe la situation, il ne cessera jamais de veiller sur moi. Je ne peux pas discuter, après tout, c'est aussi ce que je ressens.

Je descends de la voiture et me redresse, mon sourire spécial pour la « Société » collé sur le visage, car nous sommes entourés par des journalistes venus de toute l'Europe, des États-Unis et même d'Asie. Je suis assez entraînée à dissimuler mes émotions pour être certaine d'avoir l'air sûre de moi. Mais il n'en est rien. Je suis terrorisée. Et d'après la manière dont Damien me tient la main, je sais qu'il s'en rend compte. J'aimerais être plus forte, mais c'est impossible et je vais devoir m'y faire, c'est tout. Jusqu'à la fin de cette affaire, et quelle qu'en soit l'issue, je vais marcher sur une corde raide. J'espère simplement qu'à la fin je pourrai me réfugier dans ses bras, et non pas plonger dans l'abîme toute seule.

— *Herr Stark ! Fraülein Fairchild ! Nikki ! Damien !*

Les voix nous cernent, certaines anglaises, d'autres

allemandes ou encore françaises. Et aussi d'autres langues que je ne reconnais pas.

Depuis mon arrivée à Munich, la presse ne nous a pas lâchés. Et il ne s'agit pas seulement du procès. Non. Les tabloïds sont tout aussi avides de scruter la vie amoureuse de Damien. Dieu merci, ils ne ressassent pas constamment cette histoire de portrait ou d'argent qu'il m'a versé. Mais ils fouillent avec allégresse dans leurs archives et sortent des photos de Damien en compagnie du flot ininterrompu de femmes qui ont été vues à son bras. Mannequins. Actrices. Héritières. Damien m'a dit lui-même qu'il avait beaucoup baisé, mais qu'aucune de ces femmes n'avait jamais rien représenté de spécial. Pour lui, il n'y a que moi.

Je le crois, mais je n'apprécie toujours pas de voir ces photos aux devantures des kiosques, à la télévision et sur Internet.

Néanmoins, pour l'instant, je serais ravie que la presse se soucie seulement de savoir avec qui couche Damien. Mais ce n'est pas sa préoccupation du jour. Aujourd'hui, la presse a soif et réclame du sang.

Et je me rends compte que je retiens ma respiration seulement quand nous franchissons le seuil et pénétrons dans le bâtiment. Je jette un bref coup d'œil à Damien et parviens à lui adresser un pauvre sourire.

– Si j'avais pu te laisser à l'hôtel aujourd'hui, je l'aurais fait.

– Je préférerais mourir que ne pas être avec toi.

Malheureusement, le fait d'être là pourrait bien me tuer.

Le hall bruisse d'avocats et d'employés du tribunal qui s'affairent en tous sens. Je les remarque à peine.

À vrai dire, je ne remarque pas grand-chose, et je suis un peu surprise quand un garde en uniforme me tend mon sac à main : je me rends alors compte que nous venons de franchir le contrôle de sécurité.

Un quinquagénaire bien mis, les cheveux poivre et sel, accourt vers nous. Charles Maynard, l'avocat qui représente Damien depuis son apparition sur les courts à l'âge de neuf ans en petit prodige du tennis. Il tend la main à son client tout en me regardant.

— Bonjour, Nikki. Mon équipe sera dans le rang immédiatement derrière la barre des témoins. Vous serez aussi assise là, évidemment. (J'acquiesce, reconnaissante. Si je ne peux être à côté de Damien, au moins je ne serai pas loin.) Nous devrions discuter avant que cela commence, continue-t-il pour Damien. Vous voulez bien nous excuser ? me demande-t-il.

J'ai envie de protester énergiquement, mais je me contente de hocher la tête. J'essaie de ne pas parler, tant j'ai peur que ma voix s'étrangle et me trahisse.

— Entre donc, me dit Damien en serrant ma main dans la sienne. Je te retrouve dans un instant.

De nouveau, j'acquiesce, mais sans bouger. Je reste dans le hall tandis que Maynard entraîne Damien à quelques pas de là puis dans la petite salle de réunion attribuée à son équipe durant le procès. J'attends encore un peu, ne voulant pas franchir les lourdes portes de bois menant dans la salle. Si je n'y entre pas, peut-être le procès ne pourra-t-il jamais commencer.

Je n'ai toujours pas bougé et je me maudis de ma sottise, quand il me semble entendre mon prénom quelque part derrière moi, étouffé par le brouhaha qui résonne dans le hall. Je crois d'abord que l'un des journalistes essaie d'attirer mon attention. Mais la voix a quelque chose de familier. Je fronce les sourcils : ce ne peut tout de même pas être…

Et pourtant si. Ollie !

Je le vois, à peine me suis-je retournée. Orlando McKee, le garçon avec qui j'ai grandi et qui est l'un de mes meilleurs amis depuis toujours. L'homme qui a maintes fois répété que Damien représentait un danger pour moi.

L'homme qui, selon Damien, est amoureux de moi.

Il fut un temps où je me serais précipitée pour le prendre dans mes bras et lui confier toutes mes angoisses. À présent, je ne sais même plus trop qu'éprouver en le voyant ici.

Je reste pétrifiée tandis qu'il accourt vers moi, hors d'haleine, et me tend la main. Lentement, il la laisse retomber en comprenant que je ne vais pas la saisir.

— J'ignorais que tu serais ici, dis-je d'une voix sans timbre.

— J'ai essayé de te joindre au Kempinski ce matin, mais tu étais déjà partie.

— J'ai un mobile.

— Oui, je sais. J'aurais dû appeler. C'est une décision de dernière minute. Maynard a appris que j'avais fait mes études avec l'un des assistants du procureur et il a voulu que je vienne.

— À la fac de droit ?

Je ne vois vraiment pas pourquoi un procureur allemand irait étudier dans une université américaine.

— Non, au lycée. Le monde est petit, hein ?

— Damien sait que tu es là ?

J'ai parlé d'une voix sèche et glaciale, et je ne doute pas qu'Ollie en connaisse la raison. Si Damien choisissait les membres de l'équipe, Ollie n'en ferait pas partie.

Il a la grâce de prendre un air gêné.

— Non, dit-il. (Il passe une main dans ses cheveux rebelles qu'il a peignés en arrière. Une mèche retombe sur ses lunettes rondes à la John Lennon.) Qu'est-ce que tu veux que je dise à Maynard ? Que Stark ne veut pas de moi ici ? Si je le lui dis, je devrai expliquer pourquoi. Et si Stark n'a pas dit à Maynard que je t'ai confié des informations frappées du sceau du secret confidentiel, je ne vois pas pourquoi je devrais le lui dire.

— Tu aurais pu concocter une excuse quelconque.

— Peut-être. Mais je travaille sur la défense de Stark depuis Los Angeles. Cela fait trois semaines que je suis dessus à plein temps. Je ne suis pas là simplement parce que je connais quelqu'un, mais parce que je connais le droit. Je peux être un atout, Nikki. Et tu sais aussi bien que moi que Damien ne peut se permettre de se passer d'une telle aide.

Je me force à ne pas lui demander ce qu'il veut dire. Maynard est au courant des abus qu'a subis Damien dans sa jeunesse, j'en suis certaine. Mais il me semblait que toute l'équipe n'était pas informée. Ollie le sait-il ? Cette pensée me donne la nausée, car je sais à quel point Damien tient à ce que cet aspect de son passé reste caché. Cependant, je ne peux pas poser la question sans révéler les faits. Je peux seulement espérer que si Ollie n'assiste pas à la réunion du moment, c'est parce qu'il ne fait pas partie du premier cercle.

— Seras-tu à la table des avocats ?

Je suis soulagée de le voir secouer la tête.

— Je pensais m'asseoir avec toi. Si ça ne te dérange pas.

— Ça ne me dérange pas.

Les choses ont considérablement changé entre Ollie et moi, mais il m'a aidée dans presque toutes les crises que j'ai traversées et il me semble juste qu'il soit auprès de moi cette fois-ci aussi.

Il sourit gentiment et pose une main sur mon épaule. Il me regarde avec attention.

— Tout va bien ? Je veux dire… Tu ne… Tu vois ?

— Non, dis-je sans croiser son regard. Ça va.

J'inspire profondément et réprime mon envie de pleurer, regrettant l'époque où j'aurais tout confié à Ollie. Où j'aurais pu lui dire que chaque jour je me réveille en pensant que je vais avoir besoin de m'entailler, et que chaque soir je suis émerveillée de me coucher à côté de Damien, me rendant compte que je n'ai pas éprouvé cette tentation. Je ne suis pas « guérie » – je sais que je ne le serai jamais. J'aurai toujours envie d'éprouver de souffrir pour rester vivante. Simplement, je serai toujours un peu étonnée de traverser une crise sans m'enfoncer une lame dans les chairs. Mais j'ai Damien, à présent, et c'est lui dont j'ai besoin. Damien, la soupape de sécurité qui me retient de retourner le couteau contre moi. Damien qui m'aide à ne pas m'égarer.

Et voilà une raison de plus pour que j'aie peur de le perdre.

— Nikki ?

— Je t'assure, dis-je en levant les yeux. Pas de lames, pas de couteaux. Damien veille sur moi.

Je vois bien qu'il frémit, et un bref instant je regrette ces paroles. Mais ce n'est qu'une faiblesse temporaire.

Ollie s'est conduit comme une véritable merde à propos de ma relation avec Damien ; et si je continue de l'aimer, je ne vais pas oublier ni lui pardonner aussi facilement.

— J'en suis ravi, dit-il d'un ton guindé. Tout va bien se passer, tu sais. Quoi qu'il arrive, tu t'en sortiras très bien.

J'acquiesce, mais je le remarque : il a dit que *je m'en* sortirais très bien — il n'a pas parlé de Damien. Et une étincelle de colère teintée de tristesse jaillit en moi quand je constate qu'Ollie n'est plus en mesure de comprendre ce dont j'ai besoin. S'il le savait, il se rendrait compte que sans Damien, rien n'ira pour moi. Je ne m'en remettrai jamais.

Ollie ouvre l'un des battants de la double porte de la salle du tribunal et s'efface. J'hésite un bref instant en jetant un regard du côté où Maynard et Damien sont partis, mais ils ne sont pas ressortis de la salle de réunion. Je prends une profonde inspiration pour me donner du courage et j'entre dans cette salle où va se décider mon destin.

Bien que la galerie soit déjà remplie de journalistes venus assister au spectacle de Damien Stark devant la justice, le reste de la salle est vide, à l'exception d'un homme en uniforme et au garde-à-vous qui, je présume, escortera les trois juges professionnels et les deux assesseurs dans le tribunal quand le procès sera prêt à commencer.

Contrairement aux tribunaux américains, aucune barrière ne sépare les spectateurs des parties en présence. Ollie et moi descendons la travée centrale vers le rang de sièges juste derrière les places des témoins.

La rumeur dans la salle monte d'un cran tandis que la presse chuchote et s'agite pour mieux nous observer. Bien que je ne comprenne rien à l'allemand, j'entends mon nom et celui de Damien dans ce brouhaha. Je me concentre pour continuer mon chemin sans me retourner, ni flanquer une gifle au premier vautour à ma portée. En me retenant de ne pas leur hurler que ce n'est pas un spectacle, mais la vie d'un homme. Et la mienne. Notre vie à tous les deux.

Je tourne toujours le dos à la salle quand le bruit augmente encore. Je me retourne, certaine de ce que je vais voir et, bien entendu, par les portes ouvertes j'aperçois Damien sur le seuil, flanqué de Maynard et de maître Vogel, son principal avocat allemand… mais je les vois à peine. C'est Damien que je veux, Damien que je vois. Damien qui s'avance vers moi avec une telle énergie et une telle assurance que mes genoux se dérobent.

Comme il n'y a pas de caméras dans la salle, quand il me prend dans ses bras pour m'embrasser, je sais que cet instant ne sera pas immortalisé sur une pellicule. Je m'en moquerais dans le cas contraire, cela dit. Je me pends à son cou et me serre contre lui en retenant mes larmes, puis je m'efforce de le lâcher, car je ne peux pas rester éternellement cramponnée à lui.

Il recule d'un pas et pose un regard ardent sur moi en caressant mes lèvres du pouce.

– Je t'aime, je chuchote.

Je vois mes paroles se refléter dans ses yeux vairons. Mais c'est avec tristesse qu'il me sourit. Je le vois ciller et me rends compte qu'il regarde Ollie par-dessus mon épaule. Son expression reste impénétrable. Puis il le salue d'un signe de tête, et son attention revient sur moi. Il serre ma main dans la sienne puis va rejoindre à la table des témoins ses avocats qui nous ont dépassés et, déjà installés, ouvrent leurs serviettes et sortent leurs documents.

Je me laisse choir sur mon siège, soudain épuisée. Ollie prend place à côté de moi. Il ne dit rien, mais je perçois sa question muette et me tourne vers lui avec un pauvre sourire.

– Ça va, lui dis-je.

Un instant plus tard, les juges entrent dans la salle et le procès peut officiellement commencer.

Quand le juge a exposé les préliminaires, le procureur se lève et commence son réquisitoire. Je ne comprends pas l'allemand, mais j'imagine sans peine ce qu'il dit.

Il dépeint Damien en jeune sportif avide de compétition. Mais pas seulement comme un sportif...

« Car depuis son plus jeune âge, Damien a été conduit par l'ambition. Il avait l'esprit aux affaires et une passion pour la science. Mais il lui manquait quelque chose, l'argent.

Oh ! certes, il a commencé à en amasser, mais qu'est-ce qui peut suffire à un jeune homme qui rêve de fonder un empire ? Et n'est-ce pas précisément ce qu'il a fait ? Damien Stark n'est-il pas l'un des hommes les plus riches du monde ?

Et comment y est-il parvenu ? Comment a-t-il gagné son premier million ?

A-t-il déposé un brevet tout jeune alors qu'il était encore dans le circuit du tennis ? A-t-il convaincu son père – qui avait la mainmise sur ses revenus à l'époque

– d'investir ses gains au tennis ? Ou bien a-t-il hérité ce premier million de l'entraîneur qui l'avait formé ? Nourri ? Dorloté ?

Et comment Damien l'a-t-il remercié de cette attention et de cette affection ? Il a vu en Merle Richter un tiroir-caisse et l'a tué. Ce premier million, c'est le prix du sang, assène le procureur. De l'argent que l'Allemagne demande maintenant à Stark de rembourser au prix fort. »

Telle est l'histoire. Et si Damien n'expose pas sa version, j'ai bien peur que celle-ci ait du succès.

C'est à croire que le procureur ne va jamais s'arrêter. Je regarde les visages des juges. Ils n'ont pas l'air de compatir.

Quand le réquisitoire est terminé, je me rends compte que j'ai le genou qui saigne. Je ne me souviens pas avoir sorti un stylo de mon sac à main, mais c'est bien ce que j'ai dû faire, car je me suis enfoncé la pointe dans la chair.

– Nikki ? s'inquiète Ollie à côté de moi.

– Ça va, je réponds sèchement.

Je m'humecte l'index et frotte la tache de sang mêlée d'encre. Damien va la voir et s'inquiéter pour moi plus que pour lui-même.

Pendant que le juge parle, je vois Maynard chuchoter à l'oreille de maître Vogel, réputé comme l'un des meilleurs avocats de Bavière, sinon d'Allemagne. C'est un homme soigné, qui connaît son métier, et jusqu'à présent il m'a impressionnée. Mais maintenant que nous sommes au tribunal, je n'ai plus aucun repère et l'angoisse m'envahit. Il rassemble ses documents, se préparant au moment où il devra prendre la parole, quand le plus grand des trois juges reçoit un papier apporté par un huissier.

Il le lit, fronce les sourcils et dit quelque chose en allemand avant de se lever. Il jette un regard appuyé au procureur, puis à maître Vogel. Maynard se tourne vers Damien, et je vois de ma place son front soucieux.

J'ignore ce qui se passe, et je crois que Damien n'en sait pas plus. Comme s'il sentait mon regard sur lui, il se retourne. *Qu'est-ce qui se passe ?* j'articule en silence. Il secoue la tête d'un air dépassé.

En face de nous, les juges et leurs assesseurs se lèvent. Ils ne semblent pas ravis.

Le grand juge désigne maître Vogel et le procureur, puis il prononce quelques mots. Là encore, je reste perplexe. Mais à voir à quelle vitesse les deux le suivent dans l'antichambre, j'en déduis qu'il se passe quelque chose d'important.

Un moment de tension. Maynard se penche et dit quelques mots à Damien, qui secoue la tête. L'assistance s'ébroue et murmure, et je sais que tous les yeux sont rivés sur Damien. Je me cramponne à mon banc, terrifiée, et j'enfonce mes ongles dans le bois, me disant que si je lâche je vais partir en vrille.

Je ne sais pas combien de temps s'est écoulé quand la porte de l'antichambre s'ouvre à nouveau. L'huissier apparaît. Il s'adresse à un autre des avocats allemands, qui se penche et murmure à l'oreille de Maynard. J'essaie de lire sur ses lèvres, sans succès. En voyant Charles se raidir, je me fige à mon tour. Maynard pose une main sur le bras de Damien. Il parle à voix basse, mais je réussis à distinguer : « Ils veulent nous voir dans l'antichambre. »

Je déglutis alors que Damien se lève et, sans réfléchir, je tends une main vers lui. Je ne le vois pas bouger. Faire un pas vers moi. Mais durant une fraction de seconde, ses doigts se referment sur les miens. Une décharge électrique me secoue. Il serre mes doigts et son regard croise le mien.

Je voudrais parler, mais je ne sais pas quoi dire. Je suis terrifiée, plus que jamais. Mais je ne veux pas que Damien le voie. Il le sait, évidemment, mais je veux tenir le coup. Donner l'impression que je suis aussi forte qu'il le croit.

Puis il s'éloigne et franchit la lourde porte de l'anti-chambre. Là où je ne peux pas le suivre, dans un monde que je ne comprends pas.

Je sais seulement qu'en général il n'y a pas ce genre d'interruption dans un procès.

Et je ne vois que l'expression austère des juges et l'air impassible de Charles Maynard.

Je sais seulement qu'on m'a enlevé Damien.

Tout ce que je ressens, c'est de la peur.

Chapitre 4

Ollie est allé s'asseoir avec l'équipe des avocats. Je sais qu'il essaie de comprendre ce qui se passe, mais ne plus l'avoir à côté de moi m'angoisse. Une heure a passé, à présent. Je suis seule et j'ai désespérément besoin de comprendre. Pour la première fois depuis mon arrivée en Allemagne, je sens réellement ce que ça fait d'être dans un pays étranger, car je ne comprends pas ce qui se passe autour de moi.

Cependant, ce n'est pas une question de langue. Le fait que je ne parle pas l'allemand renforce seulement cette impression. Les avocats allemands parlent tous couramment anglais, et j'entends ce qu'ils disent à Ollie. En fait, ils ne comprennent pas plus que moi. Nous venons tous de passer de l'autre côté du miroir, et j'ai peur que ce que nous allons y trouver soit encore pire que le spectacle auquel nous nous attendions.

Je m'appuie sur mon siège pour m'apprêter à me lever. Mais je me force à rester assise. Faire les cent pas ne va qu'attirer l'attention sur moi, et je l'ai déjà remarqué ; tous les gens dans la galerie m'observent en chuchotant entre eux. En l'absence de Damien, je suis sa remplaçante. Ce n'est pas un rôle qui me contrarierait dans des circonstances normales, mais aujourd'hui je n'ai pas envie de me trouver sous le feu des projecteurs.

Quand je suis sûre de devenir folle si je dois supporter une minute de silence de plus, la porte de l'antichambre se rouvre et tout le monde ressort. Les juges apparaissent les premiers, le visage impénétrable, suivis de Maynard et de maître Vogel, puis des assesseurs. Damien ferme la marche.

Je me lève et mon regard croise le sien. Je garde les poings serrés le long de mon corps et lui hurle muettement de me dire ce qui s'est passé. J'ai beau scruter son visage, je ne peux rien y lire. Il reste de marbre.

Il s'installe à la table des avocats, à deux mètres seulement de moi. J'ai un pincement au cœur, car il ne me regarde plus. Une peur glacée m'envahit. Puis il se retourne et croise de nouveau mon regard. Des larmes me montent aux yeux.

Ça tourne mal, me dis-je. *Je ne sais pas ce qui se passe, mais ça tourne très, très mal.*

Damien détourne le regard, et mon angoisse augmente encore. Je m'assieds à mon tour. Il y a déjà un témoin, un agent d'entretien, qui l'a vu se quereller sur le toit avec Richter avant que celui-ci fasse sa chute mortelle. Pourrait-il y en avoir un autre ? Je ne vois pas d'autre possibilité, alors l'inquiétude me ronge.

Les juges ont repris leur place et s'apprêtent à reprendre le procès. Et à ce moment, Ollie vient se rasseoir à côté de moi.

— Tu sais ce qui se passe ? je demande à voix basse.

— Non, répond-il, le front plissé, apparemment aussi perplexe que moi.

Le grand juge commence à parler, lentement, et si maître Vogel, Maynard et Damien ne bronchent pas, les autres avocats à la table de la défense se tortillent sur leurs sièges. Ils n'ont pas assisté à l'échange derrière les portes closes de l'antichambre et, à ce qu'il me semble, ont l'air au bord de l'explosion.

Derrière nous, l'assistance recommence à murmurer. L'ambiance sinistre semble s'être dissipée. Je ne comprends ni pourquoi ni comment, mais je suis sûre qu'il se passe quelque chose de bouleversant. De bouleversant, mais de positif.

Je jette un coup d'œil à Ollie, craignant de me faire des idées ; mais il échange un regard avec moi et lève la main, les doigts croisés. En cet instant, je serais capable de l'embrasser. Quels que soient ses problèmes avec Damien, là, il est de notre côté. De mon côté.

Le juge achève soudain. Il se lève et quitte la salle, suivi de ses confrères. À peine la porte s'est-elle refermée sur eux que retentit une cacophonie de cris, sifflets et huées. L'un des avocats me prend en pitié et se tourne vers moi.

— Les chefs d'accusation, dit-il avec un accent allemand à couper au couteau. Tout a été abandonné.

— Quoi ? je demande, stupéfaite.

— Tout est fini, dit Ollie en me prenant dans ses bras. Damien peut rentrer chez lui en homme libre.

Il me lâche et je le regarde fixement, paralysée par la surprise. J'ai peur d'y croire. Peur d'avoir mal entendu et que quelqu'un vienne me dire que le procès va reprendre d'un instant à l'autre.

Je me retourne vers Damien, mais il est toujours de dos. Le procureur, devant lui, parle d'un ton grave, mais si bas que je ne distingue pas un mot. Maynard est à côté de Damien, une main sur son dos, dans un geste quasi paternel.

— C'est vrai ? je demande à l'avocat allemand. Ce n'est pas une plaisanterie ?

— C'est vrai, dit-il avec un grand sourire et un regard compréhensif. Nous ne plaisantons pas avec ce genre de choses.

— Non, évidemment que non. Mais pourquoi ? Je veux dire…

Mais il se retourne pour répondre à la question d'un autre avocat. Je vois que le procureur a laissé Damien, et une vague de joie déferle sur moi. À présent, peu importent les raisons.

— Damien ! dis-je d'un ton léger.

Son prénom est délicieux sur mes lèvres et j'ai envie de conserver en moi cet instant précieux où m'a été rendu l'homme que je craignais tant de perdre.

Il se retourne et j'imagine déjà ce que je vais voir sur son visage. Un regard illuminé par la joie, débarrassé de toute l'inquiétude qui pesait sur lui depuis le jour de la mise en accusation.

Mais ce n'est pas ce que je vois. Au lieu de chaleur, je ne vois qu'une lueur glacée dans ses yeux. Et son expression n'a rien de joyeux. Elle est vide et morne.

Décontenancée, je me rembrunis, puis je vole vers lui.

— Damien, je répète, en tendant la main. (Ses doigts se referment sur les miens comme si j'étais une bouée de sauvetage durant une tempête.) Oh, mon Dieu, Damien, c'est fini !

— Oui, dit-il d'une voix dure qui me fait frissonner. En effet.

Il me tient la main, mais ne prononce pas un mot durant le trajet jusqu'à l'hôtel. Sans doute est-il encore sous le choc, me dis-je. Sans doute ne parvient-il pas à croire que le cauchemar est vraiment terminé.

Nous sommes seuls. Les avocats sont restés là-bas pour régler toutes les questions administratives qui se présentent au terme d'un procès. Et je suppose qu'il doit y avoir encore plus à faire quand un procès se termine plus vite que prévu. Je laisse le silence durer encore, mais je n'en puis plus lorsque nous arrivons à l'hôtel.

— Damien, c'est fini. Ça ne te rend pas heureux ?

Moi, je me retiens d'exploser de bonheur en sachant Damien libre et hors de danger.

Il me regarde sans la moindre expression, puis un sourire éclaire son visage. Pas immense, mais sincère.

— Oui, concernant cela, je ne pourrais pas être plus heureux.

— « Concernant cela », je répète, décontenancée. Qu'est-ce qu'il y a d'autre ? Que se passe-t-il ? Pourquoi les accusations ont-elles été abandonnées ?

À cet instant, un voiturier ouvre la portière et Damien s'apprête à descendre. Réprimant mon agacement, je le suis. Damien me prend la main pour m'aider, puis il entremêle ses doigts aux miens, le temps que nous gagnions l'entrée de l'hôtel.

Je suis si perdue dans ce mélange de joie et de perplexité qu'il me faut une minute pour m'en rendre compte : les alentours débordent de journalistes et le personnel de l'hôtel forme une haie pour nous permettre de passer.

Damien faisait la une des journaux quand il était en procès pour meurtre. Maintenant que les accusations ont été levées, le sujet est encore plus brûlant.

Le concierge nous accueille avec une poignée de messages que je prends, car Damien ne semble pas s'y intéresser. Des félicitations, auxquelles le concierge ajoute les siennes. Damien le remercie aimablement, puis il m'entraîne vers l'ascenseur.

— Je me disais que nous pourrions nous arrêter au bar pour prendre un verre, dis-je.

Je mens. Je ne me suis rien dit de tel. Mais j'essaie de provoquer une réaction chez Damien, tout en m'en voulant de fabriquer un scénario où il va devoir faire un choix.

— Vas-y, si tu en as envie.

— Seule ?

Un frisson me glace l'échine. Je commence à paniquer.

— Ollie va arriver d'un instant à l'autre. Je parie qu'il sera ravi de prendre un verre avec toi.

— Je n'ai pas envie de boire un verre avec Ollie, je réponds. (Je suis fière de réussir à garder mon calme, alors que je n'ai qu'une envie, hurler. Car le Damien si prêt à me laisser prendre un verre avec Ollie McKee n'est pas l'homme que je connais et que j'aime.) Damien, dis-moi ce qui ne va pas, je t'en prie.

— J'ai juste besoin de monter dans la chambre.

L'ascenseur arrive et, comme pour me le prouver, Damien y entre.

Je le suis, puis me rembrunis en observant son visage. Pour la première fois, je vois les gouttelettes de sueur perlant sur son front, ses yeux injectés de sang, et son teint blême et cireux.

— Mon Dieu, Damien, dis-je en levant la main vers son front alors que l'ascenseur nous emporte vers la suite présidentielle.

— Je n'ai pas de fièvre, dit-il en se détournant.

— Alors qu'est-ce qu'il y a ?

Il lui faut un moment pour répondre. Puis il laisse échapper un long soupir.

— Je suis simplement contrarié.

— Contrarié ? je m'entends monter d'une octave. Parce que les accusations ont été abandonnées ?

— Non. Pas à cause de ça.

La porte de l'ascenseur s'ouvre et je le suis dans le couloir. Nous nous immobilisons devant la porte de notre suite.

— Alors, de quoi ? je demande avec un calme surnaturel pendant qu'il glisse sa carte dans la serrure. Bon sang, Damien, mais réponds-moi ! Dis-moi ce qui s'est passé aujourd'hui.

La diode passe au vert, il pousse la porte et entre dans la suite. Je ne sais pas si c'est réel ou si je l'imagine, mais sa démarche me paraît hésitante, comme s'il craignait que le sol se dérobe sous ses pieds. Jamais je ne l'ai vu ainsi et je commence à avoir peur.

Il a beau se prétendre contrarié, je ne le crois pas. Quand Damien est contrarié, il se déchaîne. La célèbre colère explose et il se lâche sur tout ce qui l'entoure. Il se lâche même sur moi.

Mais pour l'instant, on dirait que le pouvoir lui glisse entre les doigts comme du sable. Il ne me semble pas contrarié. Plutôt fracassé. Et ça me fait affreusement peur.

– Damien, je répète. S'il te plaît…

– Nikki…

Il m'attire brutalement vers lui et, bien que surprise, je pousse presque un cri de joie. *Oui*, je pense. *Embrasse-moi, touche-moi, utilise-moi.* Quoi qu'il lui faille, je le lui donnerai. Et il le sait. Bon sang ! Il ne le sait que trop bien.

Mais il ne fait rien, à part passer la main dans mes cheveux sans me lâcher.

– Damien !

J'ai l'impression que son prénom m'est arraché, je me force à lever la tête et j'écrase mes lèvres sur les siennes en un fougueux baiser. Il me le rend immédiatement, d'une bouche dure et exigeante, me collant contre lui d'une main impérieuse. Le baiser est brutal. Violent. Il me mord la lèvre, je sens le goût du sang et ça m'est égal. Au contraire, c'est comme si je prenais mon essor, poussée par la passion et le désir qui le parcourent.

Son corps se raidit contre le mien, et sa main descend pour empoigner mon cul. Il me serre contre lui et je sens son sexe durcir sous son pantalon. Je me frotte contre lui, ruisselante de ce soulagement ardent qui bouillonne en moi. *Il est de retour. Le revoici.*

Mais ce n'est qu'une illusion, car brusquement il me repousse, hagard, perdu, haletant. Il se ressaisit en s'appuyant sur le dossier d'une chaise et se détourne de moi. Mais il est trop tard. J'en ai trop vu, et dans ses yeux j'ai lu de l'horreur.

Je reste paralysée d'impuissance. Il m'a repoussée et je ne sais comment revenir à lui.

— Ne fais pas ça, je chuchote.

C'est tout ce que je parviens à lui dire. Je crois qu'il ne va pas relever, mais il se redresse et j'étouffe un cri en voyant son teint livide. Je me précipite sur lui et passe la main sur sa joue. Sa peau est moite et glacée.

— J'appelle le médecin de l'hôtel.

— Non.

Il me fixe et je vois la douleur dans son œil couleur d'ambre, mais le noir est aussi vide et lointain que la nuit. Il va s'asseoir sur le sofa, les coudes sur les genoux et le front dans les mains.

— Damien, je t'en prie. Peux-tu me dire ce qui se passe ? Ne peux-tu pas me parler ?

— Non, répond-il, immobile.

Ce simple mot me déchire brutalement comme une lame de scie déchiquette une peau innocente.

Je pourrais le faire. Un seul et simple geste rapide. Je pourrais le faire et je me laisserais guider par la douleur. Pour retrouver Damien. J'ai besoin de ce repère. J'ai besoin…

Non !

Je tressaille et me détourne. S'il relève le nez, pas question qu'il voie dans quelle direction mes pensées se sont aventurées. Pas question qu'il voie l'effort que je fais pour ne pas bouger. Pour ne pas me précipiter dans la salle de bain et fouiller dans sa trousse de toilette en cuir. En sortir son rasoir, enlever la lame, cette petite lame si tranchante. Si délicieusement tentante…

Je me concentre sur ma respiration. J'ai pris l'habitude de m'appuyer sur la force de Damien, et à présent je ne peux que me demander si je serai capable de me débrouiller à nouveau seule.

Il s'allonge sur le sofa, mais il garde les yeux ouverts et me tend la main. Je vais m'agenouiller auprès de lui, je la prends et la serre contre moi, le cœur gonflé. Je suis terrifiée à l'idée que le bonheur ne soit que passager, que l'univers corrige sa trajectoire et transforme notre romance en tragédie.

— Je t'aime, dis-je, désespérée.

En réalité, je veux lui faire comprendre qu'il m'effraie.

Il porte ma main à ses lèvres et dépose un baiser sur mes doigts.

— Je vais faire une sieste.

Ses paupières sont lourdes.

— Oui, bien sûr.

Son excuse tient la route. Je me jette dessus et ne la lâche plus. Après tout, notre nuit a été courte, et je sais qu'il n'a pas bien dormi. Je le sais, car je n'ai pas bien dormi non plus ; et chaque fois que je me réveillais, je le voyais fixer le plafond ou se retourner dans le lit. Il n'était calme que lorsqu'il me serrait contre lui.

Ce souvenir m'apaise. J'ignore ce qui se passe avec Damien en ce moment, mais au fond je sais qu'il a autant besoin de moi que moi de lui.

Je serre sa main dans la mienne avant de la lâcher. Je lui enlève ses chaussures, puis je prends une couverture et l'étends délicatement sur lui. Il a déjà fermé les yeux et sa respiration est régulière.

Je m'apprête à sortir du salon pour gagner la chambre sur la pointe des pieds, quand j'entends la sonnerie de son téléphone. J'étouffe un juron et retourne au divan, pas question que le téléphone le réveille. Je sors l'appareil de la poche intérieure de sa veste. Le numéro m'est inconnu et je décroche dans l'idée de prendre un message.

– Téléphone de Damien Stark, dis-je à mi-voix en m'éloignant pour ne pas le déranger. (J'entends une brève inspiration, puis c'est le silence.) Allô ?

Et la communication est coupée. Je fronce les sourcils, mais sans m'inquiéter plus que ça. Je mets l'appareil sur vibreur et le laisse sur la table pour que Damien puisse le retrouver sans peine.

Arrivée dans la chambre, j'enlève le tailleur Chanel que je portais au tribunal. J'enfile une robe jaune vif, espérant que cette couleur joyeuse me remontera le moral. Je garde le collier de perles et le caresse, en songeant aux doigts de Damien qui me l'a mis au cou ce matin. Je m'allonge sur le lit et m'efforce de dormir, mais le sommeil me fuit et mon humeur ne s'arrange pas. Cela finit par devenir insupportable. Je n'ai aucune réponse et je ne vois qu'une solution pour les obtenir.

Je sors mon téléphone et j'envoie un texto : « C'est Nikki. Il faut que je vous voie. Vous êtes à l'hôtel ? Où puis-je vous retrouver ? ».

Je retiens mon souffle en attendant la réponse, espérant qu'il n'ignorera pas ma demande. Il se passe tant de temps que je commence à me dire que c'est précisément ce qu'il fait. Puis la réponse arrive et je pousse un soupir de soulagement.

« Chambre 315. »

Je prends mes affaires et me précipite vers l'ascenseur. Je veux arriver là-bas avant qu'il ne change d'avis. Je suis si pressée que je tambourine de l'index sur le bouton d'appel. Quand l'ascenseur arrive enfin, j'y trouve un couple d'adolescents ayant chacun la main dans la poche arrière du jean de l'autre. Le spectacle me fait sourire et je me détourne, craignant que ce simple étalage public d'affection me fasse pleurer.

Je descends avant eux au troisième, prends un instant pour m'orienter, puis descends rapidement le couloir jusqu'à la porte de la chambre 315. Je frappe et j'attends. Avec un soupir de soulagement, je vois la porte s'ouvrir sur Charles Maynard.

— Merci de me recevoir, dis-je. Damien est… eh bien, il fait une sieste.

Un euphémisme pour « Il est au bout du rouleau », et je crois que Maynard a saisi.

— Asseyez-vous, dit-il en me désignant le canapé. Voulez-vous boire quelque chose ? Je venais de rentrer quand j'ai reçu votre texto. J'envisageais de commander un déjeuner.

— Non merci, dis-je tandis qu'il se sert généreusement en scotch.

— Vous devez être soulagée, dit-il.

Voilà probablement la phrase la plus ridicule qu'on m'ait jamais dite.

— Évidemment que oui, je rétorque d'un ton plus agacé que je n'aurais voulu.

— Pardonnez-moi… J'ai dû vous paraître condescendant.

Je m'affaisse un peu.

– Je suis venue vous voir parce que je ne comprends pas ce qui s'est passé. Il faut que je le sache. Damien…

Impossible d'achever ma phrase. Je ne peux pas dire, même à cet homme qui connaît Damien depuis l'enfance, que pour une raison que j'ignore ce non-procès semble l'avoir brisé.

Je ne peux pas non plus m'en aller. Maynard est ma seule possibilité d'obtenir des réponses, et je ne peux repartir sans savoir.

J'attends donc dans le silence troublé seulement par le bourdonnement de la climatisation. J'ai peur que Maynard ne dise rien et que je sois forcée de lui raconter que Damien est remonté à notre chambre comme un zombie. Qu'il s'est assoupi sur le canapé. Qu'il semble éprouvé comme après un combat.

Je ne veux pas lui raconter cela, car d'une certaine manière ce serait un peu trahir Damien. Damien Stark n'est pas un homme qui montre sa faiblesse et le fait qu'il me l'ait laissé voir n'est qu'une preuve supplémentaire de sa confiance en moi. Je ne peux pas la trahir. Mais, du coup, je ne peux rien dire ni expliquer la raison de ma venue.

Dieu merci, Maynard vient à mon secours.

– Il est angoissé, c'est ça ?

– Que s'est-il passé au tribunal ? Pourquoi l'affaire a-t-elle été classée sans suite ? (Maynard me considère un moment et je vois qu'il hésite à me répondre.) Je vous en prie, Charles. J'ai besoin de savoir.

Quelques secondes passent encore, puis il hoche la tête. Bien que très bref, ce geste semble tout changer. Je me sens plus légère. Je respire mieux. Je me penche en avant, sans plus m'inquiéter de ce qu'il va me dire, attendant simplement d'apprendre la vérité.

– La cour a reçu des photos et un enregistrement vidéo, dit Maynard. Voilà ce qui s'est passé après les préliminaires. C'est pour cette raison que nous nous sommes réunis dans l'antichambre. Les images ont été diffusées à l'accusation et à la défense. À la lumière de ces pièces, le tribunal a décidé de renoncer aux poursuites.

– Le tribunal ? Je croyais qu'il revenait au procureur de décider de cette question.

– C'est le cas aux États-Unis, où le procureur a un grand pouvoir. Mais pas en Allemagne. La décision finale incombe au tribunal, et l'accusation et la défense ont présenté un rapide argumentaire en faveur de la décision de classer sans suite.

J'opine, même si cela ne m'intéresse pas trop de savoir qui a eu le pouvoir de ne pas poursuivre Damien. J'aimerais surtout savoir pourquoi.

– Très bien, dis-je avec raideur. Dites-moi ce qu'il y avait sur ces photos et cette vidéo.

Maynard contemple les documents étalés sur la table basse, puis les classe d'un air distrait.

– Exactement ce que Damien ne voulait pas dévoiler. (Il lève les yeux vers moi.) Ne me demandez pas de vous en dire plus, Nikki. Rien que cette précision enfreint la clause de confidentialité.

– Je vois.

J'ai du mal à parler, les sanglots me nouent la gorge. Je ne sais pas exactement ce que montrent ces images, mais je comprends de quoi il s'agit. Et aussi pourquoi les voir a tant éprouvé Damien.

Je me lève, car je tiens absolument à retourner auprès de lui. Le serrer contre moi, le caresser, et lui dire que tout ira bien. Que personne d'autre n'est au courant.

À ce moment, une pensée affreuse m'effleure.

– Le tribunal va-t-il rendre ces trucs publics ?

– Non, répond fermement Maynard. Damien en a reçu une copie, et le tribunal a ordonné que la pièce originale soit placée sous scellés.

– Tant mieux, dis-je, m'apprêtant à partir. Merci de m'avoir expliqué.

– Donnez-lui un peu de temps, Nikki. Ç'a été un choc, mais ça ne change pas grand-chose au fond. Il n'y avait rien sur ces photos qui n'appartenait pas déjà à son passé.

J'acquiesce, le cœur brisé pour le garçon qui a dû vivre ce cauchemar. Je remercie Maynard, puis je sors dans le couloir et referme la porte. Je prends une profonde inspiration et m'appuie contre le battant. Je frissonne et me laisse glisser jusqu'à terre, incapable de me soutenir. Le front sur les genoux, les bras autour de mes jambes, je pleure.

Pas étonnant que Damien soit effondré. La seule chose au monde qu'il ne voulait pas rendre publique vient de tomber du ciel comme une météorite et de se fracasser sur son crâne. Bien sûr, les photos sont sous scellés à présent, mais les juges les ont vues et les avocats aussi. Et ces photos venaient bien de quelqu'un. Ce quelqu'un doit encore avoir des copies.

Merde !

J'ai besoin de retrouver Damien. De le prendre dans mes bras, de le rassurer. Je me relève et me dirige lentement vers l'ascenseur, l'appelle pour remonter à la suite, avant de me maudire pour mon égoïsme. Comment ça, j'ai besoin de le retrouver ? J'ai besoin de le prendre dans mes bras ? Ce dont Damien a besoin, c'est de repos, il me l'a dit lui-même. Ce que je désire, ce dont j'ai besoin peut attendre.

Je décide de descendre, mais je n'ai pas envie d'attendre. Il faut que je bouge. Et si je ne peux pas rejoindre Damien, j'irai ailleurs. Je jette un coup d'œil dans le couloir, soudain désemparée. Au bout, un panneau lumineux indique l'escalier. Je me hâte dans cette direction, puis je me déchausse et, mes souliers à la main, je dévale les trois étages pieds nus. Cela me fait du bien, cela me paraît naturel. Et quand j'arrive en bas, je remets mes chaussures et sors dans le hall.

Je ne sais pas très bien ce que je compte faire. La journée a été si longue et je suis si épuisée que voir le soleil filtrer par les fenêtres me surprend. Pourtant, nous sommes encore au début de l'après-midi d'une magnifique journée d'été.

Je me tourne vers l'entrée, mais je suis arrêtée par le vibreur de mon téléphone. Je le sors de mon sac à main, pensant que c'est Damien.

C'est un texto d'Ollie. « Retourne-toi. »

J'obéis. Il est derrière moi, à quelques pas de l'entrée du bar. Il me fait signe de la main. Malgré moi, je souris et lui fais signe à mon tour.

Il reprend son téléphone et je le vois taper un autre message. Une seconde plus tard, mon téléphone vibre.

« Dites-moi, madame. Je peux vous offrir un verre ? »

Je ne peux m'empêcher de rire. « Un peu tôt, non ? » Je tape le message, mais pas moyen de l'envoyer, car je n'ai plus de batterie. *Zut !* J'ai oublié de le recharger quand nous sommes rentrés du lac hier soir.

Je le brandis bien en évidence pour qu'Ollie le voie et, dans un geste théâtral, le laisse tomber dans mon sac à main, comme on se débarrasse de quelque chose d'inutile et d'un peu répugnant. Puis je le rejoins. Il entre avant moi et quand j'arrive à mon tour, je le trouve assis au bar. Le serveur s'approche : il pose un cocktail devant Ollie et un bourbon sur glace devant moi.

— Merci, dis-je, à la fois à Ollie et au barman. Il est un peu tôt.

— Ce n'est pas l'impression que j'ai, répond Ollie. Pas aujourd'hui, en tout cas.

— Non, effectivement, j'opine en buvant une gorgée de bourbon.

Il remue son cocktail avec l'olive embrochée sur un pique-fruit.

— Je suis content que Stark soit innocenté. Vraiment. Je te le jure.

Je le regarde avec attention, car je ne comprends pas pourquoi il me dit ça. Mais c'est comme une éclaircie dans une journée pourrie qui aurait dû être merveilleuse. Du coup, je me rabats sur la seule attitude possible, je le remercie en souriant.

— Je pensais que vous vous seriez isolés pour fêter ça, dit-il.

— Damien dort.

— Il doit être épuisé. C'est aussi mon cas. Ç'a été une sacrée cavalcade.

Je n'en peux plus de ces petites amabilités.

— Tu es au courant ? je lui demande. Tu sais pourquoi l'affaire a été classée sans suite ?

— Tu tiens vraiment à ce que je franchisse cette limite ? demande-t-il en m'observant.

Je réfléchis. Je pense à Damien, qui semble tellement accablé. Jusqu'ici, j'ai refusé d'écouter ce qu'Ollie me disait sur Damien ; mais à présent, j'ai peur de ne pas pouvoir l'aider si je ne sais pas ce qu'il y a sur ces photos.

— Oui, dis-je sans hésiter. Je veux le savoir.

— Oh ! merde, Nikki… soupire-t-il. Je n'en sais rien. Pour une fois, je ne peux rien te dire du tout. Désolé.

Au lieu d'être irritée, je suis immensément soulagée. Quoi qu'il y ait sur ces photos, je n'ai pas envie qu'Ollie le sache.

— Ça ne fait rien, dis-je en fermant les yeux. Ça ne fait rien…

Il boit une longue gorgée de son cocktail.

— Bon, tu veux déjeuner quand même ? Faire un tour ? Imaginer les conversations des gens assis aux autres tables ?

Je souris faiblement. D'un côté, j'ai envie de dire oui, d'essayer de réparer ce qui s'est cassé entre nous. Mais d'un autre côté…

— Non, dis-je en secouant la tête. Je ne suis pas encore prête.

— D'accord, dit-il, apparemment un peu déçu. Ce n'est pas grave. Nous verrons ça quand nous serons rentrés. (Il passe distraitement le bout de l'index sur le bord de son verre.) Tu as eu Jamie au téléphone ?

— On n'a pas beaucoup parlé, dis-je. J'étais préoccupée.

— Oui, j'imagine. Elle t'a dit que ce salaud de Raine l'avait fait virer du tournage de la pub ?

— Oh ! merde... je murmure, effondrée. Quand ?

— Juste après ton départ.

— Elle ne m'a rien dit. (Je sais qu'elle ne voulait pas que je me fasse de souci pour elle, à cause du procès de Damien, mais j'ai l'impression de ne pas avoir été à la hauteur.) Comment elle prend ça ? je demande. Elle a passé des auditions ?

— Aucune idée. Je ne l'ai pas revue depuis. Je reste loin de la tentation, ajoute-t-il sans me regarder.

— Il ne devrait pas y avoir de tentation, dis-je. En tout cas, si Courtney est la femme de ta vie.

— C'est vrai, ça ? demande-t-il avec un regard aigu. Ou bien c'est juste un mythe romantique ?

— C'est vrai, dis-je en pensant à Damien. Il n'y a pas plus vrai au monde.

— Peut-être que tu as raison...

Je suis un peu peinée, car il ne devrait pas être triste de me dire ça. Surtout qu'il s'apprête à se marier.

Il secoue la tête comme pour chasser des pensées noires, puis il vide son verre.

— Je vais aller m'allonger sur mon lit, fermer les yeux et laisser tourner le monde. Et toi ?

Je pense à Damien. Si je remonte, je vais avoir envie de le toucher, ne serait-ce que pour m'assurer qu'il est bien là, qu'il est réel. Mais il a besoin de dormir, et pour l'instant c'est la seule chose que je sois en mesure de lui offrir.

— Je vais sortir, je réponds. J'ai besoin de faire un peu de shopping-thérapie.

Chapitre 5

Je sors de l'hôtel et prends à gauche avant de me promener sans but sur cette rue élégante que j'ai arpentée tant de fois avec Damien. Comme Rodeo Drive et la 5ᵉ Avenue, Maximilianstrasse a son rythme et son allure bien à elle. Et comme ces rues tout aussi célèbres, elle respire l'argent. La semaine dernière, je tenais la main de Damien pendant que nous faisions du shopping. La rue était alors un endroit magique qui nous faisait oublier le sinistre procès en nous offrant quelques lumineux instants de luxe.

Aujourd'hui, j'ai désespérément envie de retrouver cet état d'esprit. Laisser les poignées de porte en laiton doré et les vitrines scintillantes me remplir la tête pour qu'il n'y ait plus de place pour les soucis. Mais ça ne marche pas, et cette rue qui ne promettait qu'amusement et plaisirs quand je tenais la main de Damien ne me paraît aujourd'hui qu'une cohue de badauds avides qui se bousculent, avec trop de temps et pas grand-chose à faire.

Bon sang ! Je devrais fêter l'événement. C'est même plutôt Damien qui devrait le fêter.

Je continue mon chemin, dépasse Hugo Boss, Ralph Lauren et Gucci, et parviens à une petite galerie que Damien et moi avons visitée trois jours après mon arrivée à Munich. Le propriétaire, un homme maigre et souriant, me salue immédiatement. Comme il a dragué Damien d'une manière éhontée tout en m'ignorant superbement, je suis surprise qu'il me reconnaisse.

– *Fraülein !* Quel plaisir de vous voir. Mais comment se fait-il que vous ne fêtiez pas l'événement ? Et où est monsieur Stark ? Cela m'a fait tellement plaisir de savoir qu'il était innocenté !

– Merci, dis-je, sans pouvoir m'empêcher de sourire devant son enthousiasme que j'aurais préféré voir chez Damien. Il dort, en fait. Ces deux dernières semaines ont été épuisantes.

Il hoche la tête d'un air entendu.

– Et que puis-je faire pour vous ?

Je suis entrée machinalement, mais maintenant que je suis là je me rends compte que j'avais une raison.

– Vous pouvez livrer à l'étranger, n'est-ce pas ?

– Bien sûr, répond-il, trop poli pour sourire de ma question idiote.

– J'aimerais jeter un coup d'œil à ces tirages en noir et blanc, dis-je en indiquant la salle où Damien et moi avons passé une heure à admirer les magnifiques œuvres d'un photographe munichois.

J'ai rejoint Damien en Allemagne si rapidement que j'ai oublié de prendre mon appareil et, même si ce n'est pas vraiment un voyage qui engage à la photo souvenir, à certains moments j'ai regretté de ne pas l'avoir avec moi. Pendant des années, un appareil photo m'a servi de réconfort. D'abord le Nikon que ma sœur Ashley m'avait donné lors de ma première année de lycée. Plus récemment, le Leica numérique que Damien m'a offert à Santa Barbara, un cadeau stupéfiant, preuve que cet homme me comprend – et combien il voulait me faire plaisir.

À présent, c'est moi qui veux lui faire plaisir. Bien qu'il ne soit pas à l'aise pour manier un appareil, il a un goût excellent pour juger des images, et nous avons été tous les deux très impressionnés par la composition étonnante et la lumière éthérée de cette série de clichés.

Je m'immobilise devant celui qui montre le soleil descendant derrière une chaîne de montagnes. Des bandes de lumière semblent jaillir de l'image et, bien que les ombres soient profondes, chaque nuance de la paroi montagneuse est encore perceptible. C'est magnifique, à la fois sombre, romantique et inquiétant. Cela me fait penser à Damien. Aux fois où il m'a serrée dans ses bras en murmurant qu'entre nous le soleil ne se couchait jamais.

Je veux donc lui offrir cette photo. Je veux qu'elle soit accrochée dans la chambre de sa maison de Malibu, pour qu'elle nous rappelle tout ce qu'il y a entre nous. Je veux que nous sachions tous les deux que, même dans le noir, il y aura toujours de la lumière et que, quoi qu'il arrive, nous durerons éternellement. Je veux une image qui dit « Je t'aime ».

– C'est un beau tirage, dit le galeriste derrière moi. Et en édition limitée.

– Combien ?

Il me donne un prix qui manque de me causer une crise cardiaque. Mais en dehors de la location de la Lamborghini, je n'ai pas entamé mon million en dépenses frivoles, et de toute façon cette photo n'a rien de frivole. Alors que je me retourne pour la regarder encore, je me rends compte qu'elle me paraît étrangement importante ; et je sais que si je m'en vais sans l'acheter, je la regretterai chaque fois que je regarderai les murs de la maison de Malibu sans l'y voir.

Je me retourne pour sourire au galeriste, mais je me retrouve face à la vitrine. Dehors, une femme portant une casquette, le visage collé à la vitre comme si elle essayait de voir à l'intérieur. Il n'y a rien d'étrange à cela – après tout, la plupart des gens le font –, mais je lui trouve quelque chose de bizarrement familier. Et quelque chose dans sa posture me dit que ce ne sont pas les photos qu'elle regarde, mais moi.

Je frémis, brusquement et déraisonnablement inquiète.

– *Fraülein ?*

– Comment ? Oh, pardon. (Je me tourne vers le galeriste, mais mon regard revient aussitôt sur la femme, qui vient de quitter la vitrine et continue son chemin. Je pousse un soupir de soulagement et me ressaisis. Je me comporte comme une idiote.) Oui, dis-je d'un ton ferme. Je vais la prendre.

L'homme se contente de hocher poliment la tête, mais je me dis qu'intérieurement il doit bondir de joie, et je ne peux m'empêcher de sourire.

– Le photographe doit venir ce week-end. Voulez-vous que je lui demande de dédicacer la photo, à vous et à monsieur Stark ?

– Ce serait merveilleux. Avez-vous du papier ?

Il m'en donne, et pendant qu'il inflige de sérieux dégâts à ma carte de crédit, je note l'adresse d'expédition et la mention que j'aimerais que l'artiste écrive.

— Passez une excellente journée, *Fraülein*, dit-il en me raccompagnant. Et dites à monsieur Stark combien je suis heureux pour lui.

— Je n'y manquerai pas, dis-je en sortant dans Maximilianstrasse.

Moins d'une heure plus tôt, cette rue spectaculaire m'avait paru sinistre. À présent, tout semble un peu plus lumineux. Je continue mon chemin en m'intéressant davantage aux magasins devant lesquels je flâne. Je m'arrête devant des vitrines pour regarder des sacs à main, des robes et des costumes pour Damien. À deux reprises, il me semble voir la femme à la casquette, mais quand je me retourne il n'y a personne. Je me rembrunis : en effet, ce n'est pas mon genre de voir des fantômes, alors je suis à peu près certaine que ce n'est pas le fruit de mon imagination.

Je doute beaucoup que ce soit vraiment moi qui l'intéresse. Je parierais plutôt que c'est une journaliste. Assurée qu'en me suivant assez longtemps elle finira par trouver Damien. J'envisage d'aller à sa rencontre et de lui dire que je n'aime pas être suivie, mais j'ai beau scruter les visages que je croise ou qui se reflètent dans les vitrines, je ne la retrouve pas.

Je me promène dans l'artère principale et les rues voisines pendant presque trois heures, puis je n'en peux plus. Je sais que Damien a besoin de dormir, mais moi j'ai besoin de Damien. C'est égoïste, oui, mais je me suis retenue aussi longtemps que j'ai pu.

Je suis presque revenue à l'hôtel quand je me rappelle une petite boutique que Damien et moi avons remarquée un soir que nous rentrions à pied d'un restaurant, et je décide d'y faire un petit saut avant de rentrer. Je fais signe au voiturier en passant devant le Kempinski et je traverse rapidement la rue pour arriver au Marilyn's Lounge, un magasin de lingerie haut de gamme situé deux rues plus loin. Je ne sais pas si des sous-vêtements sexy vont aider Damien à ne plus broyer du noir, mais cela ne peut pas lui faire de mal non plus.

En arrivant au magasin, j'aperçois une chevelure noir de jais. Damien ? J'hésite puis me hausse sur la pointe des pieds pour essayer de mieux voir par-dessus les passants. Sans succès.

Cependant, Damien et l'inconnue à casquette se trouvent réunis dans mes pensées et je ne peux m'empêcher d'éprouver une certaine angoisse. Je fronce les sourcils devant ma sottise, puis je pousse la porte du magasin.

Une liane blonde au regard félin m'aborde immédiatement. Et quand je lui dis que je cherche une tenue de nuit affriolante dans laquelle je n'ai aucune intention de dormir, elle m'adresse un sourire éblouissant :

— Vous êtes au bon endroit, mademoiselle Fairchild.

Je réussis à ne pas réagir. Depuis le temps, je devrais avoir l'habitude qu'on me reconnaisse.

Elle me consacre toute son attention et laisse sa consœur brune s'affairer auprès de la demi-douzaine d'autres clientes venues examiner ces minuscules morceaux de satin et de dentelle. Certaines ont l'air à la fois intéressées et choquées. D'autres arborent le visage impassible des expertes dans l'art de la séduction. La plus jeune ne regarde que des nuisettes blanches, j'en déduis immédiatement que c'est une jeune mariée.

Cependant, je n'ai pas le temps de me lier avec ce petit monde, car ma vendeuse se montre strictement professionnelle. Elle sort un mètre-ruban et me demande de tendre les bras. Puis elle se livre à des examens intimes auxquels personne ne s'est livré depuis longtemps, excepté Damien. Elle annonce ma taille de soutien-gorge – que je connaissais déjà – et entreprend de m'entraîner dans le magasin pour choisir bustiers et porte-jarretelles assortis, soutien-gorge à balconnet, body, déshabillés mousseux, et même tout un assortiment de lingerie rétro qui m'évoque Rita Hayworth et d'autres reines des classiques hollywoodiens.

Le temps qu'elle m'ait fait entrer dans une cabine d'essayage semblable à une petite chambre d'hôtel, j'estime que je ne suis pas l'experte en shopping que je m'imaginais être. Elle m'a épuisée, et c'est avec un mélange d'amusement et de soulagement que je lorgne le seau à glace où patiente une bouteille de champagne intacte. Deux flûtes en cristal attendent sur une table en marbre voisine, avec une carafe de jus d'orange. Ce breuvage est de toute évidence un remède à l'extrême hypoglycémie causée par cet excès d'exercice, et le champagne destiné à alléger mon portefeuille.

Pendant que je me sers un mimosa – après tout, mon portefeuille était déjà délesté quand j'ai franchi la porte – ma vendeuse personnelle accroche négligés, nuisettes et bustiers à un portant. Elle pose le panier monogrammé sur le sol. Il déborde de ce qui apparaît au premier abord comme de simples coupons de tissu, mais ce sont en fait divers sous-vêtements sexy. Et si jamais cela m'épuise d'enfiler et d'ôter ces décadentes tenues, je peux me détendre sur un lit de jour qui occupe la moitié de la pièce baignée d'une lumière tamisée.

Si le commerce de lingerie commençait à péricliter, le magasin pourrait se contenter de louer ses cabines d'essayage comme logements haut de gamme.

La première tenue est coupée dans un tissu noir ultra fin, si doux que j'ai l'impression de porter un nuage. Un peu plus longue qu'une nuisette, elle m'arrive juste un peu plus haut qu'à mi-cuisse. Elle se compose d'une jupe souple et d'un corset ajusté qui réussit à donner l'impression que mes seins – qui ne sont pas trop mal, déjà – sont encore plus gros et insolents. Je soulève la petite culotte aussi minuscule qu'un string pour voir l'effet, et je dois avouer que cela me plaît. Et bien que je commette une faute en faisant cela, j'ose enfiler le string. Pourquoi pas, puisque j'ai déjà décidé d'acheter la tenue ?

Le string n'est rien de plus qu'un minuscule triangle de tissu maintenu en place par une ficelle noire élastique. Je tourne lentement sur moi-même pour juger de l'effet produit dans le miroir à trois battants très diva hollywoodienne. Franchement, l'ensemble a pas mal d'allure. Surtout, je crois que Damien appréciera de me voir avec – et sans, aussi.

Avec un petit sourire coquin, je m'apprête à m'extirper du corset pour essayer la tenue suivante, quand la vendeuse frappe à la porte.

– J'ai trouvé autre chose qui pourrait vous plaire. Puis-je entrer ?

– Bien sûr. Merci.

Je tire sur le bas du vêtement pour me couvrir complètement – enfin, aussi complètement que possible quand on porte une nuisette diaphane et ultracourte – pendant que la porte s'ouvre. Je m'attends à recevoir froufrous, dentelle, soie et satin. Mais à la place, je vois Damien.

— Oh !

Ses yeux sont fixés sur mon visage. Le presque noir semble plonger jusqu'à mon cœur, tandis que l'ambré s'excuse si tendrement que j'en ai les larmes aux yeux. Il entre dans la cabine et je me sens tout étourdie, comme si l'air s'était raréfié.

— Je me suis dit qu'un avis objectif te serait utile, dit-il avec un petit sourire.

— Je... Oui, ce serait génial. (Je jette un regard à la vendeuse qui sourit et bat en retraite en refermant la porte.) Euh... Tu as le droit d'entrer ici ?

— Apparemment, oui.

Il fait un pas vers moi, rempli de cette arrogance bien à lui que je connais si bien. Je souris. De soulagement, d'excitation, de joie.

— Je suis désolé, dit-il avec émotion.

— Tu n'as aucune raison de l'être. (Son expression ne change pas, mais je vois un sourire poindre dans ses yeux et j'en suis d'autant plus soulagée.) Comment as-tu su où j'étais ?

Il s'avance encore et s'arrête à quelques centimètres de moi seulement. Mon corps tout entier vibre de cette proximité. J'ai envie de me jeter dans ses bras, mais je reste immobile. Aujourd'hui, Damien va devoir faire le premier pas.

— Je t'ai déjà dit que je saurais toujours te retrouver.

Ces mots sont aussi délicats que la soie sur ma peau, et tout aussi intimes. Je me rends compte que le voiturier lui a probablement dit qu'il m'avait vue, mais ça n'a aucune importance. Plus rien ne compte à présent hormis le désir qui brûle dans ses yeux. C'est plus dangereux qu'un incendie, mais je m'en fiche. Au contraire, j'ai envie de cette chaleur. Peut-être qu'il a réprimé ce feu tout à l'heure à l'hôtel, mais il vient de renaître avec dix fois plus de vigueur, et je veux qu'il brûle librement. Qu'il nous engloutisse tous les deux et nous réduise en cendres.

Lentement, son regard glisse sur moi et sur cette tenue quasi inexistante. Il ne me touche pas, mais peu importe, ma peau fourmille malgré tout, et le duvet sur mes bras et ma nuque se hérisse avec cette électricité qui crépite autour de nous. Heureusement que je compte acheter cette petite culotte, car je mouille déjà, simplement d'être tout près de lui.

— Nous allons encore finir dans les tabloïds, je murmure.

— Je sais me montrer persuasif quand il le faut, répond-il. Elle ne dira pas un mot.

— C'est vrai ? Jusqu'à quel point vous êtes-vous montré persuasif, monsieur Stark ?

— Persuasif sur l'air de mille euros, sourit-il malicieusement. Elle veillera à ce que personne ne vienne troubler notre intimité… ni la presse ni elle-même. Évidemment, ajoute-t-il en tendant la main pour enfin me toucher, la question la plus intéressante, c'est que pense-t-elle qui se passe dans cette petite pièce close ?

— Je suis sûre qu'elle a une imagination très fertile, dis-je avec ironie.

— Vraiment ? (Il fait mine de réfléchir à la question.) Peut-être pense-t-elle que je te touche comme ceci, dit-il en laissant lentement glisser le bout de son index sur mon sein gonflé.

Je retiens mon souffle et lutte contre le déferlement de sensations qui menace de m'engloutir. La nuisette noire est conçue pour avantager la poitrine, et la coupe est si basse qu'elle la retient à peine. Je halète tant que je donne l'impression que je vais déborder de mes bonnets. Mes tétons durcis se dressent sous l'étoffe, et lorsque ses mains descendent et les saisissent entre le pouce et l'index, je dois ravaler un petit cri de plaisir.

— Ou bien elle imagine ma bouche sur tes seins, murmure-t-il en me caressant de ses lèvres. Ou bien elle est un peu plus coquine et imagine ma main glissant le long de ton ventre, ta peau frémissant sous mes doigts, tes halètements de plus en plus rapides, jusqu'à ce que ma main trouve le minuscule élastique qui retient cette petite culotte.

Il glisse légèrement le doigt sous l'élastique du string.

— Damien…

Ce n'est même pas son prénom. C'est un soupir, un gémissement. Une supplication.

À présent, sa main est passée sous le string, tandis que l'autre me retient au creux des reins… il le faut, je m'effondrerais sinon.

— Se demande-t-elle si ma main descend encore, si mon doigt frôle légèrement ta toison pubienne trempée ? Sait-elle combien ton clitoris est dur, à quel point tu es excitée ? (Je tressaille de tout mon corps en réponse. Il se penche en avant, continuant de m'agacer le clitoris du bout du doigt, et ses lèvres frôlent mon oreille.) Sait-elle combien tu mouilles et me réclames ? Sait-elle à quel point tu as envie de jouir pour moi ? (Joignant le geste à la parole, il enfonce brusquement son doigt en moi. Je pousse un cri et me cambre en me resserrant sur lui.) Est-ce cela qu'elle imagine ? demande-t-il d'une voix qui m'excite encore plus. Mes doigts qui jouent avec toi et te rendent folle ?

Je suis incapable de répondre. Dans cet orage électrique qui monte en moi, je parviens à peine à réfléchir et encore moins à prononcer un mot. Je m'abandonne à ses mains, à l'imminence de l'inévitable explosion. Je suis si proche de jouir, et c'est si bon de sentir les mains de Damien, son doigt qui me caresse. Je veux rester ainsi, prisonnière de ces limbes sensuels, mais je veux aussi que le plaisir monte. Je veux exploser dans les bras de Damien.

— Allez, ma chérie, ordonne-t-il, jouis pour moi.

Sa bouche se plaque sur la mienne tandis que son doigt s'enfonce plus profondément en moi et que son pouce appuie plus encore sur mon clitoris. C'est comme s'il avait découvert une combinaison magique, et je sens les étincelles brûlantes de l'orgasme jaillir en moi dans un déchaînement de violence. À croire que je vais m'embraser.

Lentement, il retire ses doigts et je ne peux m'empêcher de gémir.

— Était-ce cela qu'elle imaginait ? chuchote-t-il. Cette vendeuse qui sait qu'il se passe quelque chose de coquin derrière cette porte ?

Je secoue la tête et me force à répondre.

— Pas tout à fait. Elle imagine tes mains sur elle-même, pas sur moi.

— Vraiment ? (Il hausse un sourcil comme si cette possibilité ne lui était même pas venue à l'esprit. Je ne peux m'empêcher de rire. Damien sait très bien quel effet il fait aux femmes.) Eh bien, elle peut avoir tous les fantasmes qu'elle veut, dit-il en m'attirant contre lui. Tu es ma réalité.

— Et toi la mienne.

En cet instant, j'ai le sentiment d'être la fille la plus chanceuse du monde. Damien est sauvé, et la déprime de l'après-midi ne semble plus qu'un lointain souvenir. Mais, surtout, je suis dans ses bras. D'autres ennuis nous guettent peut-être, mais ils peuvent attendre. Pour le moment, je suis heureuse.

— Évidemment, il reste une petite question que nous devons discuter, dit Damien d'un ton soudain sévère. (Je lève les yeux, ne sachant pas très bien s'il est sérieux ou s'il plaisante, mais son regard ne laisse rien paraître. Il glisse un doigt dans l'élastique du string et le fait doucement claquer.) Il me semble me rappeler un certain accord qui me garantissait un accès sans aucun obstacle quand et comme il me plaisait.

— À moins que j'aie imaginé ce qui vient de se passer, dis-je, m'efforçant de prendre une expression aussi neutre que la sienne, je crois qu'il est raisonnable de dire que cette petite culotte ne constituait pas le moins du monde un obstacle. (Je recule d'un pas et laisse glisser le bout de mon index sur la peau tendre entre mon pubis et ma cuisse en suivant les contours du minuscule triangle d'étoffe.) D'ailleurs, dis-je avec mon regard le plus sensuel, à quoi cela sert-il d'avoir des règles si on ne les enfreint pas de temps à autre ?

— Voilà un argument des plus intéressants.

Il me toise longuement, et cette lente inspection fait fourmiller de nouveau tout mon corps. Puis il gagne le coin opposé de la cabine et s'accroupit pour examiner le contenu du panier. Il me tourne le dos, mais dans sa position je vois sa cuisse musclée qui tend la toile de son jean. L'étoffe colle à ses fesses et je m'imagine derrière lui. Me baissant pour que mes lèvres viennent se poser sur sa nuque, chatouillées par les poils qui dépassent de son col. Je referme doucement les mains et mes ongles frôlent mes paumes tandis que je m'imagine les posant sur ses fesses, pas pour me tenir mais parce que je ne peux pas faire autrement que le toucher. Et parce que je veux l'exciter moi aussi.

Je déglutis, perdue dans mon fantasme, mais pas tout à fait prête à m'approcher de lui pour en faire une réalité. Je goûte bien trop cette impatience, sans parler du plaisir particulier que je prends à regarder le corps de Damien se tendre sous une étoffe qui a décidément bien de la chance.

Il lève la main et brandit un string en dentelle qui pend au bout de son index, comme pour me faire saliver.

— Intéressant, observe-t-il.

Il fait de même avec les coûteux petits morceaux de soie et de satin qui forment culottes et soutien-gorge de tous genres et de toutes tailles. Certains absolument minuscules. D'autres qui gonflent la poitrine plus que la loi ne l'autorise. D'autres qui ne pourraient même pas me contenir. D'autres enfin qui, à en juger par la lueur dans le regard de Damien, sont tout à fait intrigants.

Il se relève, un string rouge et un soutien-gorge à balconnet au bout des doigts.

— Je crois qu'il est peut-être temps de modifier notre accord, mademoiselle Fairchild. Autant j'apprécie les possibilités offertes par un accès sans aucun obstacle, autant j'estime que l'on peut trouver beaucoup de plaisir à les franchir. (Il tend la main vers moi.) Venez.

J'obéis docilement.

— J'irai avec vous partout, je chuchote. Je ferai tout ce que voulez. Vous le savez, n'est-ce pas ?

Avec une violence à laquelle je ne m'attendais pas, il me plaque contre lui et m'emprisonne dans ses bras. Nous sommes enlacés, ma poitrine contre la sienne, mes tétons dressés. Je sens son érection dure et brûlante contre mon corps à peine vêtu et cette délicieuse sensation s'accompagne du plaisir de savoir que je suis à lui et qu'il est à moi.

Il pose doucement son front sur le mien et soupire longuement.

— Je t'ai crue partie. (Ne comprenant pas, je me renverse en arrière et j'attends une fraction de seconde pour qu'il relève la tête et croise mon regard.) Je me suis réveillé et tu n'étais pas là, explique-t-il. J'ai parlé à Charles, il m'a dit que tu étais passée le voir. Qu'il t'avait parlé des photos et des vidéos. (Il secoue la tête avec un rire sans joie.) J'ai cru que cela t'avait tellement dégoûtée que tu m'avais quitté.

— Ce n'est pas moi qui suis partie, dis-je d'une voix ferme et égale, en le regardant durement. C'est toi qui es parti. Je suis restée. (Je ravale des larmes.) Je suis restée parce que je savais que tu me reviendrais.

— Je reviendrai toujours, dit-il.

Et dans ces simples paroles, j'entends à la fois qu'il me comprend et qu'il demande pardon. Je hoche la tête et serre sa main dans la mienne.

— Je n'ai pas vu les photos, dis-je. Mais quoi qu'elles

représentent, jamais je ne t'aurais quitté. J'ai cru que tu avais besoin de dormir.

Je me détourne pour ne pas croiser son regard. Car les mots que je ravale sont simplement trop égoïstes.

J'ai cru que tu n'avais pas besoin de moi.

— J'avais envie de toi, Nikki, dit-il comme s'il répondait à mes pensées. Je voulais te serrer contre moi et te déshabiller. Je voulais caresser chaque pouce de ton corps. Enfouir mon visage entre tes cuisses et t'amener au bord de l'orgasme, encore et encore, sans jamais te laisser vraiment jouir tout à fait. (Je déglutis. J'ai soudain vraiment très chaud.) Je voulais que chaque sensation que tu éprouverais… la moindre étincelle de plaisir, la moindre douleur… vienne de moi. Je voulais te baiser jusqu'à ce que tu me supplies d'arrêter, et te baiser encore plus. Tout ce que tu éprouvais, et désirais, je voulais que ce soit suspendu à moi, dans mon lit. Je voulais te baiser jusqu'à ce qu'il ne reste plus rien d'autre que toi et moi. Jusqu'à ce que le monde entier soit effacé.

— Pourquoi tu n'as rien fait ? je demande, la bouche sèche. (Il ne répond pas. Je m'avance dans l'atmosphère lourde et chargée d'électricité.) Ce que tu désires de moi, tu n'as qu'à le prendre. Tu le sais.

— Je n'ai pas pu, dit-il. Je ne supportais pas de te prendre dans mes bras avec toutes ces images dans ma tête.

— Je… Oh…

Ne sachant trop quoi répondre, je préfère me taire. Je pose ma joue sur sa poitrine, et j'écoute le rythme régulier de son cœur et de sa respiration.

Bientôt, il reprend du même ton ferme :

— Ces images sont comme les scènes d'un film d'horreur. Elles montrent ce qu'a fait Richter, et de quelle manière. Elles montrent la dégradation et la souffrance, et jamais, jamais je ne les laisserai entre tes mains. Je ne te laisserai jamais en regarder une seule. Imagine ce que tu veux, mais je refuse que la réalité de mon passé hante ton présent comme elle hante le mien.

— Très bien, dis-je. (Je n'ai pas plus envie de les voir que lui de me les montrer. Je me redresse un peu.) Mais, Damien, si cela peut t'aider, montre-les-moi. Je pourrai encaisser.

— Non, dit-il en secouant lentement la tête. Je ne veux pas que tu sois obligée d'encaisser. C'est l'horreur de mon passé. Mais toi… Tu es la réalité de mon présent. Tu es la preuve que j'en ai réchappé. J'espère que tu ne les verras jamais.

— Pourquoi les verrais-je ?

— La personne qui a envoyé ces pièces au tribunal doit encore en posséder des copies.

Et sa voix blanche me fait comprendre que cette évidence le rend furieux.

— Mais cette personne ne les divulguera pas, n'est-ce pas ? Après tout, ces images sont là depuis presque vingt ans. Elles ne sont apparues que lorsque tu as eu des problèmes.

— D'après mon expérience, dit-il, les choses que l'on exhume ont tendance à rester exhumées.

Je ne peux guère dire le contraire.

— As-tu une idée de qui il s'agit ?

— Non, répond-il un peu trop rapidement.

— Il ne doit pas y avoir beaucoup de gens au courant

de… (Je n'achève pas. Bien que nous parlions depuis le début des abus qu'il a subis, je ne veux pas prononcer le mot.) Ton père, peut-être ? Il tenait tellement à éviter que tu aies un procès.

Jeremiah Stark ne s'inquiétait pas pour la peau de son fils, mais pour son petit confort personnel. Le résultat final était cependant le même.

— C'est possible.

Il est évident qu'il ne tient pas à en parler.

— Je veux simplement que cette histoire soit finie pour toi, dis-je, trop heureuse de laisser tomber le sujet pour l'instant. Tu mérites le bonheur, Damien.

— Toi aussi, dit-il avec un regard ardent comme s'il imaginait de son côté toutes les cicatrices que je porte.

— Alors nous avons eu de la chance de nous trouver, dis-je.

Je ne veux pas penser au passé que j'ai mis si long-temps à laisser derrière moi. Seul m'intéresse mon ave-nir avec Damien.

Il laisse glisser sa main sur mes reins puis la passe sous l'étoffe pour toucher ma peau nue. De lentes et brûlantes caresses s'éternisent jusqu'à ce que je n'aie plus qu'une envie : arracher cette nuisette pour sentir ses mains sur chaque centimètre de mon corps.

— Tu sais ce que je veux, en ce moment ? murmure-t-il.

— Probablement la même chose que moi, dis-je, me dégageant de son étreinte. Mais nous sommes toujours dans une cabine d'essayage.

Il se rapproche, le regard brumeux.

— Il me semblait t'avoir expliqué quelle intimité mille euros peuvent acheter.

— Tu me l'as fort bien expliqué, je concède. Mais nous avons beaucoup de choses à fêter. Et tu mérites bien mieux qu'un petit coup à la va-vite dans une cabine.

— En l'occurrence, je ne voulais pas un petit coup à la va-vite.

— Ah bon ? je demande en me suspendant innocemment à son cou et en me collant contre lui pour me frotter langoureusement. Qu'est-ce que tu veux, au juste ?

Ses mains glissent lentement sur mes fesses et m'immobilisent, tout en me plaquant encore plus contre lui. Je sens son érection brûlante sous son jean.

— Toi, dit-il simplement. Je veux que tu sois nue, Nikki. Nue et brûlante, et mouillant pour moi. Je veux t'entendre gémir. Putain, je veux t'entendre supplier. Et je te promets, ma chérie, que rien ne se fera à la va-vite.

Chapitre 6

— Là, dit-il à peine sommes-nous revenus dans notre chambre. (Il désigne un endroit devant la fenêtre, et j'y vais sans hésitation. Les rideaux sont ouverts, et la fenêtre de notre suite du cinquième étage donne sur la Maximilianstrasse.) Voilà… Je veux te regarder pendant que le ciel s'assombrit et que les lumières de la ville s'élèvent derrière toi. Je veux voir le coucher du soleil se refléter sur ta peau et les lueurs de la nuit scintiller dans tes cheveux.

Il s'avance vers moi, tout de puissance et de pouvoir, avec une assurance frisant l'arrogance. Ce n'est pas l'homme qui a passé des semaines à la merci du système judiciaire allemand pour recevoir soudain sa liberté des mains d'un inconnu. Non, c'est l'homme qui a bâti un empire. Un homme qui a assez de force pour repousser les démons apparus cet après-midi.

Je le regarde, et je ne suis pas glacée par les ombres cauchemardesques qui me l'ont enlevé tout à l'heure. Il n'y a plus que Damien, à présent. Celui que je connais. Celui que je désire.

C'est le Damien qui prend les choses en main.

Ce soir, je veux qu'il me prenne, moi.

Je tremble de tout mon corps alors qu'il approche sans me quitter des yeux. Il tend la main et me frôle le cou du bout des doigts, effleurant le collier de perles que je porte encore. Il m'a à peine touchée, mais je suis secouée tout entière comme par une explosion.

J'incline la tête pour lui offrir tout mon cou. Je suis haletante, et ma peau en feu a la chair de poule partout où ses doigts m'ont touchée. Il caresse mon épaule à travers ma robe puis descend le long de mon bras nu.

Quand il retire sa main et recule, je me sens capable d'éclater en sanglots.

— Oui, dit-il comme pour répondre à une question qu'il se serait posée. Voilà comment je veux te voir, debout, nue devant le monde. Je veux te regarder et savoir que tu es à moi.

— C'est le cas, tu le sais, je chuchote.

— Dis-le.

— Je suis à toi, dis-je.

Et je le pense vraiment. Mais en plus, je comprends pourquoi il a besoin de l'entendre. Il reprend le contrôle qui lui a été arraché, et il le reprend à travers moi.

Il saisit la fermeture Éclair dans le dos de ma robe et entreprend de l'ouvrir lentement, puis de dégager la robe de mes épaules ; celle-ci tombe sur le sol, formant un petit cercle jaune comme les pétales d'une fleur. Je ne porte plus que les sous-vêtements que je viens d'acheter. Un soutien-gorge corbeille violet foncé et un string assorti. Damien me contemple d'un regard brûlant qui en dit long.

— Suis-moi.

Il me prend la main et m'entraîne plus près de la fenêtre. Elle n'occupe pas toute la hauteur du mur, mais presque. Nous sommes tout contre. Un pas de plus et je toucherais le rebord de mes genoux. Damien est derrière moi, les mains sur mes épaules, et je sens son jean rêche sur mon cul. Devant nous s'étend Munich.

Lentement, Damien passe une main devant moi et dégrafe mon soutien-gorge, puis fait glisser les bretelles de mes épaules. Il le laisse tomber à terre alors que je tente instinctivement de me couvrir.

— Non, dit-il simplement en faisant glisser ses bras le long des miens et en saisissant fermement mes poignets.

— Mais la fenêtre, dis-je en regardant les magasins et les immeubles autour de nous. Les autres bâtiments.

— Personne ne regarde. Le verre est teinté et il n'y a pas de lumière ici. Personne ne peut voir. (Je me détends à peine.) Mais quand bien même on pourrait voir… (Il n'achève pas et me lâche les poignets. Ses mains caressent mon corps, l'une remontant jusqu'à mes seins. Son pouce agace sans ménagement mon téton, et je pousse un cri de plaisir. L'autre main descend jusque sous l'élastique du string pour frôler ma toison pubienne humide. Il me titille, les doigts en V de part et d'autre de mon clitoris, l'approchant si près sans le toucher que j'ai envie de hurler de frustration et de le supplier de me toucher.) Et si c'était ce que je veux ? demande-t-il. (Il pose ses lèvres sur ma nuque puis se penche pour déposer le long de mon dos une traînée de baisers qui me laisse frissonnante. Le soleil est descendu sous l'horizon et le paysage s'assombrit, transformant notre fenêtre en miroir. Je croise son regard dans le reflet et je vois mon visage empli de désir.) Et si je voulais que tu sois nue aux yeux de tous, les jambes écartées, ta chatte mouillée pour moi ?

Il est derrière moi et ses mains caressent la courbe de mes hanches. Son haleine titille mes reins tandis que ses paroles attisent mon imagination. Je n'ai jamais eu de fantasme d'exhibition, mais en cet instant je ne peux penser qu'à Damien qui me touche et me baise. Je me fiche des fenêtres, teintées ou non. Je me moque bien qu'on me voie, je veux seulement céder à l'étreinte de Damien. Sa main sur moi, sa langue qui me lèche, son sexe tout au fond de moi.

— Damien…

— Ça t'excite ? demande-t-il en se relevant et en glissant le long de mon dos. Pas de savoir qu'on te regarde peut-être, mais de savoir que je te veux ainsi ? Que je veux que l'univers tout entier nous regarde et sache que, quoi qu'il arrive, tu es à moi ?

Il pose une main sur ma hanche, le pouce glissé dans la ceinture du string, l'autre caressant mon ventre avant de passer sous le triangle de soie.

Je suis trempée, j'ai mal tellement j'ai envie, et je le supplie muettement de me toucher, mais il n'en fait rien. Je n'entends que sa voix.

— Je veux que tu me répondes, Nikki. Est-ce que ça t'excite ?

Oh, mon Dieu, oui.

— Continue, je parviens à répondre à grand-peine. Touche-moi et tu verras bien.

J'entends son sourire. Ses doigts effleurent ma peau, mais ils ne descendent pas.

— Pas tant que je ne t'aurai pas entendue le demander.

— Oui, je souffle.

Ses lèvres sont enfouies dans mes cheveux et je sens vibrer les mots qu'il prononce ensuite.

— Moi aussi, chuchote-t-il.

Je ferme les yeux, m'attendant à sentir sa main. Impatiente. Mais toujours rien. Ses doigts frôlent la ceinture du string tout neuf, puis il déchire la couture. Je pousse un cri de surprise, mais aussi d'excitation devant la violence de son geste et sous le souffle frais sur ma chatte trempée quand il arrache la petite culotte.

— Qu'est-ce que tu… ?

— Chut ! murmure-t-il. Penche-toi, les mains sur la fenêtre. Non, ne discute pas. Magnifique, ajoute-t-il quand j'obéis, avant de ponctuer ses paroles en caressant mon cul complètement nu. À présent, écarte les jambes pour moi. Oh, mon Dieu, Nikki, gémit-il. Imagines-tu à quel point je te désire ?

— Je suis à toi.

Il laisse glisser ses mains sur mes hanches en suivant leur courbe. Son corps est plaqué contre le mien, sa poitrine sur mon dos et ses mains refermées sur mes seins.

— En effet, dit-il. Mais je ne vais pas te prendre. Pas encore.

Je suis parcourue d'un frémissement de frustration et d'impatience. Je suis si brûlante, si prête, et je ne sais pas à quoi m'attendre ni où il veut me mener. Mais je veux le savoir.

Il se redresse, me contourne et s'arrête près de ma main droite plaquée sur la vitre.

— J'aime ça, dit-il en posant le doigt sur le collier de perles, la seule chose que je porte encore. On dit que les huîtres sont un puissant aphrodisiaque, mais je crois que les perles sont tout aussi excitantes. Il paraît que Cléopâtre en avait réduit une en poudre et l'avait bue avec du vin afin de se rendre irrésistible pour Marc-Antoine. Mais je crois que je les préfère comme parure. Et d'ailleurs, j'ai en tête quelques autres parures que j'aimerais voir.

– Damien…

– Ne bouge pas, dit-il. Ne te caresse pas. Ne serre pas les jambes. Tu jouiras quand je te laisserai faire, Nikki, pas avant. Enfreins mes règles et je te promets que tu n'aimeras pas ton châtiment.

Je déglutis et hoche la tête.

– Mais où vas-tu ? je demande alors qu'il disparaît dans la chambre.

Ne recevant pas de réponse, je ferme les yeux, dépitée. J'ai conscience de chaque parcelle de mon corps. De la sueur qui perle à ma nuque. De mes poils qui se hérissent sur ma peau, comme électrisée par l'orage qu'est Damien. Mais surtout j'ai conscience de la douleur sourde dans ma chatte.

Je ne me caresse pas, même si j'en ai affreusement envie. Le sang qui bourdonne dans mon sexe et mes muscles qui se crispent. Je suis le désir fait chair – et ce que je désire, c'est Damien.

Il s'absente quelques minutes seulement, mais j'ai l'impression d'attendre une éternité, perdue dans mon reflet : une femme nue collée contre une vitre, devant un paysage irréel de lumières urbaines. Je suis comme l'une des femmes des tableaux de Blaine, immobilisée par ses pinceaux dans un état de folle excitation, incapable d'atteindre la satisfaction.

Non, me dis-je. *Que Damien ne me fasse pas souffrir ainsi.*

Il revient avec, à la main, quelque chose qu'il pose sur la table derrière moi. Je ne vois pas ce que c'est, mais il me semble entendre un tintement métallique.

— Damien ? Que fais-tu ? je demande avec une certaine appréhension.

Il s'approche, ôte doucement mes mains de la vitre et me redresse. Un petit sourire éclaire son visage, et je lis un mélange de passion et d'amusement dans ses yeux magnifiques.

— Ce que je veux, Nikki, répond-il. Toujours ce que je veux.

Je m'humecte les lèvres.

— C'est-à-dire ?

— Te donner du plaisir. (Il passe derrière moi, gagne la table et revient avec l'objet.) Tu te souviens de ceci ? (Il ouvre la main et me montre une chaîne en argent reliée par deux anneaux munis chacun de deux petites boules métalliques. Les boules s'écartent pour former une ouverture, puis se rejoignent à nouveau quand on les relâche. Ce sont des pinces à seins, et je frissonne en me rappelant cette exquise morsure de souffrance mêlée de plaisir. Il frôle du pouce mon téton douloureusement durci.) Oh, oui, dit-il, je crois que tu t'en souviens très bien.

— Comment sont-elles arrivées ici ? je gémis tandis qu'il me caresse lentement les seins.

— Cela fait un mois, Nikki. J'ai demandé à Gregory de m'expédier quelques petites affaires. Dont la petite valise en cuir que je range dans mon placard.

— Oh… dis-je en me léchant les lèvres. Quelle efficacité.

— Je suis un homme prévoyant.

Il saisit mon téton entre son pouce et son index puis le pince. Je pousse un cri, savourant la vive sensation, le plaisir qui frise la douleur. Il fait rouler la chair durcie entre ses doigts et je me mords les lèvres tandis qu'une vague électrique déferle en moi, de mes seins à ma chatte trempée et palpitante.

– Damien…

Je ne sais pas très bien ce que je demande. Je parviens à peine à former des pensées, encore moins des mots. Je ne connais que le désir. Et j'en veux toujours plus.

Je veux tout, voilà.

Comme en réponse, Damien écarte les deux parties de l'anneau puis les relâche, et les billes emprisonnent mon téton. Elles appuient plus que Damien et je retiens mon souffle, surprise par la douleur. Elle diminue rapidement, et je gémis de plaisir dans la chaleur qui me parcourt à mesure que mon corps s'habitue à cette délicieuse torture.

– Nous sommes allés si loin ensemble, Nikki, murmure-t-il en m'appliquant l'autre pince. Je vais t'emmener encore plus loin. Je veux vaciller au bord du précipice avec toi et te voir t'ouvrir.

Je suis pantelante. J'ai une conscience aiguë de mes seins, de sa main. Et quand il la glisse entre mes fesses – enfin, enfin… – et que ses doigts me trouvent brûlante, trempée et débordante de désir, je ne peux m'empêcher de pousser un gémissement.

– Je veux tout te donner, Nikki, dit-il en frôlant du pouce mon anus qui mouille à son tour. Je veux que l'univers s'étale devant toi. Et je veux être celui qui te propulsera dans l'espace, sans contrôle, sans inhibition.

Je sens la pression de son pouce, puis j'étouffe un cri

tandis qu'un petit objet lubrifié s'insinue dans mon derrière.

— Et Nikki, dit-il d'une voix rauque de passion, je veux être celui qui te tient en laisse et te ramène.

— C'est ce que tu es, je chuchote. (Je suis autant chavirée par ses paroles que par la débauche de sensations qui déferlent en moi.) Oh, mon Dieu, Damien, tu le sais. Je suis perdue sans toi.

Il vient se placer devant moi et me caresse la joue. Avec une ferveur inattendue, il m'attire contre lui. Je gémis quand mes tétons enchaînés frottent contre sa chemise, mais il me réduit au silence par un long baiser presque violent.

— S'il te plaît… je le supplie quand il me libère.

Je fonds, impuissante. La pression sur mes tétons me fait frissonner de tout mon corps. Et cette pression impitoyable me remplit et me dilate, me rendant consciente de chaque mouvement, de chaque sensation.

— S'il te plaît, quoi ? chuchote-t-il. Dis-moi ce que tu veux, Nikki.

— Toi, Damien. Toujours et seulement toi. Je veux que tu me touches. Que tu me baises, parce que je vais mourir si je ne te sens pas en moi tout de suite.

— J'en ai envie aussi, dit-il. Mais tu vas peut-être frôler la mort, ajoute-t-il avec un sourire cruel. Car j'ai autre chose en tête avant cela.

Selon le concierge de notre hôtel, le Club P1 est l'un des clubs les plus torrides de Munich. C'est un vaste endroit très fréquenté, et la clientèle est aussi éclatante et soignée que la décoration moderne. C'est décalé et branché, mais en cet instant je m'en moque éperdument. Je suis en feu d'avoir subi le suave supplice de Damien.

Le trajet en limousine a été douloureux, Damien ayant exigé que je sois assise jambes écartées, les paumes appuyées de part et d'autre sur le cuir moelleux de la banquette. Il m'a fait mettre un soutien-gorge à corbeille qui laisse exposés mes tétons encore enchaînés. Dans la limousine, le frottement délicieusement insoutenable contre la soie noire de mon petit top pailleté m'a secouée de frissons.

Damien, assis en face de moi, sirotait un scotch et me regardait avec une telle passion que j'ai vécu tout le trajet dans un état d'excitation inassouvie.

Dieu merci ! ça n'a pas duré longtemps… mais maintenant que nous sommes arrivés, je n'ai qu'une envie, retourner à l'hôtel. Danser, prendre un verre, rien de tout cela ne m'inspire. Tout ce que je veux, c'est la bouche de Damien sur la mienne, ses mains sur ma peau nue et son sexe tout au fond de moi.

Malheureusement, voyant que je ne vais pas y avoir droit de sitôt, je pousse un soupir et m'efforce de me concentrer malgré la brume sensuelle qui m'enveloppe.

— Tu rayonnes, se rengorge Damien avec un petit sourire.

— Je rayonne ? Damien, je suis quasiment radioactive, là.

— Mmm… fait-il en me toisant. Je vois cela. (Il m'entraîne à l'écart et me plaque dos à une cloison de bois. Les mains posées de part et d'autre, il se penche sur moi.) On est un peu à cran, mademoiselle Fairchild ?

— Un tantinet.

Je perçois son odeur — le whisky dans son haleine, le musc profond et épicé de son excitation — qui agit sur moi comme le plus puissant des aphrodisiaques. En plus de mon petit haut pailleté, je porte une minijupe en cuir, des bas, un minuscule string rouge et de très hauts talons. Je m'écarte du mur et me hausse sur les talons en question, en me cramponnant aux épaules de Damien pour garder mon équilibre.

— Je n'ai pas encore décidé si je devais te remercier de cela, je chuchote, ou si je dois échafauder un plan pour me venger.

— J'ai beau être des plus intrigués par la possibilité de me retrouver à ta merci, dit-il, nous savons tous les deux que tu es aussi excitée que moi.

Il glisse un bras autour de ma taille et m'attire contre lui. Nos hanches se touchent et je sens son érection contre mon ventre.

— C'est vrai, j'admets en glissant ma main entre nous pour caresser son sexe à travers son jean.

Nous sommes dans un coin sombre à l'écart, mais je crois que je l'aurais caressé même si nous avions été sur la piste de danse. Je suis ivre de désir, enhardie par la passion. Et comme Damien ne repousse pas ma main, je sais qu'il l'est tout autant.

— Je suis en feu, j'ai envie de baiser et je mouille comme jamais, je murmure en poursuivant le va-et-vient de ma main. (Je le sens qui durcit encore, et je souris en prenant conscience de mon pouvoir.) Tu sais ce que je voulais dans la limousine, Damien ? Que tu sois à genoux devant moi. Que tes mains écartent mes cuisses et que ta langue me lèche le clitoris. (Il est sur le point de jouir, car je sens son pouls accélérer, j'entends sa respiration devenir haletante.) Je voulais sentir mes tétons se raidir quand tu aurais tiré sur cette chaîne et mon corps se crisper sur ce plug quand tu m'aurais fait jouir, si violemment et si rapidement que tu aurais été obligé de me porter pour entrer ici.

— Putain… chuchote-t-il d'une voix si sourde que je l'entends à peine.

— Alors, oui, je continue comme si de rien n'était, je suis excitée. (Je caresse sa bite lentement, car au moins pour cet instant j'ai retourné la situation et Damien Stark est à ma merci.) Mais ce que je voulais, je ne l'ai pas eu. Et c'est pour ça, monsieur Stark, que j'ai soif de vengeance.

— Votre argumentation est très convaincante, mademoiselle Fairchild.

— Je me targue d'être une femme d'affaires très avisée.

Il s'écarte de moi, une lueur malicieuse dans le regard, puis il tend la main.

— Suis-moi.

— Où allons-nous ?

— Viens avec moi et tu verras.

Il m'entraîne dans cette foule d'élégants plus préoccupés d'eux-mêmes que de nous. Je suis soulagée. Nous ne ressemblons pas aux Nikki et Damien qui ont fait la une de la presse allemande. Je suis en tenue de clubbeuse et Damien en décontracté, avec jean, veste et T-shirt, sans oublier une barbe d'une journée. Cela ne signifie pas que je n'ai pas vu quelques têtes se tourner sur notre passage, mais je crois que c'est plus à cause de l'allure éblouissante de Damien que de son statut de célébrité milliardaire et d'homme qui vient d'être lavé d'une accusation de meurtre.

D'après ce que je constate, le club se compose de deux salles, multicolores et rutilantes. Le DJ passe une musique variée, mais principalement de la techno ; et si je ne reconnais aucun morceau, c'est malgré tout délicieusement dansable.

Cependant, l'heure n'est pas à la danse. Damien me conduit sur la terrasse. Je m'arrête un instant pour admirer le spectacle : les bougies qui baignent les clients d'une lueur irréelle, les confortables canapés en cuir et les banquettes qui parsèment la terrasse. Certains sont groupés près de lumières colorées et permettent aux danseurs survoltés de reprendre leur souffle autour d'un verre. D'autres sont isolés dans des recoins sombres pour que s'y blottissent les amoureux.

À l'entrée au rez-de-chaussée, les videurs refusent l'accès du bar aux gens mal attifés et ici, à la belle étoile, le résultat de cette politique est évident. Tout le monde est beau, Damien et moi y compris. Tout ce que je vois resplendit, mais je sais mieux que personne que tout ce qui brille n'est pas or et je ne peux m'empêcher d'imaginer cet endroit en plein jour. Les canapés tachés par les verres renversés. Les mégots écrasés par terre. Les élégantes bougies réduites à l'état d'amas de cire fondue.

Il ne faut pas se fier aux apparences. Pas plus à celle de ce club qu'à celle des clients ou de Damien. Ou à la mienne.

Nous nous frayons un chemin jusqu'à l'une des banquettes blottie dans un coin sombre. Damien s'assied et je m'apprête à en faire autant.

— Non, dit-il.

Il m'attire sur son genou et je me retrouve face à lui, à califourchon sur sa cuisse, dont le muscle dur appuie sensuellement sur le plug que j'ai dans le cul.

Je pousse un petit soupir de délices.

— Quelque chose ne va pas, mademoiselle Fairchild ?

Je hausse un sourcil et ondule des hanches en frottant mes fesses contre lui, faisant déferler une vague d'électricité en moi. Et si j'en juge par son expression, mon petit numéro de lap-dance ne laisse pas Damien indifférent.

— Pas du tout, monsieur Stark, dis-je, tentant de prendre un air pincé malgré le feu qui me dévore.

— Bon sang, Nikki…

Il m'attire contre lui et à présent, bien que chevauchant toujours sa cuisse, je peux sentir son érection au-dessus de mon bas contre la peau nue de ma cuisse. Je plonge mes yeux dans les siens, le cœur battant la chamade, et je gémis quand ses lèvres s'écrasent sur les miennes. L'une de ses mains posée sur mes reins me maintient fermement en place. L'autre se glisse sous ma jupe, ses doigts trouvent la mince bande de soie du string et commencent à décrire lentement des cercles destinés à me rendre folle.

— Damien, je chuchote… on pourrait nous voir.

— J'ai envie de toi. Tout de suite. J'ai envie de te voir exploser dans mes bras.

— Mais…

Je regarde autour de moi. Apparemment, personne ne nous prête attention, et dans le noir on distingue mal où sa main est nichée.

Ses doigts s'insinuent en moi, comme si mon corps était une poignée, et j'étouffe un cri quand il m'attire à lui.

— Tout de suite, répète-t-il. Je veux que tu jouisses dans mes bras.

— Oui, dis-je.

Je suis si excitée que je ne peux rien répondre de plus. Là, je me dis que je pourrais le laisser me coucher sur la piste de danse et me baiser sous les acclamations de l'assistance. Mais il ne le ferait pas et au fond de moi, dans ce brouillard de passion et de désir, je le sais. Nous sommes toujours dans notre bulle, cachés dans l'obscurité, tapis dans un coin.

Mais Damien a besoin de cela, cet homme qui m'a dit un jour qu'il ne faisait rien de sexuel en public. Car il ne s'agit pas de ça. En fait, il a besoin de se prouver que je suis vraiment là. Que je ne l'ai pas quitté après avoir parlé avec Maynard. Que les démons de son enfance ne m'ont pas fait fuir.

Il a besoin que je me perde dans ses bras autant que j'ai besoin de m'abandonner à lui. De savoir qu'il est de nouveau là — et qu'il est toujours à moi.

— Oui, je répète. (C'est le seul mot que je suis capable de prononcer, avec toutes ces émotions qui se mêlent en moi.) Oh, mon Dieu, Damien, s'il te plaît, oui !

— C'est bien, dit-il, ôtant sa main de mes reins.

Je me rends vaguement compte qu'il l'a glissée dans sa poche, mais ce n'est pas cette main-là qui m'intéresse. En fait, toutes mes pensées se concentrent sur les doigts qui me titillent sous ma jupe, qui jouent avec mon clitoris et me forcent à me mordre les lèvres pour ne pas hurler. Après tout, je ne suis rien de plus qu'une fille assise sur les genoux de son petit ami. Pas une femme qui s'apprête à jouir comme jamais car le petit ami en question la doigte de main de maître.

Je ne suis qu'une fille qui prend un baiser à la dérobée. Juste une fille…

— Oh, mon Dieu ! ai-je crié.

Mon cri est étouffé par la bouche de Damien qui couvre la mienne. L'orgasme me déchire… pas seulement parce que les doigts experts de Damien ont si bien joué, mais à cause d'une brusque surprise : le plug dont Damien m'a équipée s'est mis à vibrer. J'ai envie de hurler de délices, de me tortiller et de laisser ces étincelles jaillir et jaillir encore. Que ce tourbillon de plaisir ne cesse de m'emporter de plus en plus haut. Et le fait de ne pouvoir céder à l'envie et de devoir rester immobile et silencieuse fait seulement monter la fièvre qui me consume entièrement.

Très vite – ou peut-être des heures après –, je reviens à la réalité. Mon cœur bat à me rompre la poitrine. J'ai l'impression d'avoir couru un mille mètres. Et quand je lèche mes lèvres, je sens le goût du sang. Il me faut un instant pour comprendre que c'est la lèvre de Damien que j'ai mordue.

— Je ne t'ai pas fait mal ?

— Ma chérie, tu peux me mordre quand cela te chante.

— Oh, mon Dieu ! oh, mon Dieu ! je répète avant d'ajouter : tu ne m'avais pas dit que ça faisait cet effet-là.

Il sort la main de sa poche et me montre la télécommande du plug.

— Il faut bien réserver quelques surprises.

Je soupire de satisfaction et quitte mon perchoir pour venir me pelotonner contre lui sur la banquette, tout en rajustant discrètement mes vêtements.

— Waouh ! dis-je. C'était un peu pervers.

— Et pervers, ça te plaît ?

— Oh oui ! je réponds. Beaucoup.

Il a passé un bras autour de ma taille, la main sur ma hanche. Un moment, puis ses lèvres frôlent mon oreille et je frissonne à leur contact, avant de rire en entendant ce qu'il me dit :

— Votre cul vibre.

— Est-ce un euphémisme pour décrire ce que vous venez de me faire, monsieur Stark ?

— Vous vous en plaignez ?

— Certainement pas.

— Tant mieux. Et ce n'est pas un euphémisme. C'est votre téléphone.

Merde ! Il dit vrai. Je l'ai rechargé dans la chambre, et je n'ai rien emporté à part mon portable et mon passeport. Damien a mis mes papiers dans la poche intérieure de sa veste, mais j'ai gardé mon téléphone dans ma poche arrière, juste sous la main de Damien. Il le sort et me le tend, mais quand je réponds il n'y a personne au bout du fil.

— L'appel a dû passer sur ma messagerie, dis-je avec une grimace.

En attendant qu'apparaisse l'icône d'un message en attente, je regarde le numéro, mais je ne le reconnais pas. Comme la messagerie ne sonne toujours pas, je me dis que c'était sûrement une erreur et je remets le téléphone dans ma poche.

— Cela me rappelle, dis-je à Damien, que tu as reçu un coup de fil tout à l'heure. Juste avant que je parte voir Maynard. J'ai cru que c'était l'un des avocats allemands, alors j'ai répondu, mais il n'y avait personne à l'autre bout. On t'a rappelé ?

Il secoue la tête.

— Probablement sans importance, ajoute-t-il.

Il sort tout de même son téléphone et consulte la liste des appels. Je vois son expression changer. Subtilement, et si je ne connaissais pas aussi bien son visage, je n'aurais rien remarqué. Quand nos regards se croisent à nouveau, rien dans ses yeux n'indique qu'il a été surpris ou troublé. Je sens venir un déplaisant frisson glacé. De nouveau, Damien me cache quelque chose.

— Qui était-ce ? je demande d'un ton désinvolte. Ça a un rapport avec le procès ou les photos ?

— Non.

Il a répondu trop vite et trop nettement. Et je perçois dans sa voix une distance qui m'inquiète. Je pense avoir mal entendu à cause des pulsations de la musique, mais je ne crois finalement pas à cette excuse.

— Tu veux en parler ? je demande.

C'est la question la plus idiote qui soit, puisque s'il en avait envie, il ne répondrait pas par des monosyllabes.

— Non. (Cependant, il doit lire quelque chose sur mon visage, car un instant plus tard il soupire et me caresse la joue.) Je t'assure. Ce n'est rien.

Un frisson me parcourt. De désir, oui, mais mêlé à autre chose. À quelque chose de plus sombre. Je pensais qu'après tout ce que nous avions subi ensemble, il n'y aurait plus de secrets. Mais à présent, il y a ces photos.

Et ce coup de fil. Et je me rends compte que j'ai été sotte, ne serait-ce que d'imaginer la possibilité que les murailles de Damien soient vraiment tombées. Damien Stark se compose de plusieurs strates et si j'apprécie de révéler lentement ce qu'il y a de plus délicieux au cœur de cet homme, je ne peux nier que l'ensemble me frustre beaucoup.

— N'aie pas l'air si inquiète, me dit-il.

— Je ne peux pas m'en empêcher, je réponds avec un sourire forcé. Je ne suis peut-être pas du genre jaloux, mais si tu reçois des appels d'anciennes copines qui essaient de te reprendre dans leurs filets…

Je plaisante, évidemment, et je m'attends à ce qu'il rie et me serre contre lui. Pas à la réponse qu'il me fait.

— Recevoir les coups de fil et les prendre, ce sont deux choses différentes.

— Oh !

Moi qui imaginais que l'appel concernait le procès, la personne qui a envoyé les photos ou même ses affaires… Une ancienne copine, j'étais loin d'y penser, et j'en suis sûre, il doit voir que je suis sous le choc.

— Je t'ai dit que je couchais beaucoup à droite et à gauche avant. Et je suis sûr que pas mal de ces femmes ont envie que je revienne dans leur vie. (Il se lève, me prend la main pour m'aider à en faire autant, et dépose un baiser dans ma paume.) Je t'ai dit aussi que ça n'avait été sérieux avec aucune d'elles. Je désire une seule femme.

— Elles le savent, elles ? je demande, en jetant un coup d'œil sur son téléphone.

— Moi, je le sais. Et toi aussi.

Pendant un moment, le silence s'installe entre nous. Non, ce n'est pas vrai. Quand il s'agit de Damien et moi, il n'y a jamais que du silence. Mais une chaleur, de l'électricité et du désir qui mobilisent l'énergie de l'univers et nous unissent. Et qui suis-je pour combattre les lois de la physique ?

Je fais un pas vers lui et me love dans le confort de ses bras, là où est ma place.

— Tu veux danser ? je demande.

— Non, dit-il d'une voix qui me fait chanceler. J'ai envie de t'emmener te coucher.

Chapitre 7

— Tu veux vraiment qu'on aille se coucher ? je demande tandis que nous roulons à toute allure en limousine sur la Prinzregentenstrasse.

— C'est ce que je compte faire. À moins que tu n'aies une objection à formuler ?

— Une objection ? Non.

Je suis appuyée contre lui et l'espace entre nos corps vibre d'une énergie sensuelle. L'orgasme qui m'a secouée au club n'a rien émoussé en moi. Au contraire, il n'a fait que décupler mon appétit, comme un grand vin avant un dîner, me grisant légèrement et me préparant pour le plat principal. Je lui adresse un sourire malicieux, puis je me laisse glisser à genoux sur le sol de la limousine, les mains posées sur ses cuisses.

— Mais peut-être que je peux légèrement modifier la commande ? je demande tout en m'activant prestement sur les boutons de sa braguette.

— Nikki... dit-il d'un ton à la fois ardent et amusé, mais aussi de mise en garde.

— Quoi ? C'est une question d'équité. Tu ne m'avais encore jamais doigtée dans un club munichois avant ce soir. Et si je ne m'abuse, je ne t'ai jamais sucé dans une limousine roulant dans les rues de Munich non plus. Cette petite omission, je tiens à la réparer sur-le-champ.

Je glisse la main dans son jean, savourant le gémissement sourd qui accompagne ma caresse. Il bande délicieusement et il me suffit de toucher à peine son sexe pour qu'il jaillisse hors de la braguette, aussi excité à cette perspective que je le suis. Lentement, je baisse la tête, mais je lève les yeux, afin de pouvoir regarder le visage de Damien pendant que je titille son gland du bout de ma langue.

Je vois le frisson qui le parcourt, et quelque chose grandit en moi. Une sensation de désir, de pouvoir et de possession. De contrôle. Je sais qu'il est fou à l'idée de ne pas maîtriser entièrement une situation. Et aussi que, de toutes les personnes de son entourage, je suis la seule devant laquelle il abdique. Il renonce à ce contrôle à petites doses, certes. Mais j'ai droit à mes moments. Et c'est le cas, en l'occurrence.

— Bon Dieu, Nikki ! s'exclame-t-il d'une voix tendue. Parfois, tu me surprends.

Je me contente de sourire. Je veux le goûter, le toucher, et rien ne m'empêchera de prendre ce qui me plaît. Doucement, j'enserre la base de son sexe de ma main, avec l'impression de tenir un morceau d'acier dans la paume. J'appuie mes lèvres sur le gland puis je l'engloutis, le titillant de ma langue en pompant comme un piston en rythme avec le va-et-vient de ma main.

Il bande déjà comme jamais, mais je sens son corps qui réagit et se crispe. J'entends ses gémissements sourds. Je sens ses doigts qui s'enfouissent dans mes cheveux et la tension qui emplit son corps alors qu'il approche de la jouissance. Je sais que c'est moi qui lui fais cet effet.

Le savoir renforce mon pouvoir et je repense à mes inquiétudes passées. Oui, j'ai eu peur que la réalité revienne sournoisement et brise notre bulle. Mais en cet instant, cette peur est à des années-lumière de moi.

Une vague de passion déferle en lui, et je sens dans mon corps et ma chatte la pulsation qui fait écho à son désir. Je suis aussi excitée que s'il me caressait à son tour. Je me tortille, ondulant des hanches en rythme avec l'envie qui monte en moi. Et je suis ravie de savoir que Damien est aussi excité que moi.

Je suis prise de court quand il me saisit par la taille, me hisse et me fait basculer sur la banquette avant de me relever les jambes jusqu'à ses épaules.

— Qu'est-ce que tu… ?

Mais je ne me donne pas la peine de terminer. Je sais très bien ce qu'il fait. Il se penche en avant, caressant mes cuisses en rythme tandis que sa langue vient lécher la peau délicate juste au bord de mon string. Un frisson me parcourt de la tête aux pieds.

— Damien, bon Dieu ! je gémis.

— Tiens-toi tranquille, dit-il alors que je sens son haleine brûlante sur mon sexe. Ne bouge pas.

Il me donne cet ordre, puis fait en sorte que je ne puisse y obéir, mettant en marche le vibromasseur dans mon cul tout en soulevant mon string du bout des dents pour titiller mon clitoris.

Je pousse un cri et me cambre de surprise.

— Coquine, dit-il, éteignant le vibromasseur et prenant mes fesses dans ses mains. Voyons comment nous allons pouvoir remédier à cela.

— Je vais rester immobile, dis-je en voyant la lueur cruelle dans son regard.

— Trop tard, dit-il, ôtant le vibromasseur malgré les protestations de mon corps. (Il sourit tandis qu'il l'enveloppe dans un mouchoir et le glisse dans sa poche.) Apparemment, mes jouets plaisent. Je vais devoir me montrer encore plus créatif.

— Oh, mon Dieu, oui ! dis-je imprudemment, impatiente de voir ce qu'il me réserve.

Il descend le long de mon corps, en laissant une traînée de baisers sur ma cuisse gauche et en faisant glisser mon bas jusqu'à ma chaussure.

— Voilà qui conviendra très bien.

Je me mords les lèvres, me demandant ce qu'il a en tête.

— J'espère que tu en es conscient, tu vas avoir de gros ennuis si tu abîmes mes chaussures.

— Même si cela te fait jouir ?

Il caresse mon pied le long de la voûte plantaire, que ces chaussures laissent à découvert. Je ferme les yeux, essayant de garder l'esprit clair malgré cet assaut sur une nouvelle zone délicieusement érogène.

— Certaines choses sont aussi sacrées que le sexe, dis-je. Les chaussures en font partie.

— C'est compris, mademoiselle Fairchild, glousse-t-il. (Je sens ses lèvres se poser à l'endroit où se trouvait son doigt et je dois me mordre les lèvres pour rester immobile ainsi qu'il me l'a ordonné.) J'irai doucement.

J'ouvre de grands yeux quand il prend la ceinture de sécurité et l'enroule autour de ma cheville. Puis il la boucle et tend la courroie. Après quoi, il m'adresse un petit sourire satisfait.

— Et d'une.

Je reste sans voix. Incapable aussi de bouger la jambe gauche.

— Damien… je commence.

Mais il est inutile de protester. Il ne compte pas s'arrêter. Et à vrai dire, je n'ai pas envie qu'il arrête.

— À présent, voyons ce que nous pouvons faire de l'autre.

En le voyant ouvrir un compartiment dissimulé dans la portière et en sortir une boîte blanche ornée d'une croix rouge. Je me rappelle que cette limousine fait partie de la flotte de Stark International Je me soulève sur un coude.

— Une trousse de secours ? Que fais-tu au juste ?

Je plaisante, bien sûr. Enfin, plus ou moins. Son regard croise le mien et sa main remonte le long de ma cuisse jusqu'à mon sexe.

— Une surprise.

Ah… Je déglutis. M'étais-je vraiment imaginé que j'avais obtenu un soupçon de contrôle ? Le peu que j'en avais lorsque nous avons commencé s'est envolé. Damien peut faire de moi ce qui lui plaît, et cette simple idée m'excite encore plus.

— Détends-toi, ma chérie. Détends-toi et fais-moi confiance.

J'obéis. Je le regarde dérouler une bande médicale et l'enrouler autour de ma cheville, juste au-dessous du bracelet de platine et d'émeraudes. Il passe une extrémité de la bande dans une partie de l'infrastructure du siège que je ne vois pas, puis il fait un nœud. J'essaie de bouger les jambes, mais c'est impossible. Je suis totalement ligotée. Totalement ouverte. Et totalement excitée.

— Damien… dis-je d'une voix rauque de désir. Damien, s'il te plaît…

— S'il te plaît, quoi ? S'il te plaît, touche-moi ?

La simple pensée de ses mains sur moi suffit à me faire trembler de plaisir.

— Oui. Oh, mon Dieu, oui ! Touche-moi. Baise-moi. Je t'en prie, Damien, j'ai envie de toi.

Ce soir, ç'a été un long préliminaire, et je suis au-delà des limites.

— Mmm… (Il change de position et vient s'asseoir au bord de la banquette où je suis étalée. Je tends ma main vers lui, impatiente de sentir la sienne sur mon sexe exposé, mais juste avant que j'aie pu lui toucher la cuisse il secoue la tête.) Non. Les bras au-dessus de la tête. Voilà… dit-il quand je lui obéis enfin.

Il tend le bras à son tour et sa main reste en suspens au-dessus de ma poitrine. Sous le petit top pailleté, mes seins sont déjà tendus et durcis, délicieusement sensibles à cause des pinces qu'il y a posées tout à l'heure. Je me mords la lèvre, impatiente qu'il me touche. Qu'il frôle mon sein. Caresse délicatement mon téton. N'importe quoi, pourvu que la pression de plus en plus insoutenable soit soulagée.

Évidemment, il ne m'accorde rien. La main toujours en suspens, il la laisse descendre le long de mon corps, au-dessus de mes seins, de mon ventre, de ma chatte douloureuse, puis le long de mes jambes, jusqu'à ce que j'agite les orteils dans une futile tentative pour l'attirer à moi. En vain. Jamais il ne me touche, il se contente de me survoler et l'air est de plus en plus brûlant. Je sens seulement l'étoffe qui frôle ma chatte et mon cœur qui bat à se rompre.

— Alors, dis-moi, Nikki, murmure-t-il, sauras-tu imaginer le contact de mon doigt sur l'intérieur de ta cuisse ? La manière dont ton corps se tendrait en réponse à ce frôlement qui ne serait ni une caresse ni un chatouillement ?

— Je… Oui.

J'ai parlé si bas que je doute qu'il m'ait entendu. Mais peu importe. Il continue.

— Une danse sensuelle, comme une plume effleurant ta petite culotte. Un doigt qui l'écarte. Et ensuite, Nikki ? Comment voudrais-tu que je te touche ?

Je ne réponds pas, car il est maintenant… non pas entre mes cuisses où mon sexe palpite en réponse à cette voix sensuelle et à ces propos érotiques, mais plus haut, si bien que sa hanche est tout près de ma poitrine… et ses mains attachent mes poignets avec l'autre ceinture de sécurité.

— Damien, que…

Mais je ne prends pas la peine de finir ma question, car il a terminé et j'ai compris. Il m'attachait les mains tout comme mes jambes et je suis complètement ligotée, attachée à cette longue banquette de cuir à l'arrière de la limousine.

— Tu as envie, Nikki ? Tu as envie que je te baise ?

— Tu sais bien que oui.

Je garde un ton calme, même si j'ai envie de hurler. *Oui, oui, bon sang, oui !*

— Ai-je bien entendu ?

Je crie presque de frustration.

— Oui. S'il vous plaît, monsieur.

Il sourit doucement, l'air un peu trop content de lui. Il s'approche de moi et je vois qu'il tient une paire de petits ciseaux à bouts ronds dans la main. Il glisse la lame sous la dentelle du string, coupe et retire l'étoffe.

Je me cambre en frémissant, mon corps le supplie autant que mes paroles.

— S'il te plaît, Damien. S'il te plaît, baise-moi, je t'en prie.

— Croyez-moi, mademoiselle Fairchild, il n'y a rien que j'aie plus envie de faire. Mais, non. Je ne crois pas. Pas tout de suite.

Je gémis.

Il se penche pour me chuchoter à l'oreille :

— Et si je te disais de te caresser ? Ah, c'est vrai, tu ne peux pas…

Je tire sur la ceinture qui me maintient les mains, mais en vain. Je peux bouger un peu, mais il m'a solidement immobilisée.

Il se baisse et retrousse le bas de mon top sans toucher ma peau, tandis que je m'arc-boute comme si mon corps était déterminé à tout tenter alors que mon esprit sait que c'est inutile. Un instant plus tard, mon top remonté découvre le soutien-gorge en dentelle et la chaîne tendue entre mes deux tétons durcis. Il passe un doigt sur ma chaîne, puis il tire doucement dessus… et je me cambre, parcourue par des décharges brûlantes d'électricité qui vont de mes seins à mon sexe palpitant.

— Oh, ma chérie, murmure-t-il. J'adore te voir te consumer ainsi, voir tout ton corps réagir. Sais-tu ce que ça me fait de savoir que tu t'es donnée à moi ? Sans barrière, sans inhibition ? Pour que je te touche, que je te tente et que je te titille.

— Tout ce que vous voulez, monsieur Stark, je réponds d'une voix rauque. Tout ce dont vous avez envie.

– Je suis ravi de l'entendre, dit-il en retournant s'asseoir sur la banquette perpendiculaire à la mienne. Pour le moment, je veux seulement te regarder. Ta peau qui s'empourpre. Ta chatte gonflée qui mouille et me supplie. Tes tétons durs, ta poitrine qui se soulève et retombe alors que tu tentes de contrôler ta respiration. Ça me fait bander, Nikki, tellement bander de te voir ainsi allongée, suppliante, consciente que c'est moi qui t'ai amenée là.

Je ne peux que gémir. Je suis incapable de parler, vaincue par les émotions qui font rage en moi.

Il se penche en avant et appuie sur le bouton de l'interphone pour demander au chauffeur à quelle distance nous sommes de l'hôtel. Nous n'en sommes qu'à quelques rues, et je ne sais pas si je dois me sentir soulagée ou frustrée quand j'entends Damien dire au chauffeur de faire le tour du pâté de maisons jusqu'à nouvel ordre. Sur ce, il coupe, me sourit et se sert un whisky *on the rock*. Sans me quitter du regard, il se renverse en arrière et boit une longue gorgée avant de venir se rasseoir près de moi, le verre toujours à la main.

– Ouvre, dit-il.

J'ouvre la bouche et il prend le glaçon entre le pouce et l'index. Il le passe délicatement sur mes lèvres que j'écarte encore, laissant sortir ma langue pour goûter l'alcool suave. Mais cela ne dure pas assez. Il vient placer le glaçon au-dessus de mon ventre et trois grosses gouttes tombent sur ma peau brûlante. La sensation est si électrisante que je me cambre en poussant un cri. Les gouttes glissent sur moi en laissant une traînée glacée jusqu'à mon pubis. Je frissonne et mon désir est quasiment palpable.

Damien plonge son regard dans le mien et, lentement, passe le glaçon entre ma cuisse et la peau sensible
de mon sexe. Je me cabre, et je ne sais pas si j'essaie
de me dérober parce que c'est intolérable ou parce que
j'en veux encore. Je sais seulement que je ne peux pas
m'échapper. Je suis attachée, ligotée, et pour l'heure
Damien peut faire de moi ce que bon lui semble.

— Oh, mon Dieu ! Damien, mais que fais-tu ?

— Sauf si je m'y prends mal, je suis en train de t'exciter comme jamais. Et ma chérie, ajoute-t-il en laissant
tomber le minuscule reste de glaçon dans le verre, je
crois bien y avoir réussi. (Il retourne sur son siège et
poursuit dans l'interphone…) Un dernier tour du pâté
de maison. Ensuite, vous pouvez nous ramener à l'hôtel.

Et à cet instant, je suis certaine, du moins pour le
moment, qu'il ne va pas aller plus loin.

Bon sang !

— Tu me punis ? je demande. Tu sais, je suis dans
un tel état que je n'hésiterais pas à supplier.

— Moi, te punir ? glousse-t-il. Je continue simplement
ce que tu as commencé.

— Ce que j'ai commencé ? je demande sans comprendre.

— Tu m'as dit que tu ne m'avais jamais sucé dans
une limousine roulant dans Munich. Je me suis dit que
tu n'avais jamais été attachée à moitié nue dans une
limousine, à Munich ou ailleurs. Je me suis trompé ?

— Pas du tout. Et je n'ai jamais été baisée dans une
limousine à Munich non plus, j'ajoute avec quelque
agacement. Mais, apparemment, cela t'a échappé.

— On se plaint, mademoiselle Fairchild.

— Vous pouvez le dire, monsieur Stark.

— Vous savez, je suis tenté de vous laisser ainsi pour toujours. (Son regard glisse lentement sur moi. L'inspection s'attarde sur mes seins, mon ventre découvert, puis mon sexe. Je frémis et ma chatte se crispe de désir.) Nous pourrions faire le tour de l'Europe en voiture, vous étalée au fond d'une limousine, ouverte à mon plaisir.

— Ou bien nous pourrions retourner à l'hôtel sur-le-champ et vous pourriez faire de moi ce que vous voudriez, je rétorque avec un sourire. C'est vous qui décidez, monsieur Stark, dis-je en agitant mes mains liées. Mais détachez-moi, au moins.

Nous traversons le hall de l'hôtel sans un regard autour de nous, droit vers les ascenseurs qui semblent s'ouvrir magiquement devant nous, comme si l'hôtel savait à quel point il est urgent que nous regagnions notre chambre.

Nous sommes seuls dans l'ascenseur et je m'appuie contre Damien, ravie de voir qu'il m'enlace machinalement. En cet instant, j'ai l'impression qu'il ne peut rien arriver de mauvais dans notre monde.

Nous arrivons à notre étage, les portes s'ouvrent et nous sortons. Mon téléphone vibre et un bip me signale l'arrivée d'un texto. Je fronce les sourcils, hésitant mentalement entre Ollie et Jamie. Pas question d'échanger des messages avec eux, mais mon téléphone étant réglé pour biper trois fois à chaque SMS pour que je n'en manque aucun, je vais au moins être obligée de le lire.

C'est ce que je fais, et je me fige au milieu du couloir. L'expéditeur m'est inconnu, tout comme le numéro.

Mais ce n'est pas la première fois que je reçois ce genre de message : « Salope. Pute. Traînée ».

Je me rappelle la lettre anonyme qui m'est arrivée chez Stark International, et un frisson d'angoisse me parcourt. J'avais alors pensé que l'on m'avait envoyé la lettre parce que j'avais accepté de l'argent pour poser nue. À présent, je me demande la raison de ce texto.

— Nikki ? demande Damien d'un air soucieux. Qu'est-ce qu'il y a ?

Je ne veux pas lui montrer le message, pas question de faire éclater la bulle magique de notre soirée. Mais je le sais, il est déjà trop tard. Et Damien doit être au courant. Sans un mot, je lui tends le téléphone, me raidissant en attendant l'explosion.

— C'est la première fois que tu reçois un SMS de ce genre ? demande-t-il avec un calme glacial.

— Oui, je réponds laconiquement.

Et je sens de nouveau le poids de la réalité sur nous. La mince paroi de la bulle qui nous protège commence à se fendiller. Je ne sais pas ce qui se passera quand la pression sera trop forte, que ces petites fissures exploseront enfin sous le poids du monde. Je pressens malheureusement que je suis sur le point de le savoir. Mais quand cela arrivera, j'espère seulement que je résisterai à l'envie de ramasser un éclat de verre pour me taillader les chairs. Un frisson me parcourt.

— Efface-le, dis-je. Fais-le disparaître.

— Non. Nous allons remonter la piste.

— Plus tard. S'il te plaît, Damien… Occupons-nousen plus tard. Je n'ai pas envie de penser à ça en ce moment.

Il me regarde un instant, puis il éteint le téléphone et le glisse dans sa poche. Je croise les bras.

— Fais-moi confiance, ma chérie, tu n'en auras pas besoin ce soir. (Je ne peux m'empêcher de sourire, surtout lorsqu'il sort son propre téléphone et l'éteint également.) À présent, il n'y a plus que toi et moi.

— Tout ce que j'aime, dis-je en prenant sa main et en le laissant m'attirer contre lui.

Il glisse sa carte dans la serrure et la diode passe du rouge au vert. Je suis tendue d'impatience. J'imagine déjà le désir, la passion, les mains de Damien sur mon corps et son sexe en moi. Je m'attends à retourner dans cet univers magique où rien d'autre que nous ne compte.

Mais quand il ouvre la porte, je comprends que la réalité peut nous suivre n'importe où.

Car devant nous, sur le canapé où Damien m'a baisée tant de fois, est assise une femme que je n'aurais jamais cru revoir.

Une femme qui a longtemps partagé le lit de Damien.

Chapitre 8

Carmela D'Amato est grande, blonde et d'une beauté si éblouissante que c'en est presque pénible. Je l'ai détestée dès le premier instant où je l'ai vue, il y a six ans, quand elle m'a pris Damien.

Certes, à l'époque, je n'avais aucun droit sur lui, mais j'avais quand même envie de m'en prendre à elle. Je participais à Dallas au concours de beauté Miss Tri-Country Texas, et la star du tennis Damien Stark était la célébrité membre du jury. Je le rencontrais pour la première fois, mais il était venu là où je m'étais réfugiée, près du buffet, dans l'espoir de pouvoir manger du cheesecake en douce sans que ma mère me voie. À l'époque, j'avais cru à un effet de mon imagination, mais il y avait eu un déclic, une connexion presque électrique entre nous. Il m'avait coupé le souffle. D'ailleurs, cela continue encore aujourd'hui.

Le simple fait de bavarder avec lui avait déclenché des fantasmes débridés. S'il l'avait proposé, j'aurais pris sa main et me serais enfuie avec lui sans jeter un regard en arrière. Mais il ne l'avait pas proposé. Et il n'était pas parti avec moi, mais avec Carmela.

Jamais je n'aurais imaginé la revoir.

Jamais non plus je n'aurais imaginé revoir Damien, d'ailleurs. On dirait bien que la boucle est bouclée.

Instinctivement, je me rapproche de Damien. Il prend ma main dans la sienne. Carmela D'Amato jette un bref coup d'œil à nos doigts mêlés et je dois réprimer un sourire de triomphe. *Ha, ha ! Prends ça, petite garce.* C'est mesquin. Mais sincère.

— Que fais-tu ici ? demande Damien d'une voix glaciale et tendue.

— Damie chéri, ne sois pas fâché.

Elle s'étire comme une chatte et prend le verre de vin posé sur la table à côté d'elle. Elle boit une gorgée, visiblement très à l'aise. J'ai envie de lui flanquer des baffes.

— Comment es-tu entrée ? demande Damien, irrité.

Elle me jette à peine un regard.

—Vu le nombre de fois où j'ai partagé cette chambre avec toi, fait-elle mine de s'étonner, je fais quasiment partie de la famille. J'ai juste demandé à l'un des garçons d'étage de m'ouvrir.

— Il ne t'est pas venu à l'esprit que ça allait lui coûter sa place ?

— Mais pourquoi donc ? demande-t-elle en riant. Je pensais que nous pourrions fêter ta victoire ensemble. Et t'est-il jamais arrivé de me chasser de ta chambre, Damie ? Ou de ne pas être heureux de me voir ?

— En cet instant, oui, par exemple.

Je la dévisage, alarmée de voir qu'elle ne manifeste aucune réaction. Elle ne tressaille même pas. Ne cille pas davantage. Elle n'est ni fâchée ni blessée.

En d'autres termes, Carmela est venue ici en sachant exactement ce qui se passerait. Quelle foutue salope !

— Levez-vous, dis-je. Levez-vous et fichez le camp d'ici.

Là, j'ai obtenu une réaction. Un petit sourire pincé et condescendant, qui m'enrage encore plus.

Damien serre ma main dans la sienne, mais il reste silencieux. C'est mon combat à présent, et il le sait.

— Vous êtes Nichole, c'est ça ? demande-t-elle, alors qu'elle sait évidemment très bien qui je suis. Vous êtes la gamine qui a attiré son regard au Texas durant ce concours de beauté grotesque.

— J'ai attiré un peu plus que son regard, Carlotta, je réponds, écorchant volontairement son prénom.

— Vous êtes sûre ? dit-elle en plissant les yeux. La réalité est si rarement à la hauteur des attentes. J'espère que vous êtes prête à affronter le jour où il se rendra compte que vous n'êtes finalement pas la femme qu'il voulait.

Je lui décoche mon plus beau sourire de défilé.

— Ma chérie, je crois que vous vous méprenez. C'est avec moi qu'il couche. Et c'est vous dont il n'a pas envie. Maintenant, fichez le camp d'ici.

J'ai fait mouche. Elle jette un regard de détresse à Damien, comme s'il allait atténuer le coup. Mais il n'est pas du tout disposé à l'aider.

— Tu as entendu ce qu'on t'a dit, ajoute-t-il. Va-t'en.

Durant un désagréable moment, je me dis qu'elle va protester. Puis elle se lève. Avec une lenteur délibérée, elle vide son verre et prend son sac à main. J'ai l'impression que ça dure une éternité, mais elle franchit enfin le seuil de la chambre et sort dans le couloir. La porte se claque derrière elle.

Je me tourne vers Damien. Je lis la fureur dans son regard. Mais il s'y ajoute autre chose. Du regret. Des excuses.

Non. Pas question qu'il s'excuse pour cette garce.

— Nikki, je…

— Tu quoi ? Tu ne savais pas qu'elle serait là ?

— Tu sais très bien que non, répond-il d'une voix dure.

— Tu crois que je vais être jalouse de savoir qu'à une époque elle pouvait venir dans cette suite quand cela lui chantait ? je demande sur le même ton. (Je tiens à bien me faire comprendre, et rien ne m'arrêtera. Je penche la tête de côté, pensive.) Dans combien d'hôtels d'Europe a-t-elle ses entrées ?

— Enfin, bon sang, Nikki !

— Un ? Trois ? Cinq ? (Il marche sur moi et je recule d'autant, jusqu'à me retrouver le dos contre l'une des colonnes qui séparent le salon de la partie cuisine et salle à manger.) Tu l'as prise ici ? Comme ça ? En la plaquant contre le mur ?

— Qu'est-ce que tu fais, là, merde ! s'emporte-t-il.

La colère gronde dans sa voix ; je sais que je suis allée un peu trop loin.

— À ton avis ?

— Tu me fous en rogne !

Sur ce, il m'embrasse si passionnément qu'il me renverse la tête en arrière. J'ouvre la bouche pour répondre à ce baiser tout en enroulant ma jambe autour des siennes et en me pendant à son cou. Je veux qu'il soit collé à moi. Je veux le sentir, sentir le lien qui nous unit. Parce que rien — ni Carmela ni personne — ne pourra le briser.

Il arrache brutalement ses lèvres des miennes, mais je le retiens, si bien que je sens son haleine sur mon visage.

– Tu es la seule femme de ma vie à présent, Nikki.

– Tu ne crois pas que je le sais aussi ? je lui réponds, haletante, sans le quitter des yeux. (Et je le vois dans ses yeux, il vient brusquement de comprendre que je me suis jouée de lui.) Sauf si je te découvre au lit avec, je continue, ne t'avise jamais de t'excuser pour une autre femme. Crois-le ou non, Damien Stark, je n'ai jamais imaginé que tu avais fait vœu de chasteté avant de coucher avec moi.

Il me toise longuement d'un regard dangereusement brûlant.

– Qu'est-ce qu'il y a ? je demande avec inquiétude.

– Je crois, ma très chère mademoiselle Fairchild, que vous allez recevoir un châtiment bien mérité.

– Oh !

Je me raidis rien qu'en imaginant sa main claquant sans ménagement mes fesses. Je tente de reculer, mais reste coincée par la colonne.

– Pourquoi ? Parce que j'ai joué avec tes nerfs ? Je ne trouve pas ça très juste.

– Non, ça ne l'est pas. Et pas à cause de ça.

– De quoi, alors ?

– Crois-tu vraiment qu'il soit possible que tu trouves un jour une autre femme dans notre lit ?

– Non.

– Voilà, tu as ta réponse.

– Mais tu sais que je ne le crois pas et que je ne le pensais pas, dis-je en croisant les bras.

– Je le sais. Mais je vais te confier un petit secret. C'est la meilleure excuse que j'aie pour que tu te plies en deux et que je sente ma paume me cuire.

Je m'humecte les lèvres. Il fait soudain très chaud dans la suite, et je sens ma nuque et mon entre-cuisses toutes moites. Je me cramponne à la colonne.

– C'est ce que tu veux ? je demande d'un ton calme.

Car je ne doute pas une seconde que moi, j'en meurs d'envie.

– Là tout de suite. C'est ce que je veux plus que tout.

Du pouce, il caresse ma joue. Je ferme les yeux et inspire profondément, tout à coup incapable de me concentrer.

– Pourquoi ?

– Tu me connais mieux que personne, Nikki. Tu sais très bien pourquoi.

Je le sais en effet. Il a besoin de moi comme j'avais besoin de me taillader naguère. Comme j'ai besoin de lui désormais. Après une journée où il dû revoir d'horribles images de son passé puis une garce d'ex-copine, il a besoin de savoir que je vais me donner entièrement à lui. De savoir qu'il contrôle mon plaisir même en contrôlant ma souffrance. Il a besoin de savoir qu'il peut m'emmener jusqu'à cette limite. Et de savoir que je veux qu'il le fasse.

Car c'est ce que je désire.

Tout est parti en roue libre. Il ne s'agit pas seulement de l'apparition de Carmela dans notre chambre, mais de la journée tout entière. De l'arrivée d'Ollie en Allemagne. Des photos atroces. De la réaction de Damien à l'abandon des poursuites contre lui.

Tout cela s'est accumulé en moi à tel point que lorsque Damien s'est retrouvé K.O., j'ai voulu sentir une lame dans ma main. Mais je l'ai combattue. Et j'ai remporté la victoire. Je n'ai pas eu besoin de me taillader, mais j'avais toujours besoin de Damien. Et encore maintenant, j'ai besoin de sentir ses mains sur moi et sentir aussi monter le plaisir, accompagné de la vive brûlure de la douleur. J'ai besoin de ça pour ne pas perdre pied. C'est la soupape qui m'empêche d'exploser. J'en ai besoin. Et Damien aussi.

— Enlève ta jupe, dit-il d'une voix tendue.

— Je…

Il me coupe d'un bref signe de tête. J'ai compris, on ne discute plus. Nous passons à autre chose. Nous laissons le procès, les photos et Carmela derrière nous. Nous envoyons balader la réalité et nous retournons dans notre bulle, exactement là où j'ai envie d'être.

— Ta jupe ! répète-t-il d'un ton qui n'admet pas de réplique.

— Oui, monsieur, dis-je.

Un lent sourire approbateur glisse sur moi, aussi intimement que sa main sur mon sexe. Lentement, je passe les bras derrière moi pour baisser la fermeture Éclair, puis je fais glisser le long de mes hanches la jupe qui tombe à mes pieds.

— Maintenant, le top. Enlève-le et jette-le là-bas.

J'obéis de nouveau. Je sens le souffle de l'air sur ma peau nue, et c'est d'autant plus excitant que mes tétons sont rendus hypersensibles par les pinces et mes seins alourdis par le poids de la chaîne. Je frissonne, non pas à cause de la fraîcheur, mais d'anticipation à l'idée de ce qui va suivre. Je ne sais pas exactement ce que

Damien a en tête. Je sais, seulement que j'en ai envie et que ce sera exceptionnel.

Je porte les mains à l'agrafe de mon soutien-gorge, mais il secoue la tête.

– Non. Je vais le faire.

Il s'approche encore et j'ai soudain du mal à respirer, comme si l'air était aussi dense qu'un liquide. Depuis le temps, je devrais avoir l'habitude de sentir mon corps vibrer en sa présence, comme si mes molécules s'agitaient dès qu'il m'approche. Je devrais être capable de respirer sans trembler et de rester à côté de lui sans avoir l'impression d'être au bord de l'évanouissement. Mais je n'y parviens pas, et j'espère qu'il en sera toujours ainsi. Je suis ensorcelée par cet homme… et pas question que ça change !

Ses mains effleurent mes seins gonflés tandis qu'il détache les pinces. Je pousse un cri, surprise par les sensations qui reviennent dans mes tétons, au moins aussi excitantes que celles éprouvées lorsqu'il a placé les pinces. Il dépose les chaînes et les anneaux sur le bar, puis il m'ôte mon soutien-gorge, me faisant frissonner d'anticipation. Je ferme les yeux, m'attendant à sentir sa bouche se refermer sur moi, ses dents frôler la pointe de mes seins. Mais cette délicieuse sensation ne vient pas. Au lieu de cela, ses paumes glissent le long de mes bras et se referment sur mes poignets. Doucement, il lève mes mains au-dessus de ma tête.

– Garde les yeux fermés, chuchote-t-il.

Du satin s'enroule délicatement autour de mon poignet avant de se resserrer et de plaquer ma main sur la colonne.

– Qu'est-ce que tu…

— Chut ! souffle-t-il.

Un instant plus tard, je sens qu'il attache mon autre poignet. J'essaie de bouger les bras, mais ils sont maintenus en place et je me rends compte qu'il a utilisé mon soutien-gorge pour m'attacher à la colonne.

— Astucieux, dis-je.

— Excitant, réplique-t-il. Puis-je te faire confiance pour ne pas regarder en douce ?

— Oui.

— Mmm…

J'imagine qu'il ne me croit pas. Et quand j'ouvre les yeux, je le trouve grimaçant devant moi. Je souris d'un air penaud, mais il ne dit rien. Il tourne les talons pour gagner la chambre, me laissant attachée à la colonne dans le salon, portant seulement des bas, des talons aiguilles et un très respectable rang de perles.

Je me dévisse le cou pour tenter de voir ce qu'il fait… Impossible. Je tends l'oreille, mais je n'entends rien.

Je ferme les yeux et prie muettement qu'il ne m'abandonne pas ici. Malheureusement pour moi, je sais que c'est une possibilité.

— Damien ? (Pas de réponse.) Monsieur Stark ? Monsieur ?

Pas de réponse non plus. Et, seule et pratiquement nue, je ne peux m'empêcher de me demander combien de temps il va s'absenter. Ce qu'il fera quand il reviendra. C'est peut-être ma punition, mais je sais que la récompense, quand elle arrivera enfin, sera étonnante.

— Et moi qui te croyais plus patiente…

J'entends sa voix, mais je ne vois pas Damien.

Il sort alors de la chambre à grands pas, d'une démarche souple, le dos droit, avec l'expression d'un homme

{ 132 }

qui sait pertinemment que le monde se pliera à son moindre caprice. Et tout ce pouvoir entièrement concentré sur ma personne en cet instant.

— Frustrée, mademoiselle Fairchild ?

— Peut-être ai-je l'impression de m'être un peu fait avoir.

— Je vous promets qu'elle sera dissipée quand j'en aurai terminé avec vous, dit-il avec une telle chaleur que je fonds presque. Je n'ai pas pu vous emmener aussi loin que j'aurais voulu durant notre promenade en limousine. J'ai l'intention de remédier à cela maintenant. Lentement, et complètement.

Il tient quelque chose à la main ; il me faut une minute pour me rendre compte que c'est l'une de ses cravates.

— Tu as les yeux ouverts, dit-il.

— Ah…

Je ne peux guère contester, puisque je le regarde.

— Ferme-les.

J'obéis. Je sens la soie de la cravate sur mes yeux, puis un coup sec lorsqu'il la noue derrière ma tête. Ses lèvres frôlent le coin de ma bouche.

— Très bien. À présent, tout ce que tu entendras, tout ce que tu sentiras, chaque once de plaisir et de douleur viendra de moi. Alors, dis-moi, Nikki… est-ce que cela t'excite ?

— Tu sais bien que oui.

Ses lèvres frôlent mon cou, et l'unique mot qu'il prononce résonne en moi :

— Pourquoi ?

Je déglutis. Je ne m'attendais pas à cette question.

— Parce que… parce que tu me connais. Parce que tu sais ce que je peux supporter. Tu sais ce que je désire. Tu connais mes limites, Damien. Et parce que tu les repousses.

— C'est bien.

Il suit du bout d'un doigt la ligne de ma clavicule, puis le rang de perles. Un instant plus tard, il m'a ôté le collier, que j'entends cliqueter dans sa main avant qu'il la referme sur mon sein.

Je renverse la tête en arrière et retiens mon souffle tandis qu'il caresse et masse mon téton avec l'amas de perles dures et lisses. Puis il ouvre la main et je le sens qui démêle le collier et le fait glisser sur mon sein, sur l'aréole gonflée et mon téton hyper-sensible.

— Damien… je murmure tandis qu'il fait descendre les perles jusqu'à mon ventre, en prenant bien garde de seulement le frôler.

La sensation est enivrante. Le contact frais de la nacre. La délicieuse anticipation de ne pas savoir quel prochain endroit elle touchera.

Je sursaute un peu quand le collier effleure mon pubis, puis je me mords lentement les lèvres en me forçant à rester immobile.

— Dois-je les broyer comme le faisait Cléopâtre ? chuchote-t-il.

— Je n'ai pas besoin d'aphrodisiaque, je réplique dans un souffle.

— Non, je ne crois pas, en effet. Je vois ta peau s'empourprer, je sens le parfum de ton excitation. Quand je te toucherai, je sais que je te trouverai en train de mouiller pour moi. N'est-ce pas, Nikki ?

— Oh, mon Dieu, oui !

— C'est bien. (Je perçois un sourire dans sa voix.) Maintenant, écarte les jambes.

J'obéis, puis je geins quand il fait passer le rang de perles entre mes jambes, dans un mouvement de va-et-vient, et que le collier devient visqueux. Chacune de ces perles parfaites glisse sur mon clitoris, et la sensation me rend folle. C'est exactement là que je le veux, et en même temps pas tout à fait. Ce n'est pas encore suffisant. Je me tortille, sans vergogne, je réclame. Je veux plus.

— Chut ! souffle Damien.

Il se tient juste devant moi et libère le collier, m'arrachant des gémissements de protestation. Puis je sens ses doigts me caresser et me dilater.

— Oui, dis-je.

J'ai besoin de le sentir en moi. J'ai besoin de jouir, d'exploser, de relâcher cette pression.

J'entends de nouveau le collier cliqueter dans sa main, puis il fait rouler l'amas de perles sur mon sexe avide. Je suis bombardée de sensations torrides. Au bord du précipice, complètement excitée, prête à crier, à le supplier.

Mais je ne m'attendais pas à ce qu'il m'écarte les cuisses et glisse les perles en moi.

— Damien ! Qu'est-ce que…

Il me fait taire d'un baiser.

— Silence, dit-il. Et ne bouge pas.

Il s'en va et je me retrouve nue, exposée et insatisfaite, le sexe alourdi par le nœud de perles, attendant désespérément que Damien me touche, l'esprit agité par un tourbillon de possibilités.

— Damien ?

D'abord, je ne l'entends pas. Puis je perçois un infime froissement derrière moi. Je tire sur les liens qui retiennent mes mains au-dessus de moi. Je veux ôter ce bandeau. Je veux voir.

Je veux Damien.

Mais c'est inutile, et mes mouvements font seulement bouger encore plus les perles. De petites vagues électriques me parcourent, mais elles ne suffisent pas à me faire exploser. Damien – maudit soit-il ! – m'a amenée au bord de la jouissance et m'y a abandonnée.

Je me dis que cela fait partie de la punition qu'il m'a promise.

La colonne avec laquelle mes fesses sont maintenant tout à fait familières sert de démarcation entre le salon et la cuisine de la suite. Comme nous avons dîné en ville ou commandé au service d'étage la plupart des soirs, nous n'avons eu besoin de la cuisine que pour conserver du vin ou des glaces, ces dernières ayant été englouties lors d'une fringale nocturne il y a une semaine. Mais j'ai inspecté les lieux lors de ma première nuit ici et j'ai été impressionnée de voir qu'elle était parfaitement équipée.

Je l'entends se déplacer, mais je ne sais pas ce qu'il fabrique. J'entends le bruit d'un tiroir, le cliquetis de couverts. Puis le rythme régulier des pas de Damien qui revient vers moi.

– Imagines-tu à quel point tu es belle ? Ta peau éclatante. Tes tétons durcis. Tes lèvres entrouvertes comme si tu attendais mon baiser.

– J'attends, dis-je.

Je suis récompensée par un bref frôlement de ses lèvres sur les miennes. Bref, oui, mais si puissant. Et comme l'effet papillon de la théorie du chaos, cette infime sensation déclenche une réaction en chaîne qui fait jaillir des étincelles dans tout mon corps. Délicieusement suave… mais insuffisant.

– Tourne-toi, dit-il.

– Euh… ?

Je tire sur mes mains, toujours accrochées à la colonne au-dessus de moi.

– Croise les poignets et tourne, dit-il. (Bien que dubitative, j'y parviens. Me voici à présent face à la colonne, même si je ne peux rien voir avec le bandeau, et que je tourne le dos à Damien.) C'est bien. Maintenant, descends un peu. Voilà, dit-il alors que j'essaie de baisser mes mains.

Je suis obligée de me plier en arrière pour y parvenir, et je me retrouve le buste presque parallèle au sol. La position fait bouger les perles et je me mets à haleter.

Il passe la main sur la courbe de mes fesses et je me mords les lèvres en anticipant un contact plus ferme.

– Magnifique, chuchote-t-il.

Il laisse descendre ses doigts. Je mouille tellement et je suis si dilatée que son sourd grognement de satisfaction me fait frissonner de partout. Je déglutis, m'attendant à ce qu'il enfonce ses doigts en moi, mais il retire sa main et je me retrouve gémissante. Damien, lui, glousse.

– Bientôt… J'ai autre chose en tête avant. Tes jambes, dit-il en tapotant doucement l'intérieur de mes cuisses. Écarte un peu. (J'obéis en fronçant les sourcils. Ce n'était pas sa main que j'ai sentie sur ma jambe à l'instant, mais je ne sais pas très bien de quoi il s'agissait…) C'est intéressant, le nombre de choses excitantes que l'on peut trouver dans une cuisine, dit Damien, interrompant le cours de mes pensées. Ceci, par exemple, semble tout à fait intrigant.

Je sens quelque chose de plat et de chaud sur ma croupe. La surface est légèrement rugueuse et j'incline la tête sans réfléchir, essayant de deviner ce que c'est.

— Une simple cuiller en bois, dit Damien comme en réponse. Qui aurait pu penser que ce serait aussi excitant ?

Je sens un léger souffle d'air frais quand il la retire, mais il laisse immédiatement la place au claquement du bois sur ma chair. Je pousse un cri, mais la sensation cuisante est aussitôt apaisée par la paume que Damien pose fermement sur ma fesse. Il la retire trop rapidement et me frappe de nouveau — pas trop fort, juste assez pour qu'un million d'aiguilles de plaisir me picotent.

Je me tortille, réclamant davantage. J'ai envie que la douleur me concentre et que Damien me projette dans les étoiles.

— Et voilà, ma chérie, dit-il. Tu resplendis, mais tu as le cul en feu.

Je ne peux plus parler. Je veux qu'il continue. Mais je ne m'attends pas à ce que le coup suivant arrive sur mon sexe. Un léger coup vers le haut avec le dos de la cuiller, qui effleure à peine mon clitoris. Mais qui fait jaillir une gerbe d'étincelles en moi. Puis une autre claque sur les fesses, plus ferme cette fois, et je pousse un cri, au bord de la jouissance. Je me mords les lèvres. J'en veux encore. Encore une. Il suffira d'une seule pour me faire basculer.

Mais au lieu du claquement du bois sur mon sexe, ce sont les doigts de Damien qui entrent pour agiter les perles. Je me cambre en poussant un cri de surprise, puis de soulagement quand il sort le collier, chaque petite perle frottant mon clitoris et décuplant mes sensations. Chaque millimètre m'entraîne dans un tourbillon jusqu'à m'arracher un cri quand mon corps se cabre et tremble, incapable de supporter la puissance de l'extase qui bouillonne en moi.

– Oh, oui, ma chérie, oui…

J'entends alors le bruit mat des perles qui tombent sur le sol. Puis un froissement d'étoffe alors que Damien enlève son jean. Je sens ses mains qui caressent mes hanches, mes fesses. Puis ses doigts qui me pénètrent, me dilatent, me préparent – même si ce n'est vraiment plus nécessaire.

Haletante, je gémis de plaisir lorsque le bout de son sexe vient cogner contre mes chairs. Il l'enfonce, me pénètre si profondément que j'ai l'impression que cela va durer indéfiniment, que nous allons nous emboîter l'un dans l'autre.

Il lâche mes hanches et se penche en avant pour prendre un sein dans une main tout en pinçant le téton entre ses doigts. Il ramène mon corps contre le sien à chaque mouvement de hanche ; comme si nous étions pris dans un courant brûlant. Son autre main descend sur mon clitoris hyper sensible. Il me caresse légèrement et j'oublie d'où vient la sensation pour ne plus éprouver qu'un plaisir qui me consume tout entière. Je suis devenue le plaisir. Je ne suis plus qu'électricité. Et j'appartiens à Damien.

Le deuxième orgasme me foudroie à son tour. C'est une explosion et je pousse un cri en me crispant sur lui. Le contact de son doigt sur mon clitoris est si intense qu'il frôle la douleur. Mais Damien, implacable, continue… et il jouit alors que mon corps est encore secoué de tremblements et de soubresauts. Si je n'étais pas attachée à la colonne, je serais probablement tombée.

– Damien…

C'est tout ce que je parviens à dire. C'est suffisant.

– Chut !

Il détache mes mains, mais ne m'enlève pas mon bandeau. Délicatement, il me porte jusqu'à la chambre et me dépose sur le lit.

– Je veux te voir, dis-je alors qu'il entreprend de couvrir mon corps de baisers.

– Tu me vois mieux que personne, répond-il.

Il enlève doucement mon bandeau. J'ouvre les yeux et le vois qui me sourit, penché sur moi, et toutes mes émotions se reflètent sur son visage. Sa bouche s'empare de la mienne pour me donner de suaves et profonds baisers.

– Je suis anéantie, je crois, dis-je en souriant. Je ne sais pas si je pourrai rebouger un jour.

– Ah bon ? Quel dommage. (Il descend le long de mon corps qu'il caresse du bout des doigts et des lèvres. Quand il atteint les cicatrices à l'intérieur des cuisses, il suit le contour de la plus hideuse puis relève la tête vers moi. J'ai le souffle coupé par tout ce que je vois dans ses yeux : amour, désir, respect.) Anéantie ou pas, je dois te posséder encore.

– Prends-moi, dis-je en écartant les jambes et en soulevant mes hanches pour l'y inviter.

Il me pénètre lentement, me remplit, et nous bougeons à l'unisson dans un rythme sensuel qui me donne envie de hurler de plaisir. Je me cambre et attire sa bouche sur la mienne, afin d'être entièrement jointe à lui.

— Retourne-toi, je le supplie quand nos bouches se séparent. Je veux te voir sous moi.

Il hausse un sourcil, mais il se laisse faire. Je l'enfourche et le prends en moi plus profondément encore en roulant lentement des hanches, puis je coulisse le long de sa bite dure comme l'acier. Je contemple son visage, ce magnifique visage sur lequel j'ai vu passer tant d'émotions — amusement, extase, colère, frustration et bien d'autres encore. En cet instant, cependant, il a simplement l'air heureux. Une sorte de fierté m'envahit. Damien Stark est un homme complexe. Et pourtant, je suis ce dont il a besoin.

Malgré mon bonheur, les paroles de Carmela me reviennent et je suis frappée malgré moi qu'elles fassent écho aux sombres pensées qui m'ont agitée dans la journée. Dès que la réalité reprend ses droits, tout se met à dérailler.

— Qu'est-ce qu'il y a ? demande Damien en me scrutant.

Je ne veux pas qu'un nuage assombrisse ce moment entre nous, mais je ne veux pas non plus cacher mes craintes à Damien. Surtout parce que je sais qu'il est le seul à pouvoir les apaiser.

— Des sottises, dis-je. Je pensais à ce qu'a dit Carmela. Sur la réalité.

— Carmela est une garce sans cœur. Et la seule réalité que je connaisse, c'est toi. Ne me dis pas que tu en doutes.

— Bien sûr que non, je m'empresse de répondre. Mais, Damien, tout ce fracas qui nous entoure... Je ne veux pas m'imaginer que nous vivons dans une bulle coupée de la réalité, mais parfois j'ai cette impression... et que la réalité essaie de s'imposer. Le procès. Les courriers et les textos anonymes. La presse. Et maintenant, tes ex.

— Qu'elles aillent se faire foutre !

— Damien, je suis sérieuse.

— Moi aussi, dit-il avec gravité. Au bout du compte, il n'y a que toi et moi. C'est nous qui créons notre réalité, Nikki. Et personne ne peut nous enlever ça.

Chapitre 9

Alors que nous descendons par l'ascenseur le lendemain matin, avec un groom et un chariot rempli de
bagages, je ne peux m'empêcher de penser que j'ai
oublié quelque chose.

— Cette suite est réservée à l'année, dit Damien. Si
tu as laissé quoi que ce soit, l'hôtel nous l'enverra.

— La suite t'appartient ?

Je ne sais pas pourquoi je suis encore surprise ; après
tout, il possède une grande partie de la planète. Et je
sais déjà qu'il en possède une autre au Century Plaza,
pour les clients en visite à Los Angeles.

— Il y en a assez qui viennent voir les bureaux de
Stark International à Munich pour que cela justifie la
dépense. (Il dit cela d'un ton nonchalant, comme si ce
n'était rien de louer trois cent soixante-cinq jours par
an l'une des suites les plus coûteuses dans l'un des hôtels
les plus chers d'Europe.) Si la femme de chambre trouve
quelque chose, le concierge appellera l'entreprise. Ne
t'inquiète pas.

J'acquiesce, espérant qu'il n'y aura pas de coup de
fil, et je me souviens à cet instant de ce que j'ai oublié.

— Mon téléphone, dis-je. Il faut qu'on remonte.

J'essaie de me rappeler où je l'ai laissé, mais rien ne me vient. Peut-être se recharge-t-il sur le bar ?

— Je l'ai encore sur moi, dit Damien en le sortant de la besace en cuir qui lui sert d'attaché-case.

— Oh ! (Je sens un désagréable petit pincement. J'avais oublié le texto anonyme de la veille et ne suis pas enchantée qu'il me le rappelle.) Tu as réussi à en savoir plus ?

— Pas encore. J'ai tout fait suivre à mon équipe. Espérons qu'ils auront du nouveau, le temps que nous arrivions aux États-Unis. En attendant, ne l'efface pas.

— D'accord, dis-je, même si je ne suis pas ravie de devoir tomber dessus chaque fois que je consulterai mes textos.

Comme Damien avait mis mon téléphone en veille, je le rallume pour pouvoir consulter mes SMS, mails et messages. Je ne m'attends pas à en trouver beaucoup — Ollie est ici et il sait que je repars. Mais Jamie, Evelyn ou Blaine m'ont peut-être appelée, surtout s'ils ont appris que le procès de Damien est désormais une affaire classée.

Comme de bien entendu, il y a un texto rempli d'émoticônes de Jamie, à base de ballons, confettis et d'une douzaine de *smileys* suivis d'un « Reviens vite » et d'une autre flopée de ballons. Je lève les yeux au ciel devant ces enfantillages, mais en fait je souris. Je lui réponds que j'ai hâte de la retrouver aussi.

Evelyn et Blaine ont laissé un message vocal, me disant qu'ils attendent impatiemment notre retour et me demandant de saluer Damien pour eux. « Et ne te prive pas de l'embrasser pour moi », ajoute Evelyn.

J'ai aussi deux mails. Le premier de ma mère – le simple fait de le voir me fait frémir. J'ai enfin atteint un stade dans ma vie où je ne subis pas la pression constante de son joug, et je le sais ; je devrais simplement effacer le mail et proclamer que j'ai remporté une victoire pour ma santé mentale. Cependant, c'est encore un peu trop me demander. Je me contente de le déplacer, sans le lire, dans un dossier d'archivage. Un jour, je l'effacerai ou le lirai. La seule victoire à laquelle je peux prétendre aujourd'hui, c'est d'en avoir fait quelque chose.

Le deuxième mail est beaucoup plus plaisant. Il vient de Lisa, une femme dont j'ai récemment fait la connaissance, mais qui, je l'espère, va devenir une amie. Je lis son message en diagonale et ne peux m'empêcher de sourire.

— De bonnes nouvelles ? demande Damien.

— Peut-être. C'est de Lisa.

Je m'apprête à poursuivre, mais nous sommes arrivés au rez-de-chaussée ; et alors que nous sortons de l'ascenseur, je vois Ollie appuyé contre un mur, en grande conversation avec une brune. Je me tends, immédiatement inquiète. Ollie s'est finalement fiancé avec sa petite amie, Courtney, avec qui il y a eu des hauts et des bas ; mais il n'est pas des plus fidèles, comme le prouve sa récente escapade avec Jamie.

Je me détends un peu en voyant le visage de la fille. C'est l'une des associées de chez Bender, Twain & McGuire, je l'ai croisée à plusieurs reprises durant la période de préparation pour le procès. Je me dis qu'Ollie et elle sont simplement des collègues qui s'entendent bien, puis je laisse échapper un « Merde, alors ! » à peine audible quand je la vois lui caresser le bras d'une manière intime avant de partir vers l'ascenseur.

— Attends avant de lui parler, me dit Damien. Mieux vaut que tu te calmes avant.

Je me rends compte qu'il m'a vue les observer. Je m'apprête à lui répondre que je n'ai pas du tout envie de me calmer. Que je préférerais arracher la tête de ce coureur. Mais Damien a raison, ce n'est pas le bon moment. Je continue donc mon chemin avec Damien, le groom et nos bagages.

C'est Ollie qui fait tout capoter. Ollie, qui n'a sans doute pas compris que je l'ai vu, se précipite vers nous.

— Nikki ! s'écrie-t-il en me serrant dans ses bras. Vous partez aujourd'hui ?

— Oui.

Il me connaît si bien, je suis sûre qu'il va remarquer mon ton pincé.

— Bon, dit-il, fourrant ses mains dans ses poches. On se voit de l'autre côté de l'Atlantique, alors ?

— Bien sûr. On ira prendre un verre.

— J'y compte bien.

S'installe alors un silence gêné et rempli de fantômes du passé. Je ne peux m'empêcher de me rappeler une époque pas si lointaine où nous bavardions dès que nous étions ensemble. Et il ne fallait surtout pas que nous sortions prendre un verre. Invariablement, nous perdions toute notion du temps et le personnel devait nous mettre dehors pour pouvoir fermer.

Mais ces agréables souvenirs n'ont rien à voir avec la déplaisante réalité du moment. Je prends la main de Damien, qui la serre dans la sienne pour me donner de la force, sans que j'aie besoin de le lui demander.

Je vois dans les yeux d'Ollie une lueur, peut-être de regret, avant qu'il se tourne vers Damien.

— Félicitations encore. Je suis vraiment content que ça ait bien tourné.

— J'apprécie, dit Damien. Et merci de tout le mal que vous vous êtes donné.

Sa voix est tendue, mais il est sincère et j'en suis heureuse. Je n'espère pas de miracles, mais je sais aussi que si Damien et Ollie ne trouvent pas le moyen de parvenir à une coexistence pacifique, mon amitié avec Ollie n'aura aucune chance de revivre. Nous prenons congé et gagnons la guérite du voiturier.

— Peut-être que je me suis imaginé des choses ? dis-je à Damien.

Je parle de la fille, évidemment, et visiblement Damien a eu la même idée que moi. Je veux croire que tout ça était innocent, mais on sentait vraiment une ambiance de flirt ; et j'ai le sentiment que si j'étais allée chercher Ollie dans sa chambre un soir pour prendre un verre, il y aurait eu de grandes chances que je ne le trouve pas seul.

— Tu n'as rien imaginé, dit Damien. Et ça va lui retomber dessus. Peut-être pas à cause de cette fille, mais parce qu'il vit dans un autre monde et que la réalité va finir par le rattraper.

— Je sais, dis-je. Ollie a toujours été maître dans l'art du déni.

La limousine arrive et le voiturier tient la portière pendant que le groom charge les bagages dans le coffre. Sans attendre Damien, qui donne un pourboire au personnel, je monte dans la voiture, pensant encore à ce qu'il vient de dire. Il a raison. La réalité finit toujours par nous rattraper. La seule question, c'est : peut-on survivre, quand ça nous arrive ?

Dès l'instant où Damien monte dans la limousine, je vois bien qu'il sait à quoi je pense. Son expression s'adoucit et il s'installe à côté de moi, prenant ma main sans rien dire. Il ne prononce pas un mot jusqu'à ce que nous ayons quitté la ville pour rouler sur l'A9 en direction de l'aéroport. Ce silence ne me gêne pas. Je comprends parfaitement ce qu'il essaie de me dire quand il se tourne vers moi :

— Des réalités différentes, Nikki. Toi et moi nous sommes ensemble, et nous pouvons résister à tout ce que le monde nous fait subir.

Je prends une profonde inspiration en me forçant à ne pas poser la question qui me taraude : *Tu es sûr ? Nous pouvons survivre ? Nous pouvons vraiment en réchapper quand la bulle éclate ?*

Damien continue, soit qu'il ignore cette évidence, soit qu'il n'en ait pas conscience.

— Ollie a la chance d'avoir ce que nous avons. De vivre quelque chose de spécial. Mais il a peur, alors il sabote lui-même son bonheur. (Il me caresse la joue du dos de la main, dans un geste si délicat que j'en ai les larmes aux yeux.) Je n'ai pas peur. Pas de ça. Et toi non plus.

J'acquiesce. Il a raison. J'ai encore peur de beaucoup de choses, mais pas d'être avec Damien.

— Que disait Lisa ? demande-t-il.

Je suis de nouveau forcée de m'émerveiller de sa perspicacité. Je n'ai pas peur d'être avec Damien, mais je vis encore des moments d'angoisse concernant la gestion de mes affaires. Et étant consultante en affaires,

Lisa n'est pas seulement une amie potentielle, mais une collaboratrice potentielle.

— Elle dit que l'un de ses clients déménage à Boston et sous-loue un espace à Sherman Oaks avec une grosse réduction.

— C'est une excellente nouvelle, dit Damien.

— Peut-être. Je ne suis toujours pas sûre d'en avoir besoin.

Ma start-up a été un sujet de conversation fréquent entre Damien et moi durant notre séjour en Allemagne. Non seulement je veux connaître son point de vue — après tout, qui pourrait me donner de meilleurs conseils qu'un milliardaire qui s'est fait tout seul ? —, mais en parler nous a permis de penser à autre chose qu'au procès.

Damien est convaincu que je devrais me lancer, m'installer quelque part pour offrir mes services de conceptrice d'applications pour de petites entreprises, tout en travaillant sur des projets plus importants. Je comprends son raisonnement, mais ça ne m'enlève pas mon inquiétude.

— Tu pourrais au moins la voir et discuter de cette possibilité. Elle est intelligente, elle a une bonne réputation et une clientèle solide. Elle peut t'aider.

Je fais la grimace, mais je sais qu'il a raison. Je le sais parce que nous avons déjà eu cette discussion lorsqu'il m'a avoué avoir diligenté une enquête sur Lisa. Je lui ai balancé quelques insultes choisies, en lui disant que je m'occuperais de mes affaires en temps et en heure. Il m'a répondu que je pouvais le remercier de m'avoir délestée de ce fardeau.

La nuit s'est terminée dans une baignoire avec des bougies, mais je n'en ai pas été moins irritée pour autant.

Cela dit, j'apprécie Lisa. Nous nous sommes bien entendues chaque fois que nous avons discuté. Et je suis assez nouvelle à Los Angeles pour apprécier d'ajouter quelques nouveaux amis au petit cercle que j'ai constitué depuis mon arrivée. Résolue, je lui réponds donc que je serai ravie de la voir. Puis je range mon téléphone dans mon sac, en essayant de me calmer.

— Tu as bien fait, s'amuse Damien. Je vais même t'inviter à déjeuner pour fêter cela. Que dirais-tu d'un Fish & Chips ?

— Un Fish & Chips ?

— Je dois faire escale à Londres.

— D'accord. Sofia ?

— Cela ne t'ennuie pas ?

— Bien sûr que non.

Je ne sais pas grand-chose sur Sofia, hormis qu'elle a eu une enfance difficile et que Damien, elle et leur ami Alaine étaient très liés durant leur époque tennis. Je sais qu'elle a eu quelques ennuis récemment et que Damien était agacé qu'elle soit incapable d'arrêter ses âneries – comme il dit. Je sais aussi que c'est la première femme avec qui il a couché, mais que depuis ils sont seulement amis.

— Elle va bien ? je demande.

— Je n'en sais rien. Elle a de nouveau disparu.

Il a l'air effondré, mais il me prend la main et je la serre dans la mienne.

— Tout ce que tu estimeras nécessaire, dis-je. Quand et où tu veux.

Je ne suis jamais allée à Londres, et en fait je n'en verrai pas grand-chose durant ce voyage. Nous quittons le jet de Damien pour prendre la limousine et gagner directement son bureau. Durant le trajet, je vois des voitures, des gens et des bâtiments nettement plus anciens que ce que nous connaissons au Texas et à Los Angeles. Mais je n'aperçois ni le Tower Bridge, ni Buckingham, ni aucune pop-star anglaise. D'une certaine manière, j'en suis heureuse. Ce ne sont pas vraiment des vacances. D'un autre côté, qui sait quand je reviendrai dans cette ville ?

Nous sommes dans les bureaux londoniens de Stark International. Situés dans le quartier d'affaires de Canary Wharf, ils occupent la moitié du trente-huitième étage. Le bâtiment est ultramoderne, tout comme le mobilier. Damien a passé la majeure partie du trajet en avion à mes côtés, à organiser les recherches pour Sofia pendant que je prenais quelques notes sur une app pour smartphone que j'ai en tête, et envoyais à Jamie et à Evelyn des mails pour les prévenir que nous étions sur le chemin du retour et que j'envisageais sérieusement de louer un bureau.

À présent, je suis seule. Debout devant la fenêtre, je contemple un ciel couvert. J'ai une vue sur la Tamise, mais c'est à peu près tout, et même la célèbre rivière n'attire pas vraiment mon attention. Je rumine, perdue dans mes pensées, quand Damien revient dans son bureau, flanqué de deux femmes à l'air efficace qui prennent des notes sur leurs tablettes électroniques.

Il en congédie une et continue la conversation avec l'autre. La cinquantaine finissante, elle est grande et mince, l'air très compétent. Il me l'a présentée tout à l'heure : Mlle Ives, son assistante permanente à Londres. D'après ce que je vois, l'une de ses tâches principales consiste à faire la liaison entre Damien et l'établissement de soins où réside Sofia.

Je suis encore un peu perplexe à l'idée que de telles ressources soient mobilisées pour la santé mentale de Sofia. C'est une amie, je comprends bien, mais pour autant que je sache, Damien n'a pas une assistante pour chacun de ses amis.

— Prévenez-moi dès que vous aurez eu Alaine, dit-il. (Alaine est maintenant chef dans un restaurant à Los Angeles, mais Sofia, lui et Damien ayant été très liés dans leur jeunesse, Damien espère qu'il aura eu des nouvelles d'elle. Il passe derrière son bureau et jette un coup d'œil aux papiers soigneusement classés.) Et puisque je suis là, apportez-moi les projections du projet Newton.

— Certainement, monsieur Stark, dit-elle en s'arrêtant sur le seuil et s'inclinant légèrement vers moi. C'était un plaisir de faire votre connaissance, mademoiselle Fairchild. Je suis désolée que les circonstances n'aient pas pu être plus agréables.

— C'était un plaisir de vous connaître également, dis-je. (J'attends qu'elle ait refermé la porte pour m'éloigner de la fenêtre et m'approcher de Damien.) Des résultats ?

— Malheureusement non. Sofia a quitté l'une des plus récentes cliniques de désintoxication il y a une semaine, et personne n'a de nouvelles depuis.

— Oh, je suis désolée…

— Ce n'est pas la première fois, grimace-t-il, mais en général elle réapparaît quelques jours après dans son appartement de Saint Albans, ivre ou défoncée jusqu'aux yeux et prête à retourner faire une petite cure.

– Quel âge a-t-elle ?

– Vingt-neuf ans. Un an de moins que moi.

– Et elle est en désintoxication volontairement ? Ce n'est pas une obligation de soins décrétée par un juge ?

– Parfois, je me dis que ce serait plus facile si c'était le cas. Mais non, c'est volontaire.

– Je vois. (En fait, je ne vois rien du tout. La table de travail de Damien, de la taille de la salle de bains que je partage avec Jamie, est en chrome, verre et teck. Je me perche dessus en laissant pendre mes jambes, tout en réfléchissant à ce qu'il vient de me dire – et à ce qu'il a omis.) Je comprends que tu t'inquiètes à l'idée qu'il lui soit arrivé quelque chose. Mais je ne comprends pas pourquoi. C'est une adulte, elle a quitté l'établissement en toute légalité. Peut-être qu'elle a décidé de partir en voyage. D'aller voir des amis. Les médecins disent qu'elle est presque guérie, non ? Peut-être veut-elle se prouver qu'elle est capable d'éviter de rechuter ?

Je m'attends à me faire fusiller. À ce qu'il me dise – à raison – que je ne sais rien de cette fille. Mais il semble réfléchir sérieusement à mes propos.

– C'est tout à fait possible. Mais si Jamie disparaissait du jour au lendemain, qu'est-ce que tu ferais ?

Étant donné ce qui s'est produit il y a peu, il sait précisément ce que je ferais. Je piquerais une crise.

– Bien vu, monsieur Stark.

– Il y a une autre raison aussi. (Il a pris un ton détaché et s'est approché de la fenêtre que je viens de quitter. Je le rejoins, et nous contemplons tous les deux cette partie industrielle de la ville. Néanmoins, ce n'est pas la vue qui attire mon attention, mais le reflet du visage de Damien sur la vitre. Sa démarche est peut-être nonchalante, mais pas son expression. Je reste silencieuse et il reprend un instant plus tard.) Nous avons un accord, elle et moi. Je règle la facture et elle va au bout du traitement. Je n'aime pas qu'on ne respecte pas mes conditions.

Je hoche la tête. Connaissant Damien, ce qu'il dit tient parfaitement la route. Mais je ne comprends toujours pas pourquoi. Bien que certaine de me faire rabrouer, je me décide à formuler la question.

— Pourquoi paies-tu son traitement ? Et pas seulement cette fois-ci, mais toutes les précédentes ?

Le silence accueillant ma question me paraît inhabituellement lourd, et je ne suis pas sûre de pouvoir le supporter davantage.

— Je paie pour Sofia depuis que j'ai l'argent pour le faire, répond-il enfin avec une dureté que je ne comprends pas.

— Pourquoi ? je demande malgré moi.

C'est lui que j'observe, à présent, et non plus son reflet. Mais Damien continue de regarder au loin et je me demande s'il contemple la ville ou le passé. Est-ce moi qui suis à côté de lui ? Ou bien Sofia ?

Je serre les poings, car je ne veux pas être jalouse d'un fantôme, et peut-être ce déplaisant sentiment naît-il en moi…

Damien n'a toujours pas répondu à ma question, et je me dis que je suis allée trop loin. Mais quand il parle enfin, je suis soudain glacée jusqu'à la moelle.

— C'était la fille de Richter, dit-il. Et il ne lui a pas laissé un sou.

Il me faut une minute pour intégrer pleinement cette révélation.

— Sofia est la fille de Richter, et c'est à toi qu'il a laissé tout son argent ?

— C'est ça.

— C'est pour ça que tu t'occupes d'elle ? Pourquoi ne lui as-tu pas tout simplement donné l'argent ?

— Ce n'était pas envisageable. D'abord, elle avait déjà des problèmes à l'époque. Elle est brillante, mais impulsive, et ne prend pas les meilleures décisions. Alors j'ai mis sur pied un fonds. Elle peut y puiser ce dont elle a besoin. Je lui ai acheté un appartement. Je paie son traitement. Au final, elle a une vie et un toit, précisément parce que je ne lui ai pas laissé l'argent. Si je le lui avais donné, elle serait probablement morte d'une overdose. Ou elle aurait tout dépensé dans les drogues. Mais la vérité, c'est que je l'aurais aidée même s'il n'y avait pas eu l'héritage. (Pour la première fois depuis le début de cette confidence, il se tourne vers moi.) Elle savait ce qu'il m'avait fait. C'est son amitié qui m'a permis de rester sain d'esprit.

— Oh, mon Dieu ! je m'exclame, horrifiée. Elle a su quel genre de monstre était son père.

— En effet. Et nous avons survécu à ce monstre ensemble. Finalement, c'est moi qui m'en suis le mieux sorti… mais, bon sang ! Nikki, elle ne m'a jamais laissé tomber.

— Alaine non plus ? je demande, des larmes ruisselant sur mes joues.

— Non, il ne savait rien du tout. Bien sûr, j'apprécie son amitié. Mais ma relation avec Sofia est plus profonde.

Je prends sa main et la serre. La jalousie qui menaçait a disparu. À présent, je suis tout aussi déterminée que Damien à retrouver cette pauvre jeune femme. Elle a partagé avec lui son peu de forces, a vécu elle aussi l'enfer, simplement parce que le sang d'un monstre coulait dans ses veines.

— Tu la retrouveras, dis-je. T'est-il jamais arrivé de ne pas obtenir ce que tu voulais ?

Comme je l'espérais, ma question lui arrache un sourire. Il m'attire contre lui et me serre dans ses bras.

— Le procès a dû être un enfer pour elle, dis-je. Son père. Toi.

— Nous n'en avons pas parlé. (Le grondement sourd de sa voix résonne dans mon oreille collée sur sa poitrine.) Elle n'aimait pas devoir penser que Merle Richter était son père. Je lui ai parlé quelques heures avant que tu arrives en Allemagne, d'ailleurs. Je pensais qu'elle m'en parlerait. Mais jamais elle ne l'a fait.

Comme je ne sais pas quoi répondre, je suis soulagée d'entendre la voix de Mlle Ives annonçant dans l'interphone qu'elle a Alaine en vidéoconférence. Damien veut-il qu'elle lui passe l'appel sur l'écran mural ?

Damien le lui demande, et aussitôt un miroir à l'autre bout du bureau devient opaque, puis bleu. Et soudain y apparaît le visage d'Alaine.

— Damien… J'ai été enchanté d'apprendre que les poursuites étaient abandonnées.

— Merci. Tu te souviens de Nikki ?

— Bien sûr. C'est un plaisir de vous revoir, Nikki. Espérons que la prochaine fois ce sera en personne, avec un verre de mon meilleur vin.

— J'en serai ravie.

Lors de ma première rencontre avec Alaine, j'ai été incapable d'identifier son accent. Depuis, Damien m'a expliqué qu'il avait grandi en Suisse. Ce n'est toujours pas un accent que je saurais reconnaître facilement, mais en l'écoutant aujourd'hui je reconnais l'influence de l'allemand et du français.

— Je suis désolé, je n'étais pas disponible quand tu m'as appelé tout à l'heure. Tu me disais dans ton message que cela concernait Sofia ?

— Elle a de nouveau disparu. Elle a quitté la clinique il y a quelques jours, et s'est envolée. Je n'ai pas réussi à la retrouver, et je me disais qu'elle t'avait peut-être appelé.

— Tu as de la chance, mon vieux. Je sais exactement où elle est.

— Où ça ? demande Damien, visiblement soulagé.

— À Shanghai.

— Shanghai ? répète Damien, incrédule. Pourquoi ? Quand lui as-tu parlé ?

— Il y a trois… non, quatre jours. Tu te rappelles David, le batteur qui la fascinait il y a quelques années ? Apparemment, son groupe joue pendant une semaine dans une boîte, là-bas. Elle m'a dit qu'elle pourrait passer à Chicago aussi, si une date de concert se confirme pour le groupe.

Damien se masse les tempes avec un étrange mélange de douceur et d'inquiétude. Il arbore une expression paternelle telle que je l'imagine se faisant du souci pour nos enfants un jour.

Nos enfants ? Je me raidis, mais de surprise, pas de peur. La pensée m'est venue spontanément, mais elle ne m'angoisse pas. Au contraire, elle m'apaise, comme si j'avais pu jeter un coup d'œil en douce à l'avenir et que je m'y étais vue avec Damien et une famille.

— Elle t'a appelé ? demande Damien à Alaine. J'essaie de la joindre sur son portable, mais je tombe constamment sur sa messagerie.

— C'était un appel vidéo. Je lui ai demandé si elle t'avait parlé, mais elle ne voulait pas t'embêter pendant le procès. Je suis surpris qu'elle ne t'ait pas téléphoné, maintenant que c'est terminé… Mais, connaissant Sofia, elle n'a pas dû avoir la nouvelle.

— Tu peux l'appeler tout de suite sur le compte qu'elle a utilisé ?

Le regard d'Alaine se lève comme s'il examinait les différentes options sur son ordinateur.

— Je crois que oui. Ne bouge pas.

L'image d'Alaine reste à l'écran, mais une petite vignette apparaît dans un coin. Le cliché d'une fille aux cheveux noirs hérissés et aux pointes rouges, avec une multitude de piercings en argent à l'oreille. Son visage est menu et délicat, et sa peau d'une pâleur surnaturelle. Ses yeux bruns sont soulignés de khôl. La seule couleur provient de ses lèvres, épaisses et pleines. Damien m'a dit qu'elle avait presque trente ans, mais elle en paraît à peine vingt. Cela dit, je ne sais pas de quand date la photo.

— Je pense que ça va marcher, dit Alaine avant d'ajouter presque aussitôt : Zut ! fichue gamine…

Il me faut une seconde pour comprendre ce qui s'est passé, mais je vois qu'un X rouge est apparu sur la vignette.

— Qu'est-ce que c'est ? je demande.

— Elle a fermé son compte, dit Damien. Tu n'as pas d'autre contact ?

— En dehors de son numéro de portable ? Non, grimace Alaine. Je t'assure, je ne sais pas ce qu'elle a dans le crâne la moitié du temps. Mais elle m'a dit qu'elle appellerait après Shanghai pour me m'indiquer la prochaine étape de leur tournée.

— Dis-lui de me contacter. Ou plutôt, appelle-moi en téléconférence dès que tu l'as en ligne.

— D'accord. Et ne t'inquiète pas, Damien. Elle réapparaîtra. Elle revient toujours. Et nous savons tous les deux que c'est une âme capricieuse.

— Une âme dérangée.

— C'est notre cas à tous, non ? réplique Alaine.

Je vois une étincelle dans ses yeux, et il paraît évident qu'il ne sait pas à quel point cette parole est une vérité fondamentale.

À peine l'écran est-il éteint que Damien rappelle Mlle Ives et lui donne une liste d'instructions, notamment chercher le dossier de David et retrouver la trace de son groupe à Shanghai. Elle prend méticuleusement note et promet de le contacter une fois les renseignements obtenus. Après son départ, Damien me prend dans ses bras.

— Ça va ? je demande.

— Je suis frustré, mais ça va.

Je vois l'inquiétude creuser son visage, mais elle semble disparaître quand il me regarde, et sourit.

— Merci, dit-il.

— De quoi ?

— De tout.

Je lui adresse un sourire rayonnant.

— À votre service, monsieur Stark.

— Je pense en avoir fini ici pour le moment, dit-il. Tu n'es jamais venue à Londres, n'est-ce pas ? Tu veux que nous y passions la nuit ? Nous pourrions aller chez Harrods. Voir un spectacle dans le West End. Visiter un peu.

— Non, dis-je. J'ai simplement envie d'être avec toi. Je veux juste rentrer.

— Voilà une autre raison pour laquelle nous sommes parfaits ensemble, répond-il. Je veux exactement la même chose.

Chapitre 10

— Bienvenue à bord, monsieur Stark. Mademoiselle Fairchild, désirez-vous un verre de champagne ?

— Oui, merci, dis-je en prenant le verre avec plaisir.

Damien et moi sommes assis côte à côte dans de profonds fauteuils en cuir. Devant nous se trouve une table du même bois verni luisant que les moulures de la vaste cabine. Les sièges sont si confortables que je les emporterais bien chez moi. L'hôtesse est grande et mince, avec un vertigineux chignon bouclé qui réussit l'exploit de paraître aussi ravissant que sérieux.

Je bois une gorgée et soupire, bien forcée d'admettre que la vie de milliardaire a ses avantages.

— Qu'est devenu l'autre avion ? je demande à Damien.

Nous avons fait le trajet entre Munich et Londres dans un petit jet, semblable à celui qu'il a à Santa Monica. Bien qu'il soit confortable, ce n'est rien à côté de celui-ci.

— C'est le Lear Bombardier Global 8000, dit-il. Nous traversons l'Atlantique, n'oublie pas. Les États-Unis dans toute leur largeur. Je me suis dit que prendre un avion pouvant embarquer suffisamment de carburant était une meilleure idée. Sans compter qu'il est plus facile de travailler sur un vrai bureau. Et de dormir dans un vrai lit, ajoute-t-il en laissant traîner sur ma cuisse un index qui me fait frissonner.

— Cet engin possède un bureau et un lit ?

— Il y a un lit, oui, dit-il.

— Eh bien !

Je voudrais me lever pour aller visiter, mais l'hôtesse nous a déjà demandé d'attacher nos ceintures car l'avion roule sur le tarmac.

Postée à côté de son strapontin, elle parle dans son interphone, sans doute avec le pilote. Un instant plus tard, elle raccroche et vient nous trouver.

— Monsieur Stark, vous avez un appel de monsieur Maynard. Il a vainement tenté de vous joindre sur votre téléphone portable. En apprenant que vous étiez déjà à bord, il a appelé la tour de contrôle et prié que l'on vous demande de le rappeler dès que possible.

— Pouvons-nous attendre sur la piste ?

— Oui, monsieur.

— Je vais lui téléphoner sur-le-champ, dit-il en sortant son téléphone de sa poche.

Je le regarde faire en me demandant pourquoi Maynard l'a appelé. Le tribunal aurait-il pu changer d'avis ? En aurait-il le droit, d'ailleurs ? Je scrute le visage de Damien, mais il reste impénétrable, arborant l'expression neutre de l'homme d'affaires qui ne veut rien laisser paraître devant ses concurrents – ni devant moi.

Un peu plus tard, il se lève, sans prendre la main que je lui tends, ni croiser mon regard. Il se dirige vers le fond de l'avion et disparaît dans ce que je suppose être le bureau.

J'essaie de me concentrer sur mon livre. Impossible… et après avoir lu la même page une dizaine de fois, je vois Damien revenir. Il fait un signe à l'hôtesse, qui contacte le cockpit et, le temps qu'il ait rattaché sa ceinture, nous sommes de nouveau prêts à décoller.

— Qu'y avait-il ? je demande.

— Rien qui mérite de s'inquiéter, répond-il, avec la même expression indéchiffrable.

— Mais je m'inquiète, dis-je, le cœur serré. Charles n'aurait pas contacté la tour de contrôle si ce n'était pas important.

Il m'adresse un sourire qui paraît forcé et je ne vois aucune gaieté dans son regard.

— Tu as raison, il ne l'aurait pas fait.

— Alors, qu'est-ce que c'est ?

— Il y a eu quelques changements dans plusieurs affaires dont je m'occupe, dit-il.

Le ton est calme et l'explication tout à fait raisonnable, mais je n'en crois pas un mot.

— Ne me laisse pas à l'écart, Damien.

— Mais pas du tout, répond-il d'un ton ferme. Tout ne tourne pas autour de nous.

Je me tends, piquée par ses paroles.

— Je vois, dis-je en tripotant le livre sur mes genoux. Eh bien, peu importe.

— Nikki…

Sa voix n'est plus glaciale. Je penche la tête vers lui, arborant moi aussi mon masque.

— Tout va bien, dis-je.

Il me dévisage et son œil noir semble plonger si profondément en moi que c'en est presque étourdissant. Je soutiens son regard le plus longtemps possible, puis je me détourne plutôt que de courir le risque qu'il voie que je ne le crois pas du tout. Cependant, je voudrais bien savoir pourquoi.

Je regarde ostensiblement par le hublot tandis que l'appareil accélère et décolle. Quand les roues quittent le sol, je ne peux m'empêcher de penser que nous avons atteint le point de non-retour, Damien et moi. Comme cet avion, nous allons continuer notre ascension, ou nous écraser.

Aucune autre possibilité.

Et quand je jette un regard oblique sur Damien, ses papiers étalés devant lui et son masque dissimulant ses secrets et ses craintes, j'ai soudain très, très peur.

*
* *

Assise en tailleur sur le lit étroit, je me sens creuse. J'ai pris avec moi la flûte à champagne vide que je tiens, la base dans une main et le bord fragile de l'autre. *Ce serait si simple. Une toute petite contraction des muscles, un rapide mouvement et − clac !*

Une seconde suffirait pour que le pied me reste dans la main, avec son extrémité brisée aussi tranchante qu'un rasoir. J'ai retroussé ma jupe pour pouvoir m'asseoir dans cette position et, sous l'étoffe tendue sur mes jambes, je vois la chair abîmée sur l'intérieur de mes cuisses. J'imagine suivre la cicatrice la plus abîmée avec cette pointe de verre. La douleur que j'éprouverais si j'appuyais. Le soulagement lorsque je l'enfoncerais, quand ma peau céderait, allégeant la pression dans ma poitrine tandis que s'ouvrirait cette soupape pour expulser toute l'horreur accumulée en moi.

J'en ai envie – oh, mon Dieu, que j'en ai envie.

Non.

Je ferme les yeux, la main de Damien me manque horriblement. Mais il n'est pas là, je suis seule… et pas certaine de pouvoir tenir toute seule.

Lentement, je laisse glisser le bord arrondi du verre contre ma cuisse. Un petit coup sec, juste une petite pression…

Non, non, bon sang, non !

Je ne vais pas faire ça et je lève le verre, prête à le jeter loin de moi, quand un coup à la porte me fait sursauter et me lever avec un pincement de culpabilité. Je ne m'attends pas à voir Damien – il est retourné dans le bureau à peine atteinte notre altitude de croisière il y a deux heures, et je ne l'ai pas vu depuis. Je suppose que c'est Katie, l'hôtesse, car elle a promis de me réveiller quand le dîner serait servi.

– Je n'ai pas faim ! je crie. Je vais dormir encore un peu.

Mais la porte s'ouvre brusquement sur lui. Damien.

Et moi qui suis là, cette fichue flûte à la main.

Je glisse pour m'asseoir au bord du lit et m'adosser au montant en bois, puis je pose nonchalamment la flûte sur la table, espérant qu'il ne se rendra pas compte que mes pensées dérivaient dans une sombre direction.

Il reste sur le seuil si longtemps que je me demande s'il va parler.

– Tu aurais dû me moucher quand je t'ai répondu ces conneries, dit-il finalement. (Je suis un peu rassurée : il n'a pas vu le verre, ni deviné ce que je pensais.)

Évidemment que c'était à propos de nous, continue-t-il. Il n'y a rien dans ma vie qui ne nous concerne pas. Comment veux-tu qu'il en soit autrement ? Mon univers tourne autour de toi.

— Je t'en prie, dis-je. Ne change pas de sujet en me débitant des platitudes romantiques.

Une étincelle de colère brille dans ses yeux alors qu'il gagne le lit en trois grandes enjambées, laissant la porte se refermer derrière lui avec un déclic.

— Des platitudes ? répète-t-il sèchement. Bon sang, Nikki ! Ne me dis pas que tu ne sais pas tout ce que tu représentes pour moi ? (Il tend la main vers moi, mais s'arrête à quelques centimètres de mon visage.) Je ne te l'ai pas dit tous les jours depuis que nous sommes ensemble ?

Je sens le feu qui l'agite. Une passion violente. Un désir sensuel. Je ferme les yeux, haletante, mon cœur battant à se rompre. Oh si ! je sais ce qu'il éprouve à mon égard. Je ressens la même chose. Je me sens revivre dans ses bras. Je suis perdue loin de lui. Il est tout pour moi.

Et c'est bien pour ça que je suis prête à me battre bec et ongles.

Lentement, j'ouvre les yeux et redresse la tête pour le regarder en face.

— Je sais, dis-je. Mais ce n'est pas le sujet. Maynard ne t'a pas appelé pour te parler des cours de la Bourse, d'un nouveau logo ou du menu servi dans la salle à manger de la Stark Tower. (Il me fixe comme si j'étais devenue folle et je le suis peut-être un peu. Mais bon sang, il doit comprendre.) Nous ne sommes pas inséparables, Damien. Tout ce qui arrive n'est pas forcément à propos de nous. Et ce n'est pas grave. Plutôt tant mieux, même. Je n'ai pas plus envie de te priver de ton indépendance que de renoncer à la mienne. Mais j'ai mémorisé chaque trait de ton visage, et reconnu les ombres dans ton regard. Alors ne minimise pas quelque chose qui nous affecte vraiment, en prétendant qu'il s'agit seulement d'un petit désagrément qui exige juste qu'on remette notre dîner à jeudi prochain.

Il hausse les sourcils.

– Bon.

Ce simple mot exprime à la fois sa surprise et son accord.

Il franchit le dernier pas qui nous sépare et s'assied à côté de moi sur le lit. Il prend délicatement ma main et la caresse du bout de l'index. Mais il ne dit rien, et le silence entre nous est lourd de questions et d'espoir.

Je me rappelle avoir pensé, au moment du décollage, que nous allions continuer notre ascension ou nous écraser. Finalement, je n'en peux plus. Je lui caresse la joue.

– Je t'aime, dis-je d'une voix étranglée.

– Nikki…

Il prononce mon prénom comme si on le lui avait arraché. Quand il m'attire et me serre contre lui, je ferme les yeux et j'attends – j'en ai besoin – qu'il me réponde la même chose. Il ne m'a pas dit qu'il m'aimait depuis ma première semaine en Allemagne. Depuis le début de la préparation du procès, lorsque ses avocats l'ont prévenu qu'il risquait la prison et compromettait son avenir en refusant de faire sa déposition.

Mais j'ai besoin de l'entendre maintenant. J'ai atrocement besoin qu'il prononce ces trois petits mots. Pas parce que je doute de son amour, mais parce que, malgré moi, j'ai peur que la réalité nous rattrape, et ces mots seront notre seule protection si notre petite bulle éclate.

Mais il ne dit rien. Il se contente de me serrer contre lui, comme si cela suffisait pour me protéger. Et quand il parle enfin, ses mots me surprennent.

— Les journaux répètent à l'envi que j'ai payé quelqu'un pour que les chefs d'accusation soient abandonnés.

— Quels salauds ! dis-je, en me redressant pour voir son visage.

— Je suis tout à fait d'accord avec toi, mais à vrai dire j'ai été accusé de pire.

Je l'observe et constate qu'il n'est pas furieux comme moi. Ce n'est pas cette accusation ridicule, juste un détail dans l'histoire, qui le tracasse.

— Très bien, dis-je. Continue.

— Apparemment, le tribunal n'a pas apprécié ces allégations. Le procureur a publié un communiqué officiel déclarant qu'une affaire est classée sans suite lorsque des pièces supplémentaires ont été soumises à la justice.

Comme ça s'est passé exactement de cette façon, je ne vois toujours pas où est le problème. Mais je me contente d'attendre en silence.

— À présent, la presse exige de voir les preuves.

Ah…

— Damien, c'est…

Je m'interromps, car je ne sais trop quoi dire. « Horrible ? » Je me rappelle son abattement après l'ajournement, et j'essaie d'imaginer ce que ce serait si ces photos étaient rendues publiques. J'ai le cœur serré et la chair de poule rien que d'y penser. Je n'imagine même pas ce que Damien éprouverait. La publication de ces images l'anéantirait. Je prends une profonde inspiration et me reprends :

— Ça ne peut pas arriver. Les pièces sont sous scellés, n'est-ce pas ? Qu'est-ce que Maynard a dit ?

Je suis là à babiller, mais je n'y connais rien en droit, et encore moins en droit allemand. La presse peut-elle réclamer la communication des pièces judiciaires ? Le tribunal rendra-t-il publiques les photos pour sauver sa réputation ?

— Vogel est sur l'affaire et Charles reste à Munich pour travailler avec lui. Il se montre optimiste, mais il est encore trop tôt pour prévoir l'issue…

— Je vois…

J'ai envie de le rassurer, mais je ne peux pas lui mentir ainsi. Car si les photos sont publiées, Damien s'effondrera. Oui, il est fort et je sais qu'il s'en remettra. Mais comme les entailles sur mes cuisses, cette blessure ne guérira jamais vraiment . Une partie de lui sera morte, et rien ne sera plus jamais pareil.

— Je suis désolé de t'avoir fait de la peine, dit-il, me caressant les lèvres du pouce.

J'ouvre la bouche pour le prendre en moi et je savoure sa chair en fermant les yeux.

— Ce n'est pas toi qui m'as dit que le plaisir et la douleur allaient ensemble ? je murmure.

Son regard s'assombrit et je pousse un petit cri quand il me renverse sur le lit étroit. Un désir torride et irré-sistible déferle sur moi avec une telle violence que j'en reste tout étourdie. J'ai envie de lui, de ses mains sur mes seins, de son corps contre le mien. De sa langue dans ma bouche et de son sexe tout au fond de moi. J'ai besoin de sentir ce lien entre nous. De m'en repaître, de m'y plonger.

J'ai besoin de sentir ce que je sais déjà – que Damien est à moi, et que je suis et serai toujours à lui.

Ses mains se referment sur mes poignets et me relèvent les bras au-dessus de la tête. Je me débats, mais il me maintient fermement et la douleur me fait tressaillir. Puis je pousse un cri quand il pétrit violemment mes seins à travers l'étoffe légère de mon chemisier.

— Tu aimes ça ? demande-t-il.

— Oui ! Oh mon Dieu, oui…

Il vient poser sa bouche sur mon sein, le tète à travers l'étoffe avant d'ouvrir le chemisier et de le libérer du soutien-gorge. Il m'enfourche et je halète, incapable de bouger, prisonnière de ses mains qui me maintiennent et de sa bouche qui se referme sur mon sein nu. Il attire le téton entre ses lèvres et le tète avec tant d'insistance que je me cambre et pousse un cri quand il le mordille, ses dents s'enfonçant plus profondément encore que les petits anneaux d'argent de la veille.

Il se redresse en tirant sur le téton et je m'arc-boute, car j'en veux encore, j'ai envie de cette morsure sensuelle, de cette brûlure enivrante.

— Dis-moi de quoi tu as besoin.

— De toi. C'est de toi que j'ai besoin.

— Bon sang, Nikki ! gronde-t-il. Ce n'est pas ce que je veux dire. Dis-moi de quoi tu as besoin.

Et c'est là que je comprends : évidemment qu'il a vu la flûte, évidemment qu'il a deviné ce que je pensais. Damien sait. Damien sait toujours tout.

– J'ai besoin de toi, je répète d'une voix rauque. C'est tout ce qu'il me faut. Je n'allais pas le faire, je te le jure. J'y ai pensé, mais je n'avais pas l'intention de le faire.

– Oh, ma chérie… (Sa bouche se referme sur la mienne et il m'embrasse, avide et passionné, avec une telle ferveur que j'ai l'impression que nous allons nous perdre dans ce baiser. Il me caresse et je me tortille sous ses mains, les sens enflammés.) Pardonne-moi, dit-il. C'est moi qui t'ai poussée dans ces retranchements et je m'en veux horriblement.

– Non, dis-je. C'est moi. Rien que moi. Et tu es celui qui me permet de résister. Oh, mon Dieu, Damien, s'il te plaît ! j'ajoute, car je ne peux supporter ses caresses tout en poursuivant cette conversation. Maintenant, s'il te plaît. J'ai besoin de toi, maintenant.

– Nikki… (Mon prénom semble une incantation, tandis que ses doigts écartent l'étoffe de mon string et s'enfoncent profondément dans ma chatte déjà ruisselante.) Oh, ma chérie…

Je me cambre sous sa main qui me maintient toujours aussi fermement. Ma colère et ma peine présentes un instant plus tôt ont disparu. Je suis avec Damien, l'homme que j'aime. L'homme dont j'ai besoin, et que je désire. Je désire qu'il me touche. Je désire… Mon Dieu ! Je le désire, c'est tout.

Il me lâche pour dégrafer son pantalon et libérer son sexe. Je redresse un peu la tête et halète en voyant combien elle est épaisse et dure. Je tends le bras pour la caresser.

– Non, dit-il.

Je ravale mon cri de déception, mais j'obéis et garde les bras tendus au-dessus de ma tête.

— Dépêche-toi.

Je le supplie. J'écarte encore plus les cuisses, je l'attends désespérément, je suis une flamme liquide. Je suis le désir, l'envie et la passion.

Il est au-dessus de moi, sa bouche se colle à la mienne, sauvage et moite, tandis que sa bite glisse sur mon sexe et me titille cruellement sans jamais me pénétrer.

Je me cambre et me convulse, le suppliant de tout mon corps. Et comme cela ne suffit pas, je lui mords la lèvre et j'exige :

— Maintenant, Damien. Baise-moi maintenant.

Puis je gémis alors qu'il s'enfonce d'un coup. Ma jupe est retroussée autour de ma taille, et mon string écarté sur le côté. Il se tient en équilibre sur une main, tandis que l'autre garde mes deux bras prisonniers au-dessus de ma tête.

L'avion traverse une turbulence, et je pousse un cri où se mêlent plaisir et inquiétude quand les secousses le font pénétrer plus profondément encore. Je voudrais avoir les mains libres, pouvoir les refermer sur ses fesses et le pousser plus loin, mais il ne me laisse pas faire. Il se redresse et me regarde au fond des yeux. Les seuls contacts entre nos corps, ce sont sa main qui me maintient et son sexe qui va et vient si délicieusement.

— C'est ça, ma chérie, dit-il, donnant des coups en frôlant mon clitoris. Je veux voir ton visage quand tu vas jouir, je veux savoir que je t'ai amenée au bord du précipice et que je vais sauter avec toi. Vas-y, me presse-t-il alors que la tempête se lève dans un déluge aveuglant. Vas-y, ma chérie, oh, oui… gémit-il alors que j'explose.

L'orgasme déferle en moi, je m'arc-boute et je pousse un cri en m'abandonnant aux convulsions du plaisir. Je ne sais pas si je me tortille pour échapper à ce déluge de sensations ou pour le faire durer encore. Je sais seulement que Damien n'a pas cessé ses va-et-vient, que les muscles de mon sexe sont toujours secoués de spasmes, que je me cambre et que je me cramponne au lit en tentant de reprendre mon souffle et…

— Oh, mon Dieu ! je crie alors qu'une dernière décharge électrique me secoue quelques secondes avant que Damien jouisse à son tour.

Je retombe inerte sur le lit et, les yeux mi-clos, je vois avec bonheur la satisfaction sensuelle se peindre sur son visage. Puis il me sourit, si tendrement que j'ai une envie folle de me pelotonner contre lui.

Comme pour répondre à ce désir, il se laisse tomber à côté de moi et la main qui, quelques minutes plus tôt, maintenait mes poignets caresse distraitement mon bras.

— C'est ce qui s'appelle s'envoyer en l'air, dit-il.

Je viens me nicher dans ses bras en riant, repue, comblée et heureuse.

— Tu es ce dont j'ai besoin, Damien. Tout ce dont j'ai besoin.

Je me suis donnée entièrement à cet homme, et cette fois encore cela me paraît normal. Entre Damien et moi, le sexe est aussi nécessaire que la conversation. C'est notre manière de nous découvrir. De partager notre confiance. Ce que nous avons de plus cher.

Il dit « Je t'aime » avec son corps, plutôt qu'avec des mots.

Je dérive, entre veille et sommeil, quand la voix de Damien me ramène à l'instant présent.

— Quoi que décide le tribunal allemand, il y a un grand risque que les images soient rendues publiques.

Aucune trace d'émotion dans sa voix, et cela me glace d'autant plus. Je ne bouge pas. Nous sommes emboîtés l'un dans l'autre, mon dos contre sa poitrine, son bras autour de ma taille. Je garde les yeux fermés, comme si cela atténuait la réalité de ce qu'il avance.

— Pourquoi me dis-tu cela ?

— Je crois que tu avais raison. Je pense que c'est mon père qui a manigancé tout ça.

— Damien, non. (Je me retourne, il faut que je le voie.) Tu le penses vraiment ?

— Ça tient debout. Si je vais en prison, sa source de revenus se tarit.

Bien qu'à côté de son père, ma mère passe pour une bonne fée, Damien l'a toujours entretenu.

— Même si tu as raison, ça explique seulement comment la justice a eu connaissance des photos. Pourquoi penses-tu qu'il irait les rendre publiques ?

— Pour l'argent.

Je secoue la tête, interloquée.

— La presse à scandales. Les sites Internet. Les prétendues émissions d'information. Tous paieraient très cher quelque chose s'ils étaient convaincus que cela fera vendre du papier.

— Merde ! dis-je. (Il a raison, cela résume bien la situation.) Peut-être que ce n'est pas lui.

— Peut-être pas.

Mais je vois bien qu'il n'y croit pas.

— Qu'est-ce que tu vas faire ?

— Je n'ai pas encore décidé, dit-il d'un ton qui laisse augurer le pire.

— Tu me diras quand tu le sauras ?

— Oui, répond-il en posant un baiser sur mon front. Je te le promets.

Je pousse un soupir de soulagement, regrettant de ne pouvoir tout arranger, même si je sais la chose impossible.

— Dans combien de temps arrivons-nous chez nous ?

J'ai envie que l'avion atterrisse le plus vite possible, même si j'aimerais que ce vol continue éternellement.

— Dans quelques heures, dit-il en caressant délicatement mon bras. Mais nous ne rentrons pas à la maison. Pas directement.

— Ah bon ? Où allons-nous alors?

— Dans un de mes endroits préférés, dit-il en m'embrassant les cheveux. Je pense que ça te plaira.

Chapitre 11

L'étroite route de montagne serpente et enchaîne tellement les virages que je commence à avoir la nausée. Il est tard, mais la pleine lune éclaire les immenses sapins qui la bordent en rangs si serrés qu'on a l'impression de prendre un tunnel. Nous roulons dans une Jeep Grand Cherokee qu'un employé de Damien a amenée à l'aéroport d'Ontario, juste à côté de San Bernardino. C'est la voiture la moins sportive que j'aie jamais vu Damien conduire, mais il a l'air parfaitement à sa place au volant. D'ailleurs, je ne me souviens pas avoir vu Damien autrement qu'à sa place. C'est cette assurance nonchalante qui lui permet de se glisser dans n'importe quelle situation, et cela m'amuse de le voir passer de la réunion d'un conseil d'administration de multinationale à un stage de survie ambiance commando.

— Tu souris, dit-il.

— Je t'imagine en pagne et lançant une flèche polynésienne. Damien Stark, chef de tribu.

— S'il te plaît, dis-moi que tu n'as pas prévu pour nous une retraite. Sauf si tu portes une minijupe en fourrure façon Raquel Welch pendant tout le week-end.

— Même si je le faisais, ça ne te plairait pas, je plaisante. Je crois que les femmes étaient chargées de la cuisine à l'époque préhistorique.

— Effectivement, sourit-il malicieusement.

Je n'en prends pas ombrage. Nous savons, lui et moi, que mes talents aux fourneaux se limitent à « percer quelques trous dans la pellicule plastique et mettre au micro-ondes pendant cinq minutes ».

— Nous approchons ?

Il m'a seulement dit avoir l'intention de m'emmener quelque part avant notre retour à Los Angeles. À part ça, je n'ai aucun indice.

— Juste après ce virage.

Alors que la Jeep tourne, les arbres s'espacent brièvement et je vois les eaux du lac Arrowhead étinceler comme un diamant sous le clair de lune. Je ne suis allée qu'une fois dans les montagnes de San Bernardino, lors d'une visite à Jamie, à Noël. La neige avait été précoce cette année-là, et nous avions loué une voiture avec des pneus neige pour monter lentement jusqu'à Big Bear. Finalement, nous n'avions pas chaussé les skis, seulement passé un moment fabuleux dans le lodge à boire des *irish coffee* près du feu et à regarder les mecs en combinaison de ski moulante.

Quelques virages plus loin, la vue sur le lac disparaît. Je suis déçue, mais il est évident que Damien sait très bien où il va. Il ne m'a rien dit, en revanche. Donc, si j'ai deviné que l'ambiance serait celle d'une retraite en montagne, je ne sais pas s'il s'agit d'un hôtel, de la maison d'un ami ou d'une autre des propriétés que possède Damien.

Le faisceau des phares balaie un panneau en bois indiquant une voie privée, dans laquelle Damien s'engouffre pour suivre une route encore plus étroite et abrupte. Les arbres frôlent la Jeep, et dans le noir je commence à souffrir de claustrophobie. À ce moment, nous arrivons sur une crête et je vois un château alpin se dresser devant nous, niché entre des sapins immenses. C'est une bâtisse stupéfiante, avec un bardage en bois et des cheminées en pierre, et le genre de tourelles et de pignons qui donnent l'impression que nous sommes toujours en Bavière… ou bien que l'avion s'est trompé de route et que nous avons atterri en Suisse.

Damien ralentit devant une grille en fer forgé ornementée, baisse sa vitre et compose un code, dissipant l'illusion que cet endroit extravagant puisse être un établissement hôtelier quelconque.

– C'est à toi ?

La Jeep franchit les grilles qui s'écartent lentement.

– Je voulais un pied-à-terre pour les week-ends. Un endroit où je pourrais aller en voiture à la dernière minute, mais un endroit retiré.

– Palm Springs ne te convenait pas ? Ton hôtel à Santa Barbara est trop loin en voiture ?

– L'appartement de Palm Springs se trouve sur le golf, dit-il, et comme je ne suis pas très porté sur ce sport, je laisse mon personnel l'utiliser, c'est un avantage en nature. Quant à Santa Barbara, c'est une propriété exceptionnelle, mais parfois un homme a besoin d'être seul. Ou pas seul, ajoute-t-il en posant sa main sur la mienne.

– Tu connais ces applications où tu mets un petit drapeau sur la carte pour chaque ville où tu as vécu ou voyagé, ou tout autre critère ?

— Bien sûr.

— Il faut que tu en fasses une avec toutes tes propriétés.

— Je m'en occuperai, répond-il avec un sourire satisfait. Et nous pourrons aller les visiter les unes après les
autres. Quelques-unes seulement ont été inaugurées
comme il convient.

— Vraiment ? Eh bien, peut-être pourrions-nous
commencer par celle d'Arrowhead. Ce soir.

— Je ne vois pas meilleure manière de passer la soirée. Ou la matinée. Ou l'après-midi.

Je souris malicieusement en regardant l'énorme
bâtisse.

— C'est immense. Je propose que nous inaugurions
d'abord chacune de ces pièces, et puis nous pourrons
passer aux autres maisons. Cela nous prendra combien
de temps ? Un an ?

— Elle n'est pas si grande. Huit cents mètres carrés
seulement.

— À peine un studio, quoi ! dis-je, pince-sans-rire.

— Mille, si tu comptes la maison des invités, précise-
t-il en désignant un bâtiment plus petit relié au principal
par une allée couverte. Le gardien et sa femme y habitent. Je leur ai dit que c'était une semaine de détente,
qu'ils pouvaient partir et que nous nous débrouillerions
tout seuls.

— Ça me paraît bien. Je suis tout à fait pour la
détente.

— Il y a une piscine, un hammam, un barbecue, et
nous pouvons partir en randonnée sur des sentiers balisés.
Et il y a aussi bon nombre de lits très confortables, ajoute-

t-il avec un sourire malicieux. Tout dépend du genre de détente que tu recherches.

— J'aime tout, du moment que c'est varié. Un lit, un hammam, tant que je ne dois pas me détendre toute seule, je suis ravie.

— J'adore ta conception des choses, dit-il, coupant le moteur et se tournant vers moi. Mais nous ne sommes pas là pour cette seule raison, poursuit-il gravement. J'ai pensé à ce que tu m'as dit… sur la réalité qui pouvait nous prendre de court. Et j'ai pensé que ce serait une bonne manière de revenir dans le monde réel sans se presser.

— Nous pouvons y aller aussi lentement que tu voudras, dis-je. Ce n'est pas moi qui vais m'en plaindre. (Puis je me rappelle mes projets et je fais la grimace.) Sauf que je dois être à Los Angeles à dix heures vendredi matin, Lisa doit me faire visiter les bureaux en sous-location.

— Très bien. Vendredi sera le retour à la réalité. Un jour triste et douloureux.

— Ne dis pas ça. Tu vas allumer ton oreillette et entamer des négociations avant même que nous ayons franchi la porte, tu le sais pertinemment.

— Pas du tout, répond-il avec une lueur familière dans le regard. J'ai prévu autre chose, pour le moment où nous allons la franchir.

— Ah bon ? Je parie que je vais deviner quoi.

Et je dois avouer que j'ai hâte. Dès qu'il est question de Damien, de toute façon, j'ai hâte.

Nous descendons de la voiture et franchissons le large pont de bois menant à l'énorme porte. Je recule un peu pendant que Damien l'ouvre, et à la seconde où je passe le seuil, je suis accueillie par un cri assourdissant et très familier. Jamie.

Derrière elle, une grande banderole blanche est suspendue au-dessus de l'entrée et des dizaines de ballons gonflés à l'hélium flottent au plafond. Je croise le regard de Damien et me rends compte qu'il est aussi surpris que moi.

— Tu n'étais pas au courant ? je demande tandis que Jamie se jette sur moi et me serre dans ses bras de toutes ses forces.

— Pour Jamie, si, dit Damien pendant qu'elle lui fait subir le même sort. Je ne trouvais pas de meilleure manière de te ramener doucement à la réalité que de la faire venir ici. On ne peut pas rêver plus réel qu'elle. Mais pour les décorations, je n'en avais aucune idée.

J'approuve en riant, surtout quand elle lui tire la langue.

— Oh, je t'en prie ! dit Jamie. C'est une fête. Banderoles, ballons, on mange et on boit. (Elle se retourne vers moi en ouvrant de grands yeux comme si elle venait d'arriver au paradis.) Tu n'imagines pas à quel point tous les placards débordent, ici.

— C'est Damien, je réponds. Avec lui, l'excès est une forme d'art.

— Attention, fait-il. (Il m'assène une petite tape sur les fesses avant de me prendre par la taille et de me donner un baiser qui me fait fondre devant ma meilleure amie.) Que la réalité aille se faire foutre, murmure-t-il en me lâchant. J'ai envie de rester dans notre bulle aussi longtemps que nous le pourrons.

Oui, me dis-je en m'adossant à sa poitrine et en saisissant les bras dont il m'enveloppe. *Et moi donc.*

*

* *

— Et où allons-nous au juste ? demande Damien depuis le siège passager de la Jeep.

— C'est une surprise, dis-je. Maintenant, tais-toi avant que je nous tue.

Je n'ai pas l'habitude de conduire une aussi grosse voiture, surtout sur des routes étroites et sinueuses, mais la surprise que Jamie et moi avons concoctée en serait bien moins une si nous donnions à Damien notre destination.

Il me lorgne d'un air soupçonneux.

— Le genre de surprise agréable où j'ai le droit de te déshabiller lentement ? Ou bien une mauvaise surprise ?

— Oh. Mon. Dieu, fait Jamie depuis l'arrière. Je vais fondre sur place.

— Une surprise où je ne finis pas toute nue est-elle forcément mauvaise, selon ta définition ? je demande narquoisement.

— À peu près.

Dans le rétroviseur, je vois Jamie se couvrir les oreilles. J'éclate de rire.

— Dans ce cas, je pense que nous sommes dans l'horreur absolue.

Il se rajuste sur son siège pour pouvoir étendre les jambes et me dévisager. Il a l'air détendu et sexy comme jamais.

— Très bien, fait-il lentement. Dis-moi.

— Dis-lui, toi, je demande à Jamie. C'était ton idée.

— Nous avons trouvé un bar à Crestline, où ils font des soirées karaoké, dit-elle.

— Ah bon ?

En réalité, Jamie l'a déniché, mais j'ai accepté avec enthousiasme cette escapade nocturne. Après les nouvelles que Damien a apprises dans l'avion, j'ai adopté la théorie selon laquelle plus les choses sont amusantes, mieux cela vaut. Ou du moins, c'est ce qu'il m'a semblé. À présent, je n'en suis plus si sûre. Car malgré tout ce que j'ai appris sur Damien Stark, je suis bien incapable de déchiffrer son expression.

— Tu vas me faire la sérénade ? demande-t-il.

— Non.

— Tu vas faire la sérénade à Jamie ?

— Deux fois non.

— Je vois.

Mon sourire faiblit. Jamie, Ollie et moi nous amusions énormément dans les bars à karaoké, et ces soirées étaient toujours un remède à une mauvaise semaine. Mais Damien n'est ni Jamie, ni Ollie, ni moi. Et si j'en juge par son expression fermée, peut-être ai-je exagéré le succès qu'aurait cette soirée auprès de lui.

Je croise le regard de Jamie dans le rétroviseur et je la vois hausser discrètement les épaules.

Je m'apprête à annoncer que c'était une plaisanterie et qu'en réalité nous sommes en route pour un restaurant cinq étoiles où nous allons discuter affaires et cours de la Bourse… quand un petit sourire apparaît sur les lèvres de Damien et que son regard s'éclaire.

— Et moi qui pensais que tu m'aimais, reprend-il.

— Mais c'est le cas, dis-je en réprimant un soupir de soulagement.

— Et tu pensais qu'entonner de mauvaises chansons des années soixante-dix en public serait une bonne manière de le montrer ?

Je m'arrête à un stop et en profite pour lui jeter un regard noir.

— Vous vous moquez de moi, monsieur Stark ?

— Jamais je ne ferais cela, répond-il avec un regard malicieux.

— Mmm... J'étais plutôt partie sur le répertoire Sinatra, Dean Martin et consorts, mais je chanterai des horreurs des années soixante-dix si c'est ce que vous voulez. Je suis tout à fait prête aux compromis.

— Je suis très heureux d'entendre cela, mademoiselle Fairchild, dit-il d'un air diabolique.

— Nous y sommes, lance Jamie, indiquant un bâtiment brillamment éclairé un peu plus loin. Nous sommes arrivés, Dieu merci, parce que ça commençait à être un peu trop torride là-dedans.

Je m'abstiens de répondre : en ce qui me concerne, avec Damien, ce n'est jamais assez torride.

Il faisait peut-être chaud dans la Jeep, mais ce n'est rien en comparaison du bar. L'endroit est bondé et moite, il y fait si chaud que c'en est presque collant. Et franchement, ça fait partie du charme. Je vois à l'expression approbatrice de Damien qu'il en convient lorsque nous franchissons la double porte en bois et avançons dans la pénombre.

— Il y a clairement une atmosphère, ici, dit-il en posant une main sur mes reins et en balayant les lieux du regard.

— On s'installe là-bas ? demande Jamie. (Damien et moi la suivons jusqu'à une table de quatre proche de la scène.) Commande-moi quelque chose d'amusant, dit-elle avant de filer aux toilettes.

La soirée karaoké bat son plein et, pendant que nous nous installons, un gros bonhomme barbu beugle le « I Will Survive » de Gloria Gaynor avec au moins autant d'énergie que l'interprète originale.

Gênée et compatissante, je me tasse un peu sur ma chaise et porte une main à mes lèvres. Damien me remarque et se met à rire.

— Tu n'avais pas l'intention de monter sur scène pour en entonner une ?

— Non, j'avoue. Pour l'instant, je n'ai pas besoin de souffrir. (Je le vois, Damien sait que je plaisante, mais il me dévisage tout de même avec attention. Je lève les yeux au ciel et lui prends la main.) Pardon. Je ne devrais pas blaguer avec ça.

— Je n'ai rien à redire aux blagues, dit-il, du moment que ça ne t'ennuie pas si je vérifie que tu n'as vraiment rien d'autre en tête.

Je me détourne pour ne pas avoir à croiser son regard. Je pense à nouveau à cette flûte à champagne dans l'avion, que j'ai vraiment failli briser pour m'enfoncer un éclat de verre dans la cuisse.

Mais je n'en ai rien fait. Et c'est la conscience de ma victoire qui me donne la force de me retourner pour le regarder droit dans les yeux, m'attendant à y lire un reproche. Mais je ne vois que de l'amour.

— Je serai toujours inquiet, dit-il gentiment. Je ne peux pas m'en empêcher. Tu es ce qui compte le plus au monde pour moi, mais nous savons tous les deux que j'ai failli te briser plus d'une fois. Alors tu peux être fâchée contre moi, mais ne me dis pas de cesser de m'inquiéter ou de t'analyser. Je ne cesserai pas. Je ne peux pas.

Je souris.

— Ce n'est pas de moi qu'il s'agissait quand je parlais de souffrir, dis-je d'un ton léger pour revenir à l'objet de la soirée. C'est de la souffrance que j'allais infliger aux gens si jamais je montais sur scène.

— Oh, mais tu vas le faire, réplique-t-il avec un sourire cruel.

— Euh, non… Pas question.

— Mmm… (Il se lève et me considère un moment, puis il hoche la tête.) Très bien. Tu n'es pas obligée de monter sur la scène.

Je laisse échapper un soupir de soulagement tandis qu'il se penche pour me déposer un baiser sur la joue. Puis il va trouver le type qui anime la soirée. Une légère appréhension me gagne quand je vois les yeux du type s'éclairer en le reconnaissant. Sur ce, il opine et tape quelque chose sur son appareil pendant que Damien monte sur la scène. Ma poitrine se serre et, soudain, j'ai un peu de mal à respirer. Damien, en revanche, semble tout à fait à l'aise. Il se tient devant l'écran où des paroles commencent à défiler, tandis que les projecteurs l'éclairent. Il porte un jean et une chemise décontractée en lin, et je trouve qu'il est décidément l'homme le plus sexy du bar. Et qu'il est à moi.

Il tapote le micro et le bruit qui résonne dans la salle me fait sursauter. Je me tourne et vois Jamie se précipiter vers moi en ouvrant de grands yeux.

Sur la scène, Damien contemple l'assistance, avec autant d'assurance que s'il s'apprêtait à faire une présentation à un client dans son bureau.

– J'avais prévu de chanter « Don't Go Breaking My Heart », d'Elton John et Kiki Dee, mais j'ai un peu de mal à organiser la logistique du duo.

Je sens les yeux de l'auditoire se poser sur moi. Je ne suis pas difficile à repérer, surtout avec le rire tonitruant de Jamie qui me désigne de l'index. Je porte une main à mon front et baisse la tête pour dissimuler ma gêne, ne sachant plus trop si Damien m'amuse ou m'agace.

Cela dit, je me suis fourrée toute seule dans ce pétrin. C'était peut-être l'idée de Jamie au départ, mais je l'ai approuvée haut et fort. J'aurais dû me douter que Damien trouverait un moyen de retourner la situation à son avantage.

J'inspire un bon coup, baisse la main de Jamie et me redresse pendant que Damien continue son petit speech.

– Je vais donc opter pour une sérénade, dit-il en me regardant droit dans les yeux. Pour toi, ma chérie.

Je refoule les larmes qui me montent aux yeux et lui adresse un petit sourire tremblant. La musique commence et je suis assez fan du Rat Pack pour reconnaître sur-le-champ un de leurs morceaux. Les larmes que j'ai chassées reviennent immédiatement alors que Damien commence à roucouler le « You're Nobody Till Somebody Loves You », de Dean Martin. Sa voix n'est pas parfaite, mais il chante juste, elle porte. Il a charmé l'assistance.

Sur ce, il descend de la scène, micro à la main, et s'approche de notre table. Sa voix remplit la salle et couvre même les applaudissements et les acclamations des clients qui savourent chaque seconde de ce spectacle. La moitié d'entre eux brandissent leurs smartphones, et je suis certaine que tout cela va finir sur Internet dès demain. Mais quand Damien me tend la main, soudain je m'en fiche. Je la prends et le monde disparaît. Il m'ensorcelle et pendant une brève seconde, je me dis que « Witchcraft », de Sinatra, aurait été plus approprié, car je suis complètement sous le charme.

Je ne sais pas comment j'en arrive là, mais soudain je suis debout, les yeux de Damien sont plongés dans les miens et tout le monde a disparu. Il n'y a plus que Damien, la musique et moi. Il chante de tout son cœur, et en entendant ces paroles si connues, je fonds.

Quand la chanson s'achève, je suis en larmes et la salle nous acclame. Damien me prend dans ses bras, j'ai vaguement conscience des applaudissements et des flashes. Mais rien de tout cela ne m'importe. Une seule chose compte, Damien.

À côté de nous, Jamie sourit, le regard humide, mais heureux. *Garde-le précieusement*, articule-t-elle muettement.

Je hoche la tête en réponse et m'accroche à Damien. *Oh oui*, me dis-je. *Oh oui !*

Chapitre 12

Il est tard quand nous rentrons du bar, mais impossible de résister à l'air frais de la nuit et au patio dallé de pierres de Damien. Il donne sur une pelouse impeccablement tondue qui descend jusqu'à un ponton privé sur le lac. Le ciel est limpide, et la pleine lune éclaire les voiles et les coques des bateaux parsemant les rives, ajoutant des touches de couleur pastel à ce tableau gris.

Jamie se laisse immédiatement tomber sur le vaste divan. Elle qui avait demandé une boisson amusante, flotte dans les vapeurs de la vodka parfumée à la chantilly qui lui a été servie au bar. Je jette un coup d'œil à Damien, puis je vais dans la maison chercher de l'eau pétillante pour nous trois. Quand je reviens, Jamie fredonne en contemplant les étoiles, sous le regard effaré de Damien assis sur la banquette voisine.

— Ne t'inquiète pas, elle a l'habitude, je lui explique.

Jamie sourit.

— Je suis en pleine forme, dit-elle en dodelinant de la tête. C'est tellement génial. Vous êtes tous tellement géniaux. (Elle se redresse sur un coude.) On devrait sortir en boîte.

— Excellente idée, dit Damien, que je regarde, médusée. Mais j'en ai une meilleure encore. Et si on restait ici ?

— Oui, oui, acquiesce-t-elle. (Elle se retourne vers moi.) Ce qu'il est intelligent ! Et tellement beau gosse.

— Je sais, dis-je, mi-gênée mi-amusée.

— Je suis sûre que je pourrais te lessiver au poker ajoute-t-elle à Damien.

— Qui suis-je pour refuser un pareil défi ? fait-il en souriant.

— Elle se défend, je l'avertis. (Ollie, elle et moi passions des soirées entières à jouer au poker.) Évidemment, elle est meilleure quand elle n'a pas bu.

— Peut-être que je ne suis pas pompette du tout, dit Jamie avec un sourire de travers. Peut-être que je vous fais un gros coup de bluff.

Après quatre tours, on dirait bien que Jamie a l'esprit tout à fait clair. Je perds dramatiquement, Damien ne s'en sort pas tellement mieux, et mon amie a un énorme tas de jetons devant elle.

— Il vaudrait mieux que tu le saches, toutes mes illusions ont volé en éclats, dis-je à Damien. Je ne suis pas sûre de pouvoir rester avec un homme qui perd au poker.

— Mais je perds avec tant de charme… sourit-il.

— Je suis juste stupéfiante, dit Jamie d'un air désolé. N'allez pas dire que je ne vous avais pas prévenus.

Damien se renverse en arrière sur la petite banquette que nous partageons lui et moi, les jambes étendues devant lui et ses cartes posées à l'envers sur la petite table en verre.

— Vous êtes toutes les deux conscientes que le poker est un jeu qui évolue avec le temps. Il ne se limite pas à quelques tours.

Jamie et moi échangeons un regard, puis elle se tourne vers lui.

— En d'autres termes, tu tâtais le terrain avec moi.

— J'espère bien que non, dis-je d'un ton pincé.

Nous éclatons de rire, mais Jamie jette ses cartes et s'étale sur sa chaise longue.

— Oui, ben, vous allez être bien avancés, parce que je crois que je vais faire un somme.

J'attends la suite, mais je n'entends plus qu'un petit ronflement.

— Jamie ? dis-je bêtement.

— Elle est dans les vapes, dit Damien.

— C'est la vodka-chantilly, dis-je. Ce truc est dangereux.

— Tu veux que je la porte à l'intérieur ?

J'envisage d'aller chercher une couverture et de la laisser dormir dehors, mais j'estime qu'elle sera mieux sur un matelas entre de vrais draps, et ça lui évitera le soleil en plein visage à la première heure demain matin.

— Tu peux la porter ?

— Elle est menue, dit-il. Je dois pouvoir y arriver.

Il la soulève sans peine et elle se blottit contre sa poitrine comme une petite fille. Je tiens la porte à Damien, et Jamie se réveille juste le temps de lui faire un sourire ensommeillé. Je m'attends à l'une de ses petites phrases pleines de sous-entendus, mais j'ai un pincement de cœur quand je l'entends murmurer :

— Tu es si gentil pour elle. Tu le sais, j'espère ?

— Elle me fait du bien, répond Damien, ce qui m'attendrit encore plus.

— C'est ce que je voulais dire.

Et elle retombe dans ses brumes de chantilly alcoolisée.

Avant de fermer la porte de la chambre, je reste sur le seuil à la regarder affectueusement. Jamie est peut-être un peu paumée, c'est quand même ma meilleure amie, et dans des moments comme celui-ci je me rappelle pourquoi.

— Alors, dites-moi, mademoiselle Fairchild, dit Damien tandis que je le suis dans la chambre principale. Quelle quantité de vodka-chantilly avez-vous bue, vous ?

— C'est trop sucré pour moi, j'avoue. Mais j'ai bu quelques verres de Macallan.

— Vraiment ? Ça peut faire monter l'addition très vite.

Je me rapproche de lui et sens aussitôt l'atmosphère s'alourdir de notre proximité.

— Eh bien, peut-être pouvez-vous rembourser au poker…

— C'est une intéressante gageure. Je propose une légère modification.

— Voilà qu'on négocie, monsieur Stark ?

— Toujours. (Il fait un pas vers moi. Il est tout près, si près que mes seins frôleront sa poitrine si j'inspire un peu trop profondément. Il se penche pour approcher ses lèvres de mon oreille. Nous ne nous touchons toujours pas, mais son haleine me fait frissonner.) Strip-poker, mademoiselle Fairchild ?

L'ardeur dans sa voix, ajoutée à son regard flamboyant, me fait déjà fondre. Mais il ne faut pas gâcher cette occasion trop délicieuse et je lui lance le même regard torride, avec un petit sourire quand je vois sa braguette gonfler. Il incline la tête de côté comme pour dire : *Oh, oui.*

— Très bien, monsieur Stark, dis-je en gagnant notre chambre. (Je m'arrête sur le seuil et me retourne en souriant.) Préparez-vous à vous retrouver tout nu.

Mais c'était une menace en l'air : vingt minutes plus tard, j'ai perdu mes tongs, le petit pull que j'avais enfilé pour me protéger de la fraîcheur du lac, et mon T-shirt. Je n'ai plus qu'une petite jupe courte rose, un string mauve et un soutien-gorge à corbeille assorti, à la coupe si basse que mes tétons durcis pointent au-dessus de la dentelle bordant le minuscule balconnet.

Damien est toujours habillé.

— Tu es sûr que tu ne triches pas ? je demande.

— Par principe, non. Pour pouvoir te voir nue, j'en serais douloureusement tenté.

— Ah ! je m'exclame en pointant un index accusateur.

— Dieu merci, vos excès d'alcool m'ont évité d'avoir à le faire, rit-il. Vous n'êtes pas au mieux de votre forme, mademoiselle Fairchild.

— Avez-vous envisagé que je pourrais jouer la comédie ?

— Vraiment ? Eh bien, voilà qui est intéressant. Montrez-moi ce que vous avez en main.

Je pose mes cartes, toute contente de moi.

— Une paire de rois et un as.

— Pas mal, dit-il. Dommage que j'aie les trois autres as.

— Ce n'est pas vrai.

Mais il pose ses cartes et, bizarrement, je me retrouve devant deux as rouges et un noir.

— Et on enlève, dit-il. (Je m'apprête à dégrafer le soutien-gorge.) Oh, non, proteste-t-il avec un petit geste de l'index pour que je me retourne. La jupe. Je vais m'occuper de la fermeture Éclair. (Je fais la grimace, mais j'obéis et me tourne. Il pose une main sur ma taille. De l'autre, il tire lentement sur la fermeture.) Debout, ordonne-t-il. (Je me lève, puis je ferme les yeux et m'efforce de ne pas trembler pendant qu'il fait lentement glisser la jupe en frôlant du bout des doigts chaque centimètre de peau nue qu'il découvre.) Et voilà, conclut-il tandis que j'enjambe la jupe tombée à terre et me retourne pour m'asseoir.

À présent, je ne porte que le minuscule soutien-gorge et l'encore plus minuscule string. Il fait frais dans la pièce — nous avons ouvert la porte sur le patio —, mais je suis brûlante.

— À vous de donner, dis-je.

J'essaie de maîtriser ma respiration, car à chaque souffle mes seins qui montent et descendent frôlent la dentelle et cette sensation me rend folle. Le frottement excitant me fait penser aux dents de Damien qui me mordillent, à ses lèvres qui me tètent et à la chaleur de ses paumes sur mes seins. Et à l'insistance de son sexe lorsqu'il se colle à moi.

— Nikki ?

— Quoi ?

Je relève brusquement la tête et reviens à la réalité. À voir le regard de Damien, je crois qu'il sait exactement à quoi je pensais.

— Tes cartes.

Je baisse les yeux et me rends compte qu'il les a déjà distribuées.

— Ah oui… (Je vois le coin de sa bouche se relever.) Quoi ?

— Je n'ai rien dit. Mais si j'avais parlé, je t'aurais probablement demandé de bouger.

— Bouger ?

Je suis assise sur mes talons, genoux et cuisses serrés.

— Sur les fesses. Jambes croisées.

— Je… Pourquoi ?

— Parce que je veux te voir.

— C'est dans les règles du jeu, monsieur Stark ?

— Désormais, oui. Je veux voir combien tu mouilles. Je veux savoir à quel point tu t'es excitée d'être assise ici, en face de moi, pendant que tu perds un par un tes vêtements et que tu es de plus en plus ouverte. Et tout en sachant que bientôt, très bientôt, je vais m'enfoncer en toi.

— Oh !

Mon cœur bat plus fort et je suis sûre qu'il s'en aperçoit.

— Maintenant, Nikki, dit-il. Tu connais les règles.

— Est-ce un ordre, monsieur Stark ?

Mon sexe est gonflé et je mouille affreusement. Il doit le sentir, — de toute façon, il va le voir bientôt.

— Absolument.

— Si je n'obéis pas, je serai punie, alors ?

— Je ne pense pas que tu apprécieras la punition que je te donnerais.

— Non ? Pourquoi ? Que ferais-tu ? (J'imagine déjà la sensation cuisante de sa main sur mon cul. Du martinet sur mon sexe. J'essaie d'imaginer quelle cruelle gâterie il pourrait avoir en tête, mais je n'ai pas l'esprit très clair en cet instant. Je déborde de désir et je suis brûlante, pas seulement parce que j'ai bu et que je suis à moitié nue. À cause de Damien. Voilà l'effet qu'il me fait. Parce que je le veux tout de suite.) Que ferais-tu ? je répète.

— C'est plutôt ce que je ne ferais pas.

Et là, je comprends. Si je désobéis, il ne me touchera pas du tout.

— C'est une punition pour tous les deux, dis-je.

— Les règles sont les règles. Et je suis capable de résister si j'en ai envie. Mais si tu crois que je bluffe… ajoute-t-il en jetant un regard explicite aux cartes.

Je comprends le message. Je perds au poker depuis le début. Ai-je aussi envie de perdre à cet autre jeu ?

Non. Je change de position pour que mes jambes soient devant moi. Lentement, je ramène mes pieds vers moi et j'écarte les jambes pour me retrouver assise en tailleur face à lui, le sexe grand ouvert. Je ne peux rien cacher, à présent, et à vrai dire je n'en ai pas la moindre envie.

Je suis le regard de Damien vers la tache humide sur mon string. Elle trahit à quel point je mouille — je ruisselle de désir — pour lui. Lentement, je relève les yeux. La lueur brûlante que je vois dans les siens me confirme mon pouvoir. D'accord, il établit les règles, mais moi je le rends dingue. Je me cambre un peu en prenant appui sur mes mains.

— J'aime le spectacle, dit Damien. J'aime voir combien tu me désires. À quel point tu mouilles pour moi.

— Moi, je mouille ? je répète d'un ton innocent.

Je m'appuie maintenant sur une seule main pour laisser glisser l'autre le long de ma cuisse et sur la soie du string.

— Bon Dieu, Nikki ! dit-il d'une voix haletante.

Je ne fais montre d'aucune pitié. Je suis l'ourlet du string du bout du doigt. Je redresse la tête et plonge mon regard dans le sien. Puis, lentement, délibérément, je glisse le doigt sous le tissu et l'enfonce dans ma chatte trempée et gonflée. Je pousse un cri de plaisir et un frémissement parcourt tout mon corps, comme en prélude à l'explosion qui va suivre.

Puis, sans que Damien me quitte du regard, je porte mon doigt à ma bouche pour goûter.

— Oui, je murmure. Tu as raison. Je mouille beaucoup, beaucoup pour toi.

— Rien à foutre du poker ! gronde Damien en balayant les cartes du lit et en m'empoignant par les cuisses pour m'attirer vers lui.

Je perds l'équilibre et tombe à la renverse sur le dos, Damien entre mes jambes écartées.

— Vous renoncez à la partie, monsieur Stark ? je plaisante.

— Effectivement.

— Je suppose que ça signifie que vous avez perdu, dis-je en me soulevant sur un coude.

— Non, répond-il en se hissant sur moi et en faisant sauter mon soutien-gorge du bout des doigts. Je vous assure que ça signifie que j'ai gagné.

Ses lèvres se referment sur mon sein pendant que sa main descend caresser mon clitoris à travers la soie trempée. Les sensations qui m'envahissent sont incroyables, une gerbe d'étincelles jaillit de sa main et de sa bouche, et je me cambre, perdue dans l'orage que Damien a déclenché en moi.

— Vous vous trompez, monsieur Stark, je parviens tout juste à dire. Ce soir, nous gagnons tous les deux.

*
* *

Je me réveille par une matinée parfaite. Damien allongé à côté de moi. Le soleil pénétrant sans pudeur par la porte ouverte qui mène sur la terrasse privée de la chambre principale. La légère brise soufflant du lac. L'odeur des sapins et…

Je fronce les sourcils et aspire une grande goulée d'air. *L'odeur de quoi ?*

— Damien, réveille-toi, dis-je en le secouant par l'épaule. Soit nous avons vraiment mis le feu au lit, soit il y a quelque chose qui brûle.

Il se lève immédiatement, ramasse son jean par terre et se dirige vers la porte. J'enfile un peignoir et le suis, de si près que je manque le percuter quand il s'arrête sur le seuil.

— Ce n'est pas un incendie, dit-il.

Maintenant que je sens mieux, je suis d'accord. C'est une odeur sucrée presque écœurante, comme des truffes au caramel qui auraient brûlé au fond d'une casserole.

— Je crois savoir ce que c'est, dis-je.

Je me dirige vers la cuisine, où Jamie est très occupée à faire des crêpes. Elle lève vers nous un regard un peu dépassé et contrit.

— Désolée ! Je voulais vous préparer le petit déjeuner, mais…

Elle indique la cuisinière et le comptoir comme si ça expliquait tout. Je me force à ne pas rire.

— Je ne crois pas que les crêpes soient censées être servies calcinées, dis-je, pince-sans-rire.

Elle me jette un torchon.

— J'ai eu du mal à incorporer les pépites de chocolat.

Damien se sert une tasse de café et s'appuie sur le comptoir.

— Comme on dit, c'est l'intention qui compte. J'espère donc que ça ne t'ennuiera pas si je me contente d'avoir seulement l'intention de les manger.

— Super ! Je suis coincée en pleine montagne avec des comiques, fait mine de soupirer Jamie.

— C'est toi qui vois, dit Damien, très « homme d'affaires qui résout une crise ». Soit nous nettoyons tout et nous reprenons à zéro, soit je vous emmène prendre le petit déjeuner dehors.

— Tu n'as plus de pépites de chocolat, dit Jamie en montrant une assiette de disques brûlés ne présentant aucune ressemblance avec des crêpes, avant de jeter le tout à la poubelle. Donne-moi un quart d'heure pour prendre une douche et me préparer.

Il nous faut finalement une demi-heure pour nous mettre en route, car Damien a commis l'erreur de nous dire que non seulement le restaurant propose des gaufres exceptionnelles mais qu'en plus il est situé à Arrowhead Village, un centre commercial doté de magasins huppés. Et évidemment, Jamie et moi ne pouvons pas faire de shopping si nous ne sommes pas convenablement vêtues.

Damien, lui, est prêt en cinq minutes. Il arbore un jean délavé et une chemisette en lin sur un T-shirt en coton. Il a les cheveux vaguement hirsutes, comme s'il avait pris le vent. Il est terriblement sexy, comme un type qui vient de s'échapper d'une publicité pour une eau de toilette.

— Il a de l'allure, fait Jamie, une lueur délibérément lascive dans le regard.

— Oui, dis-je en lui prenant le bras. Et il est à moi.

Le village n'est pas loin, à vol d'oiseau. Mais comme nous ne sommes pas des oiseaux, nous devons affronter les routes étroites et tortueuses, et ça nous prend une demi-heure. Mais ça ne m'ennuie pas. La région est charmante, avec ses chalets blottis à flanc de montagne et des paysages à couper le souffle. Comme le village est situé sur le lac, en théorie, nous aurions pu prendre l'un des bateaux amarrés au ponton de Damien. Le restaurant en lui-même — le Belgian Waffle Works — est pile au bord de l'eau, avec une immense terrasse. Quand nous approchons, je sens un parfum de pâte dorée et croustillante, et j'inspire profondément.

— C'est mieux que ce que je comptais préparer, admet Jamie. Mais vous pouvez quand même me remercier. Si je n'avais pas complètement raté le petit déjeuner, nous n'aurions pas eu une matinée shopping.

— Nous te sommes profondément reconnaissants, dit Damien en me prenant par la taille.

Une demi-heure plus tard, je suis encore plus reconnaissante : non seulement nous sommes assis sur la terrasse donnant sur le lac, mais en plus nous avons chacun une assiette appétissante avec une gaufre, des œufs et assez de bacon pour nourrir une petite armée.

— Je vais faire une indigestion, je proteste.

— On va éliminer en marchant d'une boutique à l'autre, annonce Jamie. Tu es vraiment génial, tu sais, continue-t-elle avec un grand sourire pour Damien. Merci de m'inviter. Ma semaine a été atroce.

— Avec plaisir, dit-il en se penchant pour lui déposer un baiser sur la joue.

Elle fait mine de s'éventer. J'éclate de rire.

— Attendez, tous les deux. (Je sors mon iPhone, leur fais signe de rapprocher leurs sièges et prends une ou deux photos.) Je photographierais bien le paysage, mais l'appareil ne lui rendra pas justice…

— Je pense pouvoir t'affirmer que nous reviendrons, promet Damien.

— Sinon, tu peux simplement acheter un autre appareil, dit Jamie. D'ailleurs, tu devrais en acheter un pour chaque maison. Comme ça, tu seras sûre que Leica ne fera jamais faillite, non ?

— Ce n'est pas bête du tout, dit Damien en me regardant avec une lueur coquine dans le regard. J'aime l'idée que tu ailles te vautrer dans toutes mes propriétés. D'ailleurs, j'adore t'imaginer toute nue dans *toutes* mes propriétés.

Le feu aux joues, je jette un regard à Jamie qui s'est blottie dans son fauteuil.

— Vous n'arrêtez jamais, tous les deux ? fait-elle.

— Pas vraiment, répond Damien qui me surprend en m'attirant à lui et en me donnant un baiser ardent.

— Mon Dieu ! continue-t-elle. Je suis atrocement jalouse. Tu n'aurais pas un frère ?

— Hélas non…

— Ça m'aurait étonnée.

Damien rapproche son fauteuil du mien et me prend par l'épaule. Je m'appuie contre lui, regrettant que notre

quotidien ne soit pas toujours aussi paisible et bienheu-
reux.

— Vous allez vous moquer de moi, mais… vous savez
que vous avez une chance d'enfer, tous les deux ?

— Oui, répond Damien, sincère. Nous le savons.

— Tant mieux. (Elle pousse un long soupir.) Désolée,
mais il fallait que je le dise.

— Pourquoi tu ne m'as pas prévenue que tu avais été
virée du tournage de la pub ?

Elle hausse les épaules, l'air gênée.

— Tu étais un peu préoccupée et tu ne pouvais pas
faire grand-chose, surtout depuis l'Allemagne.

Jamie avait été choisie pour une campagne de publicité nationale, mais avant même le début du tournage
elle est sortie avec son partenaire, un jeune premier
ambitieux du nom de Bryan Raine. Et quand ça s'est
fini entre eux, Raine a apparemment estimé que la
carrière de Jamie l'était aussi.

— Je peux faire quelque chose… dit Damien.

Elle secoue la tête.

— Non, tu m'as déjà aidée à décrocher le rôle. C'était
bien suffisant. J'ai été payée de toute façon, le contrat
avait été signé. Tout va bien de ce côté-là. Il faut juste
que je voie comment m'en sortir et avancer.

— Tout ira bien, dit Damien.

Elle se penche par-dessus la table et nous prend la
main tous les deux.

— Merci. Vraiment.

— De rien, dis-je. Tu sais bien que je t'adore.

— Parce que je le vaux bien, rétorque-t-elle avec un
sourire narquois signalant que le moment de mélancolie
est passé. (Elle continue de me serrer la main avant de

la lâcher.) Tu te rends compte que des gens nous regardent, j'espère ?

Je regarde autour de moi et constate qu'elle dit vrai. Pas tout le monde, mais quelques personnes sur la terrasse qui se détournent d'un air coupable quand mes yeux se posent sur elles.

— C'est un des inconvénients du poste, dis-je en désignant Damien du menton.

— Eh bien, ce sera ma première fois dans un tabloïd, dit-elle. J'imagine que ça signifie que je suis arrivée quelque part, même si je n'ai pas tourné cette stupide pub.

— De quoi tu parles ?

— Damien Stark et son ménage à trois, évidemment. Ce sera partout sur Internet avant demain, tu ne crois pas ?

Je me cache le visage dans les mains.

— Bon sang ! Jamie, mais tu ne peux pas parler encore plus fort ? Ou arrêter de parler, plutôt ?

— Je blague, dit-elle.

Je la connais assez bien pour savoir que c'est vrai. Je surprends le regard de Damien et un imperceptible mouvement de la tête. Je comprends le message : je dois me taire. Jamie pense peut-être qu'elle blague, mais elle n'a pas vécu avec les paparazzi, comme Damien. Ou comme moi, pour le coup. Selon les témoins qui nous auront vus tous les trois, l'éventualité d'un article sur le ménage à trois qu'elle vient d'évoquer n'est pas à écarter.

Bon, génial. Je respire un bon coup et me répète de ne pas me faire de souci.

— Je veux un autre café, dis-je. (C'est vrai, mais je veux aussi changer de sujet.) Et puis ce sera le moment d'aller faire du shopping.

Chapitre 13

— J'aime bien le bleu, dis-je à Jamie, qui hésite entre un sac à dos en cuir naturel beige traditionnel et un autre teint en turquoise.

— Pas trop voyant ?

— Pour toi ? Rien n'est jamais trop voyant.

Elle fait la grimace, mais repose le sac en cuir beige.

— OK. Je ne devrais pas, mais je vais prendre celui-là. Après tout, je viens de toucher de l'argent. Et je mérite de retirer quelque chose d'agréable de cette fichue pub.

Comme je suis d'accord, je n'essaie pas de la dissuader. Je connais Jamie depuis longtemps, et avec elle la thérapie par le shopping est très efficace.

Nous sommes dans une maroquinerie, et bien que Damien ait commencé à me taquiner à propos des possibilités sensuelles que recèle la collection de ceintures du rayon hommes, il est sorti pour répondre à un coup de fil. Je sors à mon tour le retrouver pendant que Jamie fait la queue pour payer.

Il me faut un instant pour le repérer, mais je finis par l'apercevoir assis sur un banc près d'une pelouse où des parents épuisés se sont arrêtés avec leurs enfants. Il lève un doigt quand il me voit et désigne son oreillette. Je hoche la tête et m'assieds sans un bruit à côté de lui, savourant cette fin d'après-midi.

— Non, dit Damien. Il faut que vous compreniez. C'est ma priorité. Je veux que tout soit passé au crible. Apprenez tout ce qu'il est possible d'apprendre. Suivez la moindre piste, explorez le moindre recoin. C'est bien clair ? Bon. Rappelez-moi dans quelques heures pour me tenir au courant. Oui, quelques heures. Très bien. C'est donc réglé. Et pour la grille ? Pouvons-nous réduire un peu les délais ? Voilà enfin une bonne nouvelle. Que ce soit fait aujourd'hui, et veillez à ce que tout le monde ait l'accès. Très bien. À plus tard.

Il termine son coup de fil et me regarde en esquissant machinalement un sourire. Si je ne le connaissais pas aussi bien, je dirais que tout va pour le mieux. Mais je le connais vraiment bien et je perçois une lueur d'inquiétude dans ses yeux.

— Quelque chose ne va pas ? je demande.

— Le petit train-train habituel quand on dirige le monde. J'ai été un peu absent ces dernières semaines et quelques détails sont passés au travers des mailles du filet.

— Je ne vois pas comment, j'ironise. Tu avais fait installer ton quartier général dans l'hôtel.

— Ce n'est rien, répète-t-il.

Mais je ne m'en laisse pas conter.

— Tu es inquiet.

Je le vois s'apprêter à nier, et je me demande si je dois lui rappeler notre conversation dans l'avion. Mais il semble se raviser.

— En effet.

– Et je sais que ce n'est pas professionnel. Tu ne t'inquiètes jamais dans ce cas-là. Tu décides.

– Je ne me savais pas aussi transparent.

– Pour moi seulement. Alors, de quoi s'agit-il, Damien ? De Sofia ? De la demande de publication des photos ? Il est arrivé quelque chose ?

Il s'adosse au banc et lève le visage vers le ciel. Après un moment, il prend les lunettes de soleil accrochées à l'échancrure de son col et les chausse.

– Il reste quelques petites choses que je dois régler, dit-il en se tournant vers moi. Des affaires qui ne m'inquiètent pas, mais qui requièrent toute mon attention.

– Je vois, dis-je, alors que je devrais lui dire que je n'en crois pas un mot.

– Et oui, ajoute-t-il doucement, je continue de m'inquiéter pour Sofia.

Cette fois, je sais que c'est la vérité. Et aussi qu'il s'excuse.

– Tu la trouveras. Tu me le diras quand tu auras appris quelque chose de nouveau ?

– Bien sûr, répond-il immédiatement.

Le cœur serré, je me rends compte de tout ce que j'ai investi dans cette simple question.

Peux-tu me dire ce qui se passe ? lui avais-je demandé en Allemagne. *Peux-tu me parler ?* « Non », avait-il répondu.

Aujourd'hui, il a répondu « oui ».

Apaisée, je m'appuie contre lui en soupirant doucement quand il passe son bras autour de mes épaules. Je suis soulagée de savoir qu'au moins, pour le moment, je me sens en sécurité et sur la même longueur d'ondes.

Peu après, Jamie nous rejoint avec un sac de courses.

— Vous êtes déjà fatigués ?

— Je crains de devoir rentrer à la maison, dit Damien. Mais vous pouvez continuer le shopping.

— Pas moi, sauf si tu en as envie, dit Jamie en me regardant. (Je secoue la tête. J'en ai eu mon compte aussi.) J'ai envie d'un Jacuzzi.

— Je pense que nous pouvons faire mieux, dit Damien en appuyant sur un bouton de son téléphone. Sylvia, pouvez-vous contacter Adriana ? Voyez si elle peut envoyer quelqu'un à la maison d'Arrowhead cet après-midi pour mesdemoiselles Fairchild et Archer. Oui, c'est cela. Une heure. Rappelez-moi ou envoyez-moi tous les détails par SMS dès que vous les aurez. Merci. Je serai rentré vendredi.

Jamie m'interroge du regard, manifestement stupéfaite. Je pose la question à Damien.

— Qu'est-ce qu'il y a ?

— Je me suis dit que ça vous plairait de vous faire masser sur le patio, dit-il.

— Tu sais que tu es génial ! applaudit Jamie.

— C'est ce qu'on m'a dit, répond-il en croisant mon regard.

De retour à la maison, Damien nous informe que nous trouverons des maillots de bain dans la malle de la chambre de Jamie, puis il nous montre comment fonctionne le Jacuzzi.

— Prenez ce que vous voulez dans le réfrigérateur, dit-il. Il y a du champagne.

Je lui prends la main et entrelace mes doigts aux siens. Je veux le garder à mon côté, mais je sais aussi qu'il me donne une occasion de passer un peu de temps avec Jamie, ce que nous n'avons pas fait depuis très longtemps.

— Ne travaille pas trop, lui dis-je.

— Ne joue pas trop, rétorque-t-il.

— Ça ne me serait pas venu à l'esprit.

En fait, nous ne jouons pas du tout. C'est même tout le contraire. Je crois que je n'ai jamais été aussi paresseuse de ma vie. Et en l'occurrence, je pense que les croyances populaires se trompent. Ce n'est pas l'enfer qui est brûlant, mais le paradis. Brûlant, humide, avec des jets pulsants qui vous soulagent de vos tensions.

Les bras écartés, Jamie renverse la tête en arrière.

— Tu n'imagines pas à quel point j'avais besoin de ça. Et le massage, par-dessus le marché ? Non, mais je t'assure, il y a un dieu, et il s'appelle Damien. (Elle relève la tête et me sourit.) Sérieusement, Nik. Je suis amoureuse de ton mec.

— Oui. Moi aussi.

Quelques heures plus tard, nous avons macéré, et nous avons été massées. Je suis toute molle, étalée sur l'immense divan avec Jamie. J'aimerais bien lire, mais c'est trop de boulot. Alors je ferme les yeux pour sombrer dans la béatitude de cette relaxation totale.

Damien me trouve là quand il émerge finalement de son antre.

— Alors, chuchote-t-il en me caressant l'épaule, comment s'est passée ta journée ?

Je cligne des paupières devant cet homme incroyable qui me sourit.

— Quelle heure est-il ?

— Dix-huit heures passées, dit-il. (Cela me fait ouvrir tout grands les yeux. Je saisis mon téléphone et constate qu'il dit vrai, je sommeille depuis plus d'une heure !) Ne te fatigue pas. Je vois comment s'est passée ta journée. Je t'envie.

— Tu aurais pu te joindre à nous, dis-je en donnant un coup de coude à Jamie.

Comme moi, elle s'est endormie. Contrairement à moi, elle a roulé à plat ventre et ronfle doucement dans un oreiller.

En fait, Damien a commandé le dîner dans un restaurant des environs : nous disposons d'un assortiment de sandwichs, de soupes et de salades à grignoter pendant le film qu'il a décidé de projeter.

— Je me suis dit que j'avais mérité un peu de détente moi aussi, dit-il. À condition que vous acceptiez que je me joigne à vous ?

Le jeudi se passe à peu près de la même manière que le mercredi, même si cette fois Jamie parvient réellement à préparer des crêpes dignes de ce nom. Nous les mangeons sur la terrasse avec du jus d'oranges fraîchement pressées. Et en regardant le lac qui scintille sous le soleil, je ne peux m'empêcher de songer que je resterais bien là jusqu'à la fin de mes jours.

— Je suis à moitié tentée d'appeler Lisa et de reporter le rendez-vous à lundi.

— Oh oui, s'il te plaît ! dit Jamie.

Je regarde Damien, mais il reste de marbre, ne faisant pencher la balance ni d'un côté ni de l'autre.

— Non, dis-je finalement. J'ai besoin de ce bureau et je veux aussi discuter avec Lisa.

— Tu la retrouves à dix heures, c'est ça? demande Damien. Nous partirons demain matin. Edward peut te retrouver à la tour et t'emmener voir le bureau en limousine.

— Euh… j'aime mieux pas. Partons suffisamment tôt pour que tu puisses me déposer chez moi.

— J'ai des réunions de bonne heure.

— Dans ce cas, Edward me déposera chez moi.

— C'est une perte de temps. Tu peux t'habiller ici et aller directement à ton rendez-vous. Je te retrouverai après et tu me raconteras.

— Non, dis-je.

— Bon sang, Nikki…

— Non ! (Je lève une main.) Je sais qu'il se passe quelque chose, même si je ne sais pas quoi. Et tu peux cracher le morceau tout de suite.

— Eh bien, moi, je vais aller faire ma valise, dit précipitamment Jamie.

Je ne prends même pas la peine d'acquiescer. Mon regard reste rivé sur Damien, qui continue de se murer dans le silence.

— Ne joue pas à ça, Damien. Cette fois, le secret que tu gardes me concerne. Et nous le savons l'un comme l'autre.

Il se pince le haut du nez d'un air las.

— Ta voiture a été saccagée, dit-il enfin d'un ton neutre.

Pas celui de l'abattement, mais de quelqu'un qui maîtrise sa fureur.

— Qu'est-ce que tu dis ? je demande bêtement.

— On a jeté de la peinture sur ta voiture, dit-il. C'est agaçant, mais pas irrémédiable. On a aussi forcé une serrure pour la remplir de poisson. Je doute sincèrement que l'odeur parte un jour.

– Je… (Je renonce. Je ne sais absolument pas quoi dire.) Comment tu le sais ?

– Ça fait un moment que je m'inquiète pour la sécurité de ton immeuble, soupire-t-il.

– Mais tu as déjà installé un système d'alarme.

Après la première lettre anonyme, il a demandé à Jamie si elle y voyait un inconvénient. Comme elle n'est pas idiote, Jamie a accepté, et les services de sécurité de Damien ont bidouillé la sécurité de l'appartement pendant que je séjournais en Allemagne avec lui.

– Ce n'est manifestement pas suffisant. J'ai fait installer par le gérant de l'immeuble un portail de sécurité qui protège le parking et le hall. Il y a deux jours, mon équipe a trouvé ta voiture. Inutile de préciser que j'ai demandé que les travaux soient accélérés.

Je me rappelle l'avoir entendu parler d'une grille au téléphone pendant que nous faisions du shopping.

– Tu m'as dit que c'était à propos de Sofia.

– Non. J'ai dit que c'étaient des choses dont je devais m'occuper. Et que j'étais inquiet concernant Sofia.

– Bon sang ! Damien, ne joue pas sur les mots avec moi. Tu as délibérément dissimulé la vérité. Pourquoi ?

– Je ne voulais pas que ta petite bulle éclate tout de suite, alors que nous étions venus ici pour échapper à la réalité quelques jours de plus.

– Je…

J'ai envie de lui hurler qu'il n'a pas le droit de me cacher des trucs pareils et qu'il ne peut pas me flanquer dans une limousine en imaginant que j'y serai en sécurité.

Mais je ne dis rien. Parce que je comprends. Il aurait fini par me le dire. C'est vrai, le sujet aurait été difficile à éviter. Mais il voulait me faire cadeau de cette tranquillité d'esprit pour quelques jours de plus.

— Très bien, dis-je. Je te pardonne de ne pas m'en avoir parlé. Mais je ne ferai pas de covoiturage avec Edward.

— Bien sûr que si, répond-il d'un ton ferme. Je ne peux pas te protéger de tout, mais pas question que je ne te protège pas quand je le peux.

— Laisse tomber. Je ferai examiner et réparer la voiture.

— Mais bien sûr ! La voiture est trop vieille pour qu'on y installe un système de sécurité digne de ce nom, l'odeur va rester, et ça fait un moment qu'elle ne tient qu'avec du bricolage. Tu me l'as dit toi-même. Et puis, ajoute-t-il calmement, j'ai déjà demandé à mes employés de l'envoyer à la casse.

— C'est une blague ? Pas question. Cette voiture a une trop grande valeur sentimentale. Elle ne partira pas en pièces détachées. Et pour qui tu te prends, d'ailleurs ?

C'est vrai, quoi, enfin ?

— Pour l'homme qui mourrait s'il t'arrivait quelque chose.

Il est aussi calme que le lac derrière nous, et ce calme devant ma fureur me fait encore plus enrager.

— Ça ne veut pas dire que tu as le droit de gérer ma vie dans le moindre détail.

— Tu veux garder ta voiture, très bien. Nous la garerons à la Stark Tower. Tu peux la garder éternellement, je m'en fiche. Mais je t'en achète une neuve avec un système de sécurité, un GPS, un traceur antivol, et tout ce que mon équipe pourra trouver.

Il ne crie pas, mais c'est tout comme.

— Tu m'achètes… ?

— Absolument.

— Compte là-dessus.

— Ne nous disputons pas sur un tel sujet. Pas quand il s'agit de ta sécurité. Tu veux garder la Honda, très bien. Je la ferai couler dans le bronze si tu y tiens, et nous pourrons l'exposer dans le hall. Mais pour rouler, tu auras une voiture neuve.

Il a raison, je le sais. La Honda me joue des tours aux carrefours depuis trop longtemps. Et, oui, elle a une valeur sentimentale… Mais, non, je n'ai pas besoin de garder une voiture parfumée au poisson. Damien peut faire don des pièces détachées — même s'il n'est pas question que je le lui dise. Du moins, pas tout de suite.

Mais il ne m'achètera surtout pas une voiture, et ça, je vais le lui dire.

— Je m'en achèterai une moi-même, dis-je. Si tu veux m'accompagner pour me donner ton avis, très bien. Mais c'est moi qui signerai le chèque.

— Comme tu voudras. En attendant, Edward peut te conduire.

— Ah non ! Si nous devons le faire, ce sera aujourd'hui.

— Aujourd'hui ?

— Il y a des concessionnaires tout au long de la 10, non ? Alors rentrons ce soir au lieu de demain matin, et j'achèterai la voiture en route.

Il me fixe d'un drôle d'air, comme s'il cherchait vainement un autre argument. Cette pensée me donne un petit sentiment de victoire. Rares sont ceux qui gagnent face à Damien Stark.

— D'accord, dit-il enfin. Fais tes bagages. Nous pouvons partir quand tu veux. (Je hoche la tête et me lève pour aller me préparer. J'hésite juste un instant et le dévisage.) Il y a autre chose ? demande-t-il, imperturbable.

— Non, je te remercie, simplement.

Je vois se peindre sur son visage ce que je prends pour du soulagement.

— Ça veut dire que tu n'es pas fâchée ?

— Oh, je suis furieuse comme tout ! Mais j'ai compris tes raisons. Cela dit, ne recommence jamais, Damien.

— Je ne promets rien, dit-il avec un petit sourire. En ce qui concerne ta sécurité, il n'y a pas beaucoup de place pour le compromis.

Je secoue la tête. Je ne pourrai jamais gagner ce combat, mais, tout bien considéré, ce n'est pas si grave.

— C'est bête pour Jamie, dis-je avant de quitter la pièce. Je crois qu'elle aurait bien aimé rester une nuit de plus.

— Elle peut rester tout le week-end si ça lui chante, dit Damien. Nous prendrons la Jeep, mais il y a une autre voiture dans le garage. Je lui laisserai les clés. Elle sait conduire un modèle à boîte de vitesses manuelle ?

— Oui, elle sait. C'est quel genre de voiture ?

— Une Ferrari. (J'éclate de rire.) Qu'est-ce qu'il y a ?

— Rien. Sauf que tu es sacrément gentil, Damien Stark.

Avant le dîner ce jeudi, j'ai un nouvel amour dans ma vie. Et bien que rien ni personne ne puisse jamais remplacer Damien Stark, le temps que nous soyons arrivés à Los Angeles dans ma Mini Cooper cabriolet rouge toute neuve, je suis complètement amoureuse.

— J'espère que tu n'es pas jaloux, dis-je à Damien en caressant le volant gainé de cuir. Parce que je crois que Cooper et moi allons devenir inséparables.

— Intéressant, dit-il avec un petit rictus. Peut-être que je n'aurais pas dû laisser un de mes employés prendre la Jeep. C'est vrai, si vous voulez rester en tête à tête tous les deux…

— Je dois te paraître horriblement capricieuse, dis-je d'un ton léger. Mais quand c'est le coup de foudre… eh bien, on est obligé de suivre.

— Oui, dit-il avec un regard passionné. C'est vrai.

Je quitte la route des yeux un instant pour lui sourire. Nous sommes sur Ventura Boulevard, presque arrivés chez moi. Je prends Laurel Canyon, mais je dépasse le carrefour menant à l'appartement que je partage avec Jamie.

— Voilà qu'on fait une escapade, mademoiselle Fairchild ?

Je caresse de la main le tableau de bord du cabriolet.

— Un peu de respect, je vous prie, monsieur Stark. Nous faisons tout juste connaissance.

— Je risque de provoquer ton nouvel amour en duel à l'aube, dit Damien. Car il n'est pas question que je te partage. Je te veux pour moi tout seul.

— Ah bon ? Je dois avouer que l'idée me plaît bien.

— Je suis tout à fait soulagé de l'apprendre.

— Tu te rappelles, je t'avais dit qu'une Lamborghini, c'était presque comme des préliminaires ?

— Je n'oublierai pas cela avant longtemps, mademoiselle Fairchild.

— Une Mini, c'est la même chose.

— Vraiment ? insiste Damien. J'avoue n'avoir jamais considéré qu'une Mini fût sexy. Mignonne, absolument. Remarquable, tout à fait. Sexy, je ne sais pas trop.

— Ne blesse pas l'ego de ma Cooper, dis-je. Par ailleurs, ce n'est pas une question d'apparence, mais de puissance.

— Ah bon ?

— Tu la sens ? je demande en changeant de vitesse. (Ma Cooper me rend fière en montant, sans la moindre hésitation, la colline vers Mulholland Drive.) La puissance, je répète. Et l'endurance. Des qualités très importantes. Dans une voiture.

— Je suis tout à fait d'accord. La réactivité. La maniabilité.

— Comme je te le disais, toutes les choses qui t'excitent. Donc, des préliminaires, je termine.

Je tourne à droite et accélère pendant que la Cooper s'empare des célèbres virages de Mulholland Drive.

— Et qu'est-ce qui t'excite, toi ?

Comme je ne tiens pas à finir dans un ravin, je ne le regarde pas.

— Toi.

Il reste un moment silencieux, mais je sens le poids de son regard sur moi. Puis sa voix, brutale et impérieuse.

— Gare-toi.

— Quoi ?

Nous avons passé un virage et roulons sur une ligne droite. J'en profite cette fois pour lui jeter un regard.

— Là, dit-il en indiquant un terre-plein qui domine la vallée. (Le genre d'endroit où les touristes prennent des photos et où les ados s'arrêtent). Gare-toi et coupe le moteur.

J'obéis.

— Qu'est-ce que… ? je commence, à peine j'ai coupé le contact.

Mais je ne peux pas achever, car ses lèvres fondent sur les miennes et sa main sur ma nuque me pousse en avant. Sa bouche ouverte. Brûlante. Qui exige. Et prend. Je gémis et me penche en avant, imaginant déjà le poids de son corps contre le mien – puis je pousse un cri de douleur quand le levier de vitesse s'enfonce dans mon ventre.

— Je crois que c'est ta Cooper la jalouse, sourit Damien. Ça va aller ?

Mentalement, je fais défiler une bordée de jurons très colorés. Pour Damien, je me contente de hocher la tête.

— Ne bouge pas, dit-il.

Il descend de la voiture, vient m'ouvrir la portière et me tend la main. Je la prends et le laisse m'aider à descendre.

— Je crois que j'ai plombé l'ambiance, dis-je.

Il se tourne, si bien que nous faisons face à la vallée et au tapis de lumière qui s'étend sous la nuit.

— Non, dit-il. Tu l'as juste un peu changée. Mais comment l'ambiance pourrait-elle être à autre chose qu'à la romance, alors que nous flottons au-dessus des étoiles ?

— La romance, monsieur Stark ? je le taquine. Pas au sexe torride et moite à l'arrière d'une toute petite voiture ?

— La romance, affirme-t-il avec une telle passion que je dois m'appuyer à la voiture pour rester debout.

— Damien… dis-je d'une voix douce, étranglée par l'émotion.

— Je sais, répond-il en me caressant délicatement la joue. Ferme les yeux.

J'obéis, les lèvres entrouvertes. Il caresse mes cheveux et mes reins. Ensuite, je sens le frôlement imperceptible de ses lèvres sur ma tempe, puis au coin de mon œil. Je souris devant une telle suavité, mais aussi parce qu'il me touche avec tant de délicatesse que ça me chatouille. Puis ses lèvres se referment sur les miennes, si douloureusement tendres que mes yeux s'embuent de larmes.

— Voyons, fait-il en interrompant son baiser et en me relevant le menton. Pas de ça.

Doucement, il essuie du pouce une larme égarée.

Son regard est si plein d'amour que je pourrais m'y perdre.

Je l'enlace et soupire quand il me serre contre lui.

— Je t'aime, dis-je.

J'ai parlé si bas qu'il n'a pas dû m'entendre. Mais ça n'a pas d'importance. Pour le moment, les mots ne sont pas nécessaires. Pour l'instant, être tous les deux nous suffit.

Chapitre 14

Comme l'a dit Damien, mon immeuble est grosso modo en train d'être transformé en forteresse. Le parking est à présent grillagé et surveillé à plein temps par des caméras de sécurité. Je m'arrête au poste de contrôle, présente la carte que Damien me tend et regarde la machinerie électronique ouvrir l'énorme grille. Tout cela se fait très rapidement et nous entrons en un rien de temps.

— C'est joli, dis-je.

Je me sens un peu couvée, mais j'apprécie qu'il fasse tout cela pour me protéger. Cependant, je comprends que ça ne suffit pas. Qu'il va s'inquiéter. Et il n'a toujours pas digéré le fait que j'aie obstinément refusé les services d'Edward.

— Ça l'est, mais je préfère que ce soit efficace plutôt que joli, répond-il en se retournant sur son siège pour regarder la grille. On peut passer assez facilement par-dessus.

— Spiderman, peut-être, mais pas les gens normaux, dis-je en jetant un coup d'œil dans le rétroviseur.

— Le motif a la même forme qu'une échelle, continue-t-il en tapant quelque chose sur son téléphone.

C'est le motif habituel, mais une grille sert surtout à empêcher les gens qui n'habitent pas là de profiter des places de parking. C'est seulement dissuasif. Je veux plus que ça.

— À qui tu écris ? je demande en entendant le bip qui signale l'envoi d'un SMS.

— À Ryan. Mon chef de la sécurité. Je veux qu'il s'y mette au plus vite.

Je lève les yeux au ciel et me gare à ma place. J'ai un petit pincement de regret pour ma Honda, mais ça ne dure pas. Elle n'est pas partie, après tout. Juste entreposée dans un parking sous la Stark Tower jusqu'à ce que je décide de son sort.

Comme la boîte à lettres déborde probablement, nous prenons la sortie piétons et remontons le trottoir pour gagner l'entrée principale, Damien traînant ma valise à roulettes et moi portant mon fourre-tout. Quand je suis partie pour l'Allemagne, l'entrée de mon immeuble était une espèce d'antre sombre avec les boîtes à lettres d'un côté et l'escalier de l'autre. À présent, elle est protégée par une énorme – mais élégante – grille en fer. De plus, elle a été rénovée : peintures, gros bacs à plantes. Et même un petit jet d'eau.

— C'est ton œuvre ? je demande à Damien.

Sans répondre, il tend la main pour que je lui donne ma clé et relève mon courrier. Je le suis dans l'escalier, mi-amusée, mi-exaspérée.

La porte d'entrée de l'appartement est plus ou moins la même, le « plus » consistant en un troisième verrou. Je jette un regard interrogateur à Damien.

— C'est mieux, dit-il.

Et comme je le vois taper un nouveau texto, j'en déduis que « mieux » ne signifie pas « suffisant ». Apparemment, Ryan peut s'attendre à avoir un vendredi très occupé.

Mon appartement a exactement la même allure, jusqu'à l'énorme lit en fer qui trône au milieu du salon et à la chatte blanche qui se fond dans le tas de coussins du canapé. Lady Miaou lève le museau à notre arrivée, s'étire et bondit élégamment sur le sol. Je m'attends qu'elle vienne quémander une caresse, mais elle se contente de lever un regard accusateur vers moi, de faire demi-tour pour filer au fond de l'appartement, queue en l'air. Elle monte les marches, tourne dans le couloir et disparaît dans la chambre de Jamie.

– Je crois que le message est clair, s'amuse Damien.

– Au moins, elle a l'air bien nourrie.

Jamie m'a dit qu'elle avait chargé Kevin, notre voisin, mignon mais un peu *space*, de lui donner à manger. Je me demande parfois comment Kevin fait pour arriver au bout de sa journée, alors je ne peux pas dire que j'approuve vraiment le choix de Jamie…

Je laisse tomber mon sac sur le sol et jette le courrier sur le lit.

– Je n'en reviens pas qu'elle l'ait laissé ici, dis-je.

Évidemment, je sais pourquoi. Si cela ne tenait qu'à Jamie, le lit ferait finalement partie du décor, comme le tas de vêtements en bas de son placard ou la jungle qui a dû pousser dans le réfrigérateur puisque je n'étais pas là pour désinfecter l'appartement tous les deux jours.

J'ouvre la valise que Damien a laissée près de mon sac et me dandine en fronçant les sourcils. C'est le moment qui me déplaît vraiment dans les voyages. La valise est bourrée à craquer et je ne suis pas enthousiaste à l'idée de tout sortir, laver, étendre et repasser. Je me rabats sur un stratagème qui a fait ses preuves – la procrastination – et décide d'ignorer mes bagages pendant que je trie mon courrier. Factures, factures, prospectus et magazines. Pendant ce temps, Damien arpente les lieux pour vérifier les détecteurs de mouvement et autres gadgets dont son équipe a truffé l'appartement. Alors qu'il revient dans la chambre, je remarque une lettre dont l'adresse d'expéditeur attire mon attention : *Stark International.* Je souris et lui jette un coup d'œil, m'attendant qu'il me rende mon sourire. Mais il est occupé à taper un nouveau SMS en réponse à celui qu'il vient de recevoir.

Comme je n'ai pas envie d'attendre, je décachette l'enveloppe. Je vois Damien ranger son téléphone, ayant probablement terminé. Je connais un Ryan qui doit être soulagé.

Je sors le feuillet de l'enveloppe et le déplie.

Je m'attends à des mots sensuels et décadents. Ce que je vois me glace le sang.

Son passé te fera toujours souffrir

Je laisse tomber la feuille en poussant un cri.

– Nikki ? Qu'y a-t-il ?

Damien accourt immédiatement et me prend par les épaules.

Je respire un bon coup et j'essaie de me ressaisir. Quelqu'un joue avec moi, le texto, ma voiture, et à présent, cette lettre. Mais ce n'est qu'un morceau de papier, un fichu bout de papier. Un frisson d'angoisse me parcourt, mais je le réprime. Je peux affronter cette situation.

– Nikki !

– Là…

Je montre le sol, puis je me laisse glisser du lit pour ramasser la lettre, mais Damien s'en est emparé avant que j'en aie eu le temps.

Il tient la feuille pincée entre deux doigts, contenant à grand-peine sa fureur. Je regarde le message de plus près, espérant peut-être qu'un indice me saute aux yeux. Mais il n'y a rien sur ce papier que ces mots, qui semblent avoir été tapés sur une vieille machine à écrire mécanique.

– D'où sors-tu ça ? demande-t-il d'un ton calme. (Je désigne l'enveloppe encore posée sur le lit. Je vois à son expression qu'il a lu l'adresse de l'expéditeur.) Fils de pute ! gronde-t-il avant de donner un tel coup de poing au montant que le lit entier tremble.

J'attends que ma voix soit un peu plus assurée avant de demander :

– Quelqu'un s'est servi de ton papier à en-tête ?

– Non, dit-il. Cet enfoiré voulait juste que tu croies que ça venait de moi. Regarde de plus près, mais ne touche pas. C'est imprimé sur une laser ordinaire. Nos enveloppes sont imprimées en relief. Merde ! (Il se passe une main dans les cheveux, respire un bon coup et revient à moi.) Ça va aller ?

– Ça va, oui, dis-je sans mentir. J'ai flippé, mais c'est juste la surprise. Je t'assure, j'ajoute en le voyant me fixer avec attention et inquiétude. Tout va bien, à présent. Je te jure. Je suis plus énervée qu'effrayée.

Il hoche lentement la tête, comme s'il évaluait la sincérité de mes paroles.

— Très bien. Donne-moi un sachet à congélation. Je vais faire porter ça à Ryan dans la matinée.

Je cours à la cuisine, un peu surprise qu'il ne convoque pas Ryan sur-le-champ. Mais la lettre étant arrivée par la poste, je suppose que rien ne presse.

Quand je reviens avec le sachet, je le trouve faisant les cent pas dans la pièce. Il me rejoint, saisit la feuille et l'enveloppe entre les pans de sa chemise puis la glisse dans le sachet. Il laisse tomber le tout sur le lit et se tourne pour me prendre dans ses bras.

— Je suis désolé, dit-il.

Je me dégage un peu pour le regarder dans les yeux.

— Mais pour quoi, enfin ? Ce n'est pas toi qui m'envoies ces lettres haineuses ou qui remplis ma voiture de poisson…

— Non, mais apparemment, c'est moi la raison de tout ça.

— Ce n'est pas vraiment une révélation.

Nous savons tous deux que, sans Damien, je ne suis pas assez intéressante pour attirer l'attention des médias ou de la personne qui me harcèle. Mais si c'est le prix pour être avec Damien, je suis prête à le payer.

— Non, tu as raison. (Il reste un moment silencieux, puis :) Je veux que tu viennes habiter avec moi.

Oh ! Je recule et me rassieds sur le bord du lit. Je ne peux le nier, ça fait un moment que j'attends qu'il me le propose. Oui, je sais qu'il y a encore une part d'ombre tenace chez cet homme – il a des secrets qu'il ne me révélera peut-être jamais. Mais nous avons surmonté déjà tant de choses, et être avec lui me fait tant de bien.

Je me réveille dans ses bras presque tous les matins, et les nuits où nous ne dormons pas ensemble, j'ai l'impression qu'il me manque quelque chose.

Ce n'est pas la première fois qu'il évoque mon installation chez lui. Il y a déjà fait allusion. Mais c'est la première fois qu'il le formule directement. Dans des circonstances différentes, mon cœur palpiterait d'allégresse. Mais quand je regarde le sachet contenant cette ignoble lettre, je suis glacée.

Je lève lentement la tête pour le regarder. Il arbore son expression résolue d'homme d'affaires. Le visage d'un dirigeant, pas d'un amant, et ma réponse me vient sans attendre :

— Non.

— Quoi ?

Je me lève. Il est assez difficile de remporter un combat contre Damien Stark quand deux volontés s'affrontent. Je ne vais pas gagner si je reste assise.

— J'ai dit non.

— Non ? répète-t-il sourdement. Bon sang ! Nikki, mais pourquoi donc ?

Je me force à tenir bon. Parce que, en réalité, j'ai vraiment envie d'habiter avec lui. Je veux être constamment auprès de lui, même. Mais pas pour de mauvaises raisons.

— Tu veux que je vienne vivre avec toi parce que tu m'aimes, ou parce que tu veux me protéger ?

Il me considère un instant, puis secoue la tête, exaspéré, ce qui m'agace carrément.

— Je veux que tu sois avec moi, Nikki. Et tu en as envie aussi, bon sang ! (Comme je ne peux pas le nier, je ne réponds pas. Parfois, le silence est la meilleure politique.) Merde… ajoute-t-il, plus pour lui que pour moi.

— Autant je déteste ça, dis-je en désignant la lettre, autant il n'en reste pas moins que ce courrier ne peut pas me blesser, Damien. Et l'appartement est sûr. Ton équipe a tout fait pour. Ou bien dois-je me dire que le personnel de Stark International fait du boulot de second ordre ?

— J'ai certaines attentes vis-à-vis de tout ce que je possède.

Il s'avance vers moi en parlant, sûr de lui. Je jure que si je regardais de près, je verrais des électrons scintiller sur son passage.

— Je fais partie de vos possessions, monsieur Stark ? je m'enquiers.

Il s'arrête juste devant moi, et même si je suis déterminée à ne pas céder un pouce de terrain, j'ai du mal à respirer.

— Il me semble que nous avions un accord, dit-il en suivant de l'index la ligne de ma clavicule.

J'entrouvre la bouche et mes jambes se dérobent sous moi. Il sait l'effet qu'il produit sur moi, maudit soit-il, et je ferme les yeux pour m'abandonner à mes sensations. Aux minuscules étincelles qui semblent jaillir de tout mon corps. Au désir lourd et lancinant qui palpite entre mes cuisses. Je prends une profonde inspiration et murmure un seul mot :

— Damien…

— Il y a des règles, n'oublie pas. (Il me semble entendre un sourire dans sa voix. L'assurance d'un homme qui pense avoir gagné.) Tu es à moi, Nikki. Quand et comme je veux. Et où je veux, ajoute-t-il en prenant mon sein dans sa main et en pinçant le téton entre le pouce et l'index, si violemment que je pousse un cri, tant le mélange fulgurant de plaisir et de douleur me traverse jusqu'à mon sexe. Et là où je veux que tu sois, c'est avec moi.

— Je suis toujours avec toi, dis-je avec peine.

J'ouvre les yeux, mon corps en feu désire follement qu'il me touche. Je veux sentir ses mains sur moi. Je veux son sexe en moi. *Je suis à lui...* Je veux lui succomber ici, sur-le-champ, et le laisser me posséder comme il le désire.

Je veux tout cela... mais aussi remporter la bataille. Alors, je respire un bon coup et réponds, en pesant mes mots :

— Mais je ne viendrai pas habiter avec toi.

Il m'empoigne par le bras et m'attire à lui.

— Bon Dieu ! Nikki, ce n'est pas un jeu.

— Ah bon, monsieur ? dis-je en haussant un sourcil.

Je le vois tressaillir, puis il me lâche brusquement et s'écarte de moi.

Je soupire et regrette d'avoir joué les garces.

— Damien, tout va bien, dis-je d'un ton ferme. Cette lettre m'a fichu la trouille aussi, mais ce n'est qu'un bout de papier et des conneries. Il n'y a personne dans l'appartement... Enfin, tu as transformé cet endroit en château fort ! Détends-toi un peu, d'accord ?

— Mais bien sûr, réplique-t-il. Je veux que tu sois en sécurité. Qu'il ne t'arrive rien. Je refuse de te perdre comme...

Il n'achève pas sa phrase, et je reste devant lui, le regard interrogateur.

– Quoi ? Damien, bon sang ! Ça a un rapport avec Sofia ? Tu crois que sa disparition a un rapport avec toi ?

– Je n'ai pas la moindre idée de la raison de sa disparition.

– Et ça te rend fou. Et tu refuses de me dire quoi que ce soit.

Je veux me montrer compréhensive, vraiment. Je comprends que la situation le ronge. Son amie a disparu, un connard me harcèle, et un bienfaiteur potentiellement malveillant s'est arrangé de la pire manière qui soit pour que les accusations pesant contre lui soient levées. Il essaie de maîtriser la situation, mais elle lui échappe. Je comprends tout ça, vraiment. Mais au bout du compte, ça ne change rien.

– Ne discute pas avec moi de ce sujet, Nikki.

– Sûrement que si. Pourquoi tu te fatigues à faire poser une grille si tu n'as pas confiance dans son efficacité ? Ça ne me plaît pas plus qu'à toi de recevoir une lettre anonyme, mais elle peut venir de n'importe où.

Il me rejoint à grandes enjambées, incarnation même du pouvoir et de la virilité. Il me caresse la joue et le contact de son doigt me fait tressaillir.

– Je n'aime pas qu'on me défie, dit-il.

Je résiste, déterminée à ne pas fondre ni céder.

– Je n'aime pas qu'on me dise ce que je dois faire, je réponds en me campant fermement sur mes deux jambes. Tu ne gagneras pas cette bataille, Damien. Il faut t'y faire.

Son index descend le long de mon cou jusqu'à l'encolure du T-shirt.

– Sais-tu à quel point je suis frustré, là ?

Je frémis, le simple contact de son doigt me laissant entrevoir des grandes promesses.

— Je sais ce que tu essaies de faire, dis-je d'une voix tremblante. Ça ne marchera pas.

— Vraiment ?

Je ferme les yeux, frissonnant tandis que son doigt suit la courbe de mon sein.

— Je ne céderai pas.

Il empoigne le col de mon T-shirt et m'attire contre lui.

— Je te mettrai en sécurité, murmure-t-il, en me retenant d'une main et en me prenant par la taille de l'autre.

Il me pousse en arrière et je sens le lit contre l'arrière de mes cuisses. Je suis consciente que c'est le Damien que je connais, mais je perçois aussi quelque chose de nouveau, une sensation dans son toucher que je ne connais pas. Un comportement de forban qui m'excite, me chatouille l'entrecuisse et fait palpiter ma chatte.

— Je veux te recouvrir de ma main, murmure-t-il en la refermant sur mon sexe, tout en me hissant sur le lit.

La pression de son pouce sur mon pubis et de sa paume sur mon sexe est si intense qu'elle m'arrache un cri et me secoue de tremblements annonciateurs de l'explosion à venir.

Il me couche sur le lit, me caressant le sexe d'une main et refermant l'autre sur ma poitrine. Je gémis, mes hanches ondulent à sa rencontre et je me cambre pour mieux sentir la pression de sa main sur mon téton douloureusement sensible.

— Cette bulle protectrice dont tu parlais ? Je veux que tu y restes enfermée. Peu importe ce que cela nécessitera. Tu ne peux pas savoir à quel point j'ai besoin de toi.

— Si, je le sais.

Je ne sais pas très bien comment j'ai réussi à répondre. J'ignore à quel jeu nous jouons, mais j'ai déclaré forfait depuis longtemps. Ce qu'il veut de moi, qu'il le prenne. Tout ce que je désire en cet instant, c'est le sentir.

— C'est trop énorme, trop puissant. Cela n'a ni début ni fin, rien qui permette de mesurer l'ampleur de ce que j'éprouve pour toi. Je te regarde et je me demande comment je peux survivre au déferlement d'émotions qui tourbillonne en moi.

— À t'entendre, c'est presque douloureux, dis-je.

— Toi et moi, nous savons mieux que quiconque que le plaisir et la douleur marchent main dans la main. La passion, Nikki, tu te souviens ? Avec toi, elle me remplit. (J'avale ma salive avec peine, anéantie par ses paroles et par l'intensité avec laquelle il les prononce.) Je veux t'avoir tout près de moi. te chérir et te protéger. Te serrer contre moi, pour que nous soyons si proches que je me perde en toi. Je veux te coucher dans mon lit, voir comment ta peau frémit sous mes doigts, comment ton corps s'éveille à mon contact. Je veux semer mes baisers sur toi jusqu'à ce que tu sois perdue dans un plaisir. Je veux t'attacher et te baiser jusqu'à ce qu'il ne fasse plus aucun doute que tu sois à moi. Je veux te revêtir de splendides tenues et te sortir, me montrer avec la magnifique, rayonnante et brillante femme que tu es. Tout ce que j'ai bâti, toutes mes entreprises, tous mes milliards… Tout cela n'a aucune valeur, comparé à toi. (J'ouvre la bouche, mais il me fait taire d'un doigt délicatement posé sur mes lèvres.) Alors, non, Nikki. Je ne prendrai aucun risque avec ta sécurité. Je ne lutterai pas. Je ne me laisserai pas défier. Tu ne veux pas venir habiter avec moi ? Très bien. Je vais venir habiter avec toi.

– Attends. (Je me redresse sur les coudes. Flottant encore dans une brume sensuelle, je ne suis pas sûre d'avoir bien entendu.) Qu'est-ce que tu as dit, là ?

– Tu m'as entendu. Chapitre clos.

– Damien, je…

Sa main est sur ma chatte et il glisse sous le string un doigt qui me pénètre. Je renverse la tête en arrière et je gémis, mais un puissant baiser me réduit au silence.

– Je vais t'attacher, Nikki, et il n'y aura ni discussion ni reniement. C'est bien clair ?

J'acquiesce, impuissante. Le désir s'accumule en flaque entre mes cuisses et m'embrase. Mes tétons durcissent et ma peau semble vibrer au simple contact de l'air.

– Mais avant, je veux que tu sois nue. (Il enlève sa main d'entre mes cuisses et je regrette cette perte de contact. Puis il saisit mon T-shirt par l'ourlet et me l'enlève. Son doigt glisse sous mon soutien-gorge et je soupire de cette délicieuse sensation.) J'aime bien ça, dit-il à mi-voix. Je crois que nous allons le garder. À présent, tourne-toi, dit-il avec un geste impérieux de l'index. À quatre pattes. (Je hausse un sourcil et il me claque le cul.) Tourne-toi !

Je suis tentée de le défier à nouveau, rien que pour le plaisir de prendre une autre claque ; mais j'ai peur qu'il perce ma ruse à jour et change de punition pour quelque chose de moins physique. Ne plus me toucher, par exemple. Et ça, je ne pourrais le supporter. J'obéis donc et il baisse la fermeture Éclair de ma jupe pour la faire glisser le long de mes hanches, entraînant le minuscule string au passage.

— Magnifique, dit-il en passant une main sur mes fesses. À présent, mets la tête sur le matelas, mais garde le cul en l'air. (Il effleure mes jambes, afin que je les écarte, mes bras reposant sur l'intérieur de mes cuisses.) Oh oui, chérie… (J'entends le feu du désir dans sa voix, et je mouille encore plus.) Je veux que tu aies le cul en l'air et la chatte ouverte pour moi. Je vais te baiser, Nikki. Je vais te baiser jusqu'à ce que nous nous perdions l'un dans l'autre. Jusqu'à ce que l'univers nous engloutisse. Je vais te faire jouir plus fort et plus longtemps que jamais, ma chérie, et je vais sentir le moindre frémissement, chaque soubresaut de cet orgasme qui va te déchirer, car je serai là, je t'enlacerai, je serai enfoui au fond de toi. Et, Nikki, je ne te lâcherai jamais.

Son jean frôle mes fesses nues et je sens son sexe dur sous le tissu. Il se penche sur moi, ses mains caressent mes reins, puis ses lèvres frôlent la courbe de mon oreille.

— Tu as le choix entre te taire ou dire « Oui, monsieur ». C'est la seule alternative.

Je suis en feu, ma chatte palpite et mes muscles se crispent dans mon impatience d'être remplie. Je sais qu'il en a besoin. De me sentir sous lui, chaude, solide et en sécurité. Et soumise, oui. Me donnant à lui. Entièrement. Délibérément. Désespérément, même.

— Oui, monsieur… je parviens tout juste à dire.

Je ne vois pas son visage, mais j'entends son ton satisfait :

— C'est bien.

Je m'attends à ce qu'il me touche, mais il me laisse sur le lit avec l'ordre de ne pas bouger, puis il en descend et s'agenouille près de ma valise. Mon visage est tourné dans cette direction, mais sous cet angle je ne peux voir ce qu'il fait. Je songe à bouger, mais là encore je ne veux pas risquer une punition… ou plutôt je ne veux pas risquer la mauvaise punition.

Il se redresse peu après et je vois qu'il a sorti deux des bas que j'ai achetés chez Marilyn's Lounge.

— Qu'est-ce que tu fais avec ça ? je demande.

Sans répondre, il en glisse un sous ma jambe et mon bras, puis il attache mon avant-bras à mon mollet. Il contourne le lit et répète son manège de l'autre côté, malgré mes protestations devant cette paire de bas qu'il vient de gâcher.

— C'est pour la bonne cause, glousse-t-il. Fais-moi confiance. Le spectacle est stupéfiant.

Je ne peux qu'imaginer ce qu'il voit. Je suis sur le lit, les épaules et une joue écrasées sur les couvertures. Mes bras sont tirés en arrière et attachés à mes mollets. J'ai les fesses en l'air, les jambes écartées, et je dois offrir à Damien une vue imprenable sur mon sexe ruisselant qui le réclame.

— Je veux te voir, je le supplie. Damien, s'il te plaît. Je veux que tu sois nu aussi.

— Ah bon ?

Il vient se placer dans mon champ de vision puis me met au supplice en ôtant ses vêtements avec une lenteur exaspérante. Sa poitrine musclée et poudrée de poils où mes mains aiment jouer. Mes doigts me démangent, à présent, alors que je pense à sa peau brûlante, à son ventre dur et musclé sous ma main. Cela fait peut-être des années qu'il ne joue plus au tennis en professionnel, mais rien n'a ramolli chez Damien. Et qu'il porte un costume à mille dollars ou un jean à cinquante, il est le sexe, le pouvoir et la sensualité incarnés.

Comme s'il voyait qu'il me rend folle, il glisse le pouce dans la ceinture de son jean. Je vois son érection bomber l'étoffe, et mon corps palpite rien que de le savoir tout aussi excité que moi. Mes tétons durs et dressés frottent douloureusement sur la dentelle rêche de mon soutien-gorge. Mon sexe ruisselle. Et quand je respire, je sens l'odeur musquée qui monte de moi.

Je gémis, sans le quitter des yeux.

Lentement, il retire son jean qui glisse sur ses hanches étroites. Et en suivant des yeux la ligne de poils qui descend jusqu'à la base de son sexe je le maudis silencieusement. J'ai envie de le toucher. Bon sang ! j'ai envie de le sucer. Mais je suis prisonnière. Prisonnière, excitée et tourmentée par le désir.

À présent il est nu, sa bite énorme et brûlante se dresse devant moi, et ma chatte se crispe d'impatience. Il revient vers le lit et je sens le matelas bouger tandis qu'il se place derrière moi. Ses mains sont brûlantes sur mes hanches, et quand il caresse du bout de son sexe la fente entre mes fesses, je dois mordre l'édredon pour résister aux frissons qui me ravagent. Ce n'est pas un orgasme, mais je vacille déjà au bord du précipice.

— C'est ça, chérie, dit-il en me caressant le dos tout en continuant de me titiller le cul de toute la longueur de sa bite.

Je suis brûlante et le sang bourdonne en moi. Je le sens qui palpite dans ma gorge, mes tempes, mes seins lourds et gonflés. Surtout, je le sens affluer dans mon sexe. Il cogne et me force à réclamer encore et à me trémousser des fesses sans aucune retenue en suppliant Damien de me prendre sur-le-champ.

— Pas tout de suite, murmure-t-il. (Je me retiens pour ne pas hurler de frustration. Il se penche et continue d'une voix sourde et sensuelle.) Te rappelles-tu ce que tu m'as dit un jour ? Que tu possèdes un très joli vibromasseur ?

Tout le sang qui cognait dans ma chatte me monte à présent aux joues.

Étant donné tout ce que j'ai fait avec Damien — sans parler de ce qu'il m'a fait, à moi —, je ne sais pas pourquoi le fait de posséder un vibromasseur devrait me faire rougir, c'est pourtant le cas.

— Nikki ?

Il passe une paume sur mon derrière, puis sa main glisse plus bas pour me caresser le sexe. Lentement, il insinue un doigt en moi, puis un autre. Mon corps réagit avec avidité, les muscles de mon vagin se resserrent sur lui, mes hanches s'élèvent et je commence à haleter. Soudain, sa main disparaît et il n'y a plus rien. Juste cette charge électrique que je perçois quand Damien est tout près de moi. Mais il n'y a plus de contact, et je ferme les yeux en gémissant de frustration.

Un gloussement s'élève derrière moi, et je suis certaine qu'il comprend combien je suis dépitée.

— Tu veux que je te touche, Nikki ? Que ma main te caresse ? Que mes doigts remplissent ta chatte ? Tu veux que je t'écarte et que je m'enfonce en toi, que nos corps bougent à l'unisson, que ma main caresse ton clitoris jusqu'à ce que nous explosions en même temps ? (Je me mords les lèvres, décidée à ne pas répondre. Il sait très bien ce que je veux.) Alors dis-moi où, ma chérie. Dis-moi simplement où.

– Le tiroir, je peine à articuler. Table de chevet.

Il revient rapidement avec le petit vibromasseur rose à la main. Il l'allume et j'entends le bourdonnement familier, puis je sens sa vibration lorsqu'il le passe sur mes fesses, le long de ma colonne vertébrale, à l'arrière de ma cuisse. Lentement, il le fait glisser sur mon sexe et je ferme les yeux en laissant le plaisir déferler en moi.

– C'est comme ça que tu t'en sers ? demande-t-il. Pour te caresser le clitoris ? Pour qu'il devienne dur, chaud et dilaté ? Ou comme ceci ? demande-t-il en l'enfonçant sans peine dans mon sexe ruisselant. Ou bien les deux ?

Il fait entrer et sortir le jouet avec lenteur, mais selon un angle tel qu'à chaque coup le manche frôle mon clitoris. Les vibrations suffisent à m'ébranler, mais la sensation ne dure pas assez longtemps pour que je jouisse.

– Je… oui, dis-je, me rappelant à peine la question.

Il enfonce profondément le vibromasseur en moi et le maintient. Je me mords les lèvres alors que le plaisir s'accumule au fond de moi avant de commencer à déferler en vagues lentes et langoureuses.

– Je n'aime pas que tu me dises non, dit-il.

– Si c'est ma punition, je crois que je devrais te le dire plus souvent.

– Mmm…

Ce n'est même pas un mot, mais il recèle toutes sortes de promesses – et de châtiments… Et quand je sens son autre main, gluante de lubrifiant, se glisser entre mes

fesses, je ne peux retenir le frison de désir et d'impatience qui me déchire.

— Damien, qu'est-ce que tu fais ?

— Je te baise, dit-il en titillant ma rondelle de son
pouce lubrifié.

Il me dilate tout en continuant les va-et-vient du
vibromasseur dans mon sexe. Je sens son gland appuyer
sur moi, puis la pression et la douleur délicieusement
cuisante lorsqu'il l'enfonce en moi. Il attend, laisse mon
corps s'acclimater à cette épaisseur, à ce membre qui
me remplit si délicieusement et entièrement. Je suis totalement exposée à lui, à sa merci — et désespérément
excitée par lui.

Lentement, il commence ses coups de va-et-vient, en
rythme avec le mouvement du vibromasseur. De plus
en plus profondément, chaque coup me remplit et me
chavire. Sa main frotte mon clitoris en même temps, et
l'autre me maintient fermement.

— Tu es tellement excitante. Tu mouilles tellement
et tu es si étroite.

— Plus fort, dis-je, voulant qu'il m'emmène encore
plus loin. Encore…

Je comprends à son gémissement sourd et animal que
mes paroles l'ont encore plus excité.

Puis la raison m'abandonne. Il me laboure et mes
épaules frottent douloureusement sur les couvertures. Je
suis à Damien, il peut m'utiliser comme bon lui semble,
et cette unique pensée emplit mon esprit pendant que
sa main se crispe sur ma hanche et qu'il me défonce
sans merci avant de jouir puissamment en moi.

Les soubresauts de son corps me percutent et me font
basculer à mon tour. Plaisir, douleur et désir avide se

mêlent tout au fond de moi pour me propulser dans l'espace, le prénom de Damien sur mes lèvres.

Quand cessent les soubresauts, il me détache délicatement puis il me caresse, dénouant mes muscles et m'embrasant de nouveau. Je me retrouve sur le dos, Damien au-dessus de moi, ses doigts jouant sur ma peau, une expression d'infinie tendresse sur le visage.

Je perçois sa force et son autorité, et je me sens en sécurité, au chaud, aimée, comme si rien au monde ne pouvait nous atteindre. Comme si rien ne pouvait nous blesser.

Mais alors même que cette pensée me vient, un bruit de verre brisé rompt le silence… suivi du hurlement furibard d'une chatte très en colère.

Chapitre 15

La pierre qui a fracassé la fenêtre fermée par un rideau près de la porte d'entrée est peinte en noir. Quatre lettres blanches ont été peintes dessus au pochoir en capitales : PUTE.

À quelques pas de la chose, chaussée de mes tongs, je tremble de tout mon corps. Là, ce n'est plus un simple bout de papier. Une ligne a été franchie, et mes ongles s'enfoncent dans la paume de ma main. Je suis tout à fait consciente de très mal maîtriser la situation.

Sur le sol, la pierre semble me narguer, mais je ne la touche pas. Pas parce que je sais que la police va vouloir y rechercher des empreintes, mais à cause de l'impression vaguement superstitieuse que son contact pourrait me transmettre quelque chose d'horrible. Comme si une sorte d'agent infectieux avait réussi à entrer dans mon univers et que la seule solution soit de fuir.

Ce n'est évidemment pas le cas. Au contraire, je dois me battre. Mais comment se battre quand on ne peut rien voir ?

Comme en réponse, Damien me force à desserrer le poing et entrelace ses doigts aux miens. Je laisse cette sensation me calmer. Les insultes, les ragots, les pierres… je pourrai tout encaisser s'il est à mon côté.

Pour l'heure, il parle au téléphone avec le chef de son équipe de sécurité. La police a déjà été appelée, mais il n'est pas question que Damien la laisse régler l'affaire. Il termine son coup de fil, raccroche et se retourne vers moi.

– Ça va ?

– Oui, oui, je réponds, ça va. À présent, ça va. (Il me scrute, comme s'il cherchait un message sous mes paroles. Il me faut un moment pour comprendre ce qui le tracasse. Puis je me rends compte que je me trouve au milieu d'une mare d'éclats de verre. Je ferme les yeux. J'étais trop concentrée sur la pierre, puis sur la main de Damien qui prenait la mienne. S'il ne l'avait pas fait, j'aurais éprouvé cette envie familière, je le sais.) Je vais bien, dis-je d'un ton ferme en serrant sa main dans la mienne. Tu es là.

– En effet, dit-il avec un regard tendre, mais d'un ton très professionnel. Je te donnerai le choix entre Malibu et le centre-ville, mais tant que nous n'aurons pas découvert qui a fait cela, tu restes avec moi. Et ce n'est plus un sujet ouvert au débat.

N'étant pas idiote, j'acquiesce. Mon refus tout à l'heure était sincère, mais avec cet incident nous avons franchi une frontière et nous nous trouvons en terrain dangereux. Et je ne vais pas risquer ma sécurité pour sauver la face.

– Je préférerais Malibu, j'avoue. Mais il n'y a pas de meubles.

La maison était à peine terminée quand nous sommes partis en Allemagne, et je suppose que le mobilier loué par Damien pour la soirée en l'honneur de Blaine et pour la présentation de mon portrait a dû repartir dans l'entrepôt d'où il venait.

– Je vais le faire rapporter, dit-il en désignant le lit. Et je vais demander à Sylvia de louer suffisamment de meubles pour que la maison soit habitable. (Il m'attire contre lui et me donne un baiser.) Nous pouvons décorer petit à petit, et au fur et à mesure que nous trouverons des objets qui nous plaisent, nous renverrons ce que nous avons loué.

Je lève les yeux au ciel mais ne peux m'empêcher de sourire. J'étais presque anéantie quand Damien m'avait dit vouloir que nous meublions la maison de Malibu ensemble. Je n'ai pas envie de perdre cette occasion parce qu'un connard me jette des pierres. Damien, évidemment, comprend tout sans que j'aie besoin de le lui dire.

– Et Jamie ? demande-t-il. Elle viendra habiter avec nous, ou nous la logeons à l'hôtel ?

Je glisse dans ses bras, soudain si bouleversée de reconnaissance et d'amour pour cet homme que je ne parviens plus à tenir debout.

– Merci, je murmure. Connaissant Jamie, je sais qu'elle adorerait habiter dans la maison de Malibu.

– Je vais demander à Sylvia de lui faire porter une clé et le code de sécurité à Arrowhead, et d'envoyer quelqu'un ici pour emballer ses affaires. Elle pourra aller directement à Malibu à son retour.

– Merci, je répète.

– De quoi d'autre as-tu besoin ?

Je quitte ses bras pour aller m'asseoir sur le canapé.

– Peux-tu faire en sorte que tout soit réglé rapidement ?

– J'aimerais bien, dit-il en me rejoignant.

À vrai dire, je suis terrifiée. Mais je ne veux pas le montrer. Je sais que Damien se sentira responsable, alors qu'il ne l'est pas. Cet honneur appartient à Dieu sait quelle salope de psychopathe – oui, je suis sûre que c'est une femme – qui a décidé de s'en prendre à mon petit cul.

– Peut-être que c'est Carmela, dis-je.

– Pas son genre, dit Damien. Mais je demanderai quand même à mes équipes de vérifier.

– Tu ne m'as informée de rien.

Je ne l'accuse pas, je constate simplement un fait. Et franchement, je n'ai pas voulu penser à la question. Mais je ne suis plus protégée de la réalité par l'Atlantique, une partie de l'Europe et tout le personnel du Kempinski. À présent, je sais que celui ou celle qui me harcèle se trouve ici. Et si je ne me concentre pas sur la situation – si je ne me pose pas de questions, si je ne réfléchis pas et ne surveille pas mes arrières –, je ne vaux pas mieux que ces idiotes au cinéma qui montent des escaliers dans des maisons sans lumière alors qu'elles savent pertinemment que le tueur les attend.

C'est la réalité, me dis-je. *Et que cela te plaise ou non, elle revient s'imposer dans notre vie.*

– Je ne voyais pas l'intérêt de t'accabler avec ces trucs si nous ne savions rien.

– Tu recommences à me protéger.

– Oui. Et je crois t'avoir déjà expliqué dans le détail que je n'ai pas l'intention de cesser. Cela vous pose-t-il un problème, mademoiselle Fairchild ?

— Seulement si tu ne m'informes pas. Alors, qu'est-ce que tu ne m'as pas dit ?

— Pas grand-chose, avoue-t-il, dépité.

— Commence par le tableau. As-tu avancé sur l'identité de celui qui a fuité à la presse que j'en suis le modèle ? Ou que tu m'as beaucoup payée ? Parce que, la première lettre étant arrivée à ce moment-là, je ne pense pas qu'il soit exagéré de penser que tout vient de la même personne.

— Il se trouve que je suis d'accord avec toi. Et la réponse en résumé est non, nous n'avons trouvé personne.

— Et sans résumer ?

— Attends. (Il indique la fenêtre et deux hommes qui passent devant.) Mon équipe.

Nous les accueillons à la porte, mais ils préfèrent ne pas entrer tant que la police n'est pas encore arrivée. Ils ressortent pour inspecter les alentours, récupérer les images de la caméra récemment installée et faire leur boulot habituel de spécialistes de la sécurité en pareil cas.

— Et sans résumer ? j'insiste.

— Nous avons quelques pistes. Arnold, l'enquêteur qui travaille régulièrement pour moi, a récemment reçu des images d'une caméra de sécurité d'un distributeur sur Fairfax. (Je secoue la tête, interloquée.) Ce distributeur se trouve être en face du café où notre intrépide journaliste a l'habitude de retrouver ses informateurs.

— Waouh ! Je suis impressionnée.

Damien avait identifié le premier journaliste à avoir publié l'information, mais celui-ci avait refusé de révéler sa source.

— Cela va prendre un peu de temps. La caméra donne des images floues en dehors d'un périmètre défini. Mais Arnold pense avoir le moyen de rehausser la netteté sur l'arrière-plan.

— Oui, ça prendra du temps, je confirme. Surtout que nous ne savons pas quel jour il a pu rencontrer sa source.

— Malheureusement, tu as raison. Mais nous avons une fourchette de temps, et Arnold peut au moins sortir des tirages et me les faire parvenir. Avec un peu de chance, il s'agira de quelqu'un que je peux reconnaître.

— Je ne devrais pas regarder aussi ?

— Si. Mais il est fort possible que l'auteur de ces méfaits cherche à me nuire. J'ai demandé à Ryan d'enquêter sur les parties en présence dans plusieurs accords difficiles que je prépare.

— L'idée étant de faire diversion en harcelant ta petite amie, pour que tu ne sois pas si coriace dans les négociations ?

— Quelque chose de ce genre…

— Ce n'est peut-être pas professionnel, dis-je. Tu as couché avec beaucoup de femmes, Damien. Même si ce n'était pas du sérieux pour toi, peut-être que ça l'était pour elles. Et l'une pourrait être jalouse.

— Exact. Nous explorons aussi cette piste.

— Et la lettre anonyme arrivée à la Stark Tower ? Le texto que j'ai reçu à Munich ?

— Rien encore. Mais nous n'avons pas renoncé. (Il jette un coup d'œil à sa montre et passe un coup de fil.) Du nouveau ? demande-t-il avant de froncer les sourcils en écoutant la réponse. Bien vu, dit-il. Ça pourrait être une excellente solution pour nous aussi. C'était Ryan, explique-t-il après avoir raccroché. Les caméras de l'entrée et du parking ont surpris le coupable. Grand, maigre. Dissimulé par des lunettes de soleil et une capuche noire. Il ou elle gardait la tête baissée, mais Ethan est sûr qu'il s'agit d'une démarche d'homme, très probablement un adolescent.

— Un adolescent ? Mais…

— Il a sans doute été payé pour faire ça. Le vrai coupable traîne dans les environs, il demande à un gamin s'il veut gagner quelques billets.

— Ah…

Ça se tient.

— Heureusement, il y a des caméras dans les galeries marchandes. Nous aurons peut-être de la chance.

Je hoche la tête. C'est une bonne piste, mais je n'ai pas beaucoup d'espoir.

— Je vais t'assigner quelqu'un de mon équipe de sécurité.

— C'est ça ! je réponds en relevant brusquement la tête. Pas question que je vive surveillée en permanence.

— C'est nécessaire.

— Tu ne vas pas me faire escorter partout par tes services secrets ?

C'est une chose d'habiter avec Damien, de prendre des précautions raisonnables. Et tout à fait une autre de devoir brusquement vivre dans un bocal de verre, comme un politicien ou une célébrité.

— J'ai une équipe disponible si nécessaire. Mais rien n'indique que je suis en danger.

Je m'apprête à répondre que je ne suis pas en danger non plus. Mais étant donné que je viens d'accepter d'habiter avec lui à cause du jet de pierre, je ne peux pas revenir en arrière. Autant je n'ai pas envie qu'un type en costume noir et oreillette surveille le moindre de mes gestes, autant je ne veux pas me conduire bêtement.

— Nikki… dit-il doucement. Penses-tu que je pourrais survivre, s'il t'arrivait quelque chose ?

Je sais ce qu'il éprouve. Si quelque chose lui arrivait, je suis sûre que j'en mourrais.

— Très bien, dis-je. Mais pas un bonhomme qui m'escorte ou me file de manière évidente. Si tu veux qu'il y ait quelqu'un au bureau si jamais je le loue, je n'y verrai pas d'objection. Et tu as déjà accès au GPS que tu as fait installer dans la voiture, j'imagine.

— Je pourrais m'y connecter, dit-il. Mais ce ne serait pas très facile. Je préférerais installer un truc sur lequel je puisse opérer directement.

— D'accord.

— Et ton téléphone.

— Quoi, mon téléphone ?

— Je veux pouvoir te suivre avec. Certaines apps permettent de le faire. Je vais en installer une.

— Juste comme ça ? Sans même dire « S'il te plaît » ?

— Oui, dit-il en tendant la main.

Je lui donne mon téléphone. Il télécharge l'app, tripote les réglages, puis me rend l'appareil. Puis il sort son propre téléphone et répète le processus. Un instant plus tard, mon téléphone bourdonne. Je jette un coup d'œil, lance la nouvelle application et vois un point rouge indiquant que Damien est là, dans l'appartement.

— Comme ça, tu ne me perdras jamais non plus, dit-il.

— Oh ! (Je me cramponne à mon téléphone, soudain

sans voix. Peut-être est-ce le stress de la soirée, peut-être est-ce hormonal… en tout cas, avoir installé ce traceur sur mon téléphone me semble le geste le plus romantique qui soit.) Merci, je murmure.

– Je ne t'abandonnerai jamais, Nikki, dit-il en me prenant la main pour m'attirer à lui.

– Jamais je ne te pardonnerais, si tu m'abandonnais.

Le lendemain matin, je reste médusée devant Lisa qui écarte les bras pour me montrer l'étendue du modeste bureau.

– Alors ? Qu'en pensez-vous ? demande-t-elle.

Elle est menue, mais elle a tellement d'allure qu'elle semble remplir tout l'espace.

– J'adore !

Le bureau est loué meublé, et apparemment le propriétaire de Granite Investment Strategies a un goût très sûr. Non seulement la table de travail est assez grande pour qu'on puisse y étaler une demi-douzaine de projets, mais elle est moderne et élégante, avec suffisamment de fantaisie pour être amusante, mais pas trop pour rester professionnelle. Les murs sont nus, mais ce n'est pas difficile à arranger.

La banquette est un bonus. L'espace est si petit qu'il aurait été raisonnable de n'avoir que deux fauteuils visiteur en plastique moulé. Mais le locataire d'origine a réussi à bien l'agencer, et le petit sofa contre le mur opposé semble donner la touche finale à l'ensemble plutôt qu'occuper tout l'espace.

– Il est disponible dès maintenant, dit Lisa. Mon client est très pressé.

Je caresse le bureau du bout de l'index, tentée. J'ai hésité à louer un endroit, mais maintenant que je me trouve vraiment dans un bureau qui pourrait arborer mon nom sur la porte, je dois bien l'avouer, c'est assez grisant.

Je glisse la main dans ma poche et passe le doigt sur l'une des cartes de visite que Damien m'a offertes ce matin. « Nikki L. Fairchild, P-DG, Fairchild Development ». J'ai ri en ouvrant la boîte, mais j'étais émue. Pas seulement parce que je vais enfin me lancer, mais en voyant la fierté dans les yeux de Damien.

Je me rends compte que ses débuts ont dû être très semblables : après tout, il n'est pas né une raquette de tennis dans une main et la Stark Tower dans l'autre. Non, il a commencé petit, puis a gravi les échelons jusqu'au statut de multimilliardaire. Je souris, bizarrement réconfortée par cette idée.

— C'est une opportunité en or, reprend Lisa.

— Je sais, dis-je.

Étant donné les circonstances, le contrat de sous-location est exceptionnel. De plus, l'immeuble est parfaitement sécurisé, comme Damien l'a appris hier soir en passant quelques coups de fil après le départ de la police. Les locataires ont une carte magnétique pour entrer dans l'immeuble, et les clients doivent en passer par la réceptionniste qui fait office de cerbère entre le monde extérieur et les douze occupants de l'immeuble.

Et c'est à deux pas de la Sherman Oaks Galleria. Si je passe une sale journée au bureau, je peux me consoler en allant faire du shopping. Et si la journée est excellente, je peux fêter cela en allant faire du shopping.

Je me dandine, essayant de prendre une décision. Non, ce n'est pas vrai. J'en ai envie. Mais cela m'effraie... comme l'idée de sauter d'un avion sans parachute. Sauf que j'ai un parachute. Il s'appelle Damien et me rattrapera toujours.

— Je peux travailler depuis chez moi, dis-je en guise d'excuse.

— Bien sûr. Beaucoup de clients font cela. La plupart des start-up se lancent ainsi. (Je la regarde avec surprise. Je ne m'attendais pas à son soutien.) Mais votre colocataire ? Jamie, c'est ça ? Vous me dites que c'est une actrice. A-t-elle un travail régulier ? Je veux dire, elle a un rôle récurrent dans une série, par exemple ?

— Non, mais en quoi... Ah oui !

Jamie est d'un grand soutien, mais c'est aussi ma meilleure amie, et une bavarde. Si j'essaie d'écrire du code et qu'elle a envie de parler bonshommes, garde-robe ou du tatouage qu'elle veut se faire sur le cul, je vais avoir du mal à me concentrer. Et le loyer de ce bureau est vraiment très modeste.

— J'ai préparé un plan de travail pour vous, dit-elle, sortant un porte-document en cuir de son attaché-case.

Il porte mes initiales – NLF – et elle vient se placer à côté de moi tandis que je l'ouvre, un peu ébahie par tout ce qu'elle a fait pour moi. À l'intérieur, je trouve un plan de réseautage se concentrant sur des femmes qui travaillent dans le domaine de la technologie et du divertissement.

— Los Angeles compte au moins une vingtaine d'associations pour les femmes travaillant dans des domaines liés à la technologie, explique-t-elle. Vous ne pouvez pas rêver meilleur moyen de rencontrer des partenaires ou des clients. Quant aux contacts dans le divertissement, c'est un peu éloigné de la cible de départ, mais vous êtes connue, à présent, que vous le vouliez ou non. Autant en profiter.

Je ne suis pas sûre de vouloir jouer d'un statut de célébrité que je n'ai jamais désiré, mais je dois bien reconnaître qu'elle a raison.

Elle tourne quelques pages pour me montrer un compte d'exploitation provisoire où figure le coût de la location du bureau ainsi que des projections de revenus basées sur ses recherches sur le marché des applications. Je suis heureuse de constater que celles que j'ai déjà commercialisées rapportent plus que la moyenne.

— Nous sommes dans la fourchette basse de l'estimation, dit-elle. Mais comme vous le voyez, je m'attends à ce que vous soyez largement bénéficiaire d'ici à six mois, alors vous rentrerez rapidement dans votre investissement.

— C'est génial, Lisa, dis-je, continuant à feuilleter le document. Mais ça a dû vous prendre des heures pour élaborer tout cela, alors que je…

J'hésite. Je voudrais lui dire que je ne suis pas sa cliente, mais c'est un peu brutal.

Elle a dû comprendre, car elle éclate de rire.

— Mais ça me fait plaisir d'aider une amie, dit-elle. Même quelqu'un que je connais à peine, étant donné la manière dont notre amitié a commencé.

Je ne peux m'empêcher de sourire. Elle a raison. Objectivement, nous nous connaissons à peine. Mais elle a les pieds sur terre et je lui suis reconnaissante de m'avoir abordée quand je travaillais pour Bruce, et de

ne pas avoir reculé quand il m'a virée et que les paparazzi ont commencé à s'en mêler.

– Je ne suis pas complètement altruiste non plus,
dit-elle, une petite étincelle dans le regard. J'espère un
renvoi d'ascenseur. (Son téléphone sonne et elle me fait
signe d'attendre, le temps qu'elle regarde le numéro.)
Je dois répondre. Jetez un coup d'œil au reste et don-
nez-moi une seconde.

J'acquiesce, puis j'emporte le dossier jusqu'à l'unique
fenêtre sur le côté de la pièce. Elle est grande et laisse
passer assez de lumière pour que le bureau ait l'air
spacieux et agréable. Je baisse les yeux et me rends
compte que la fenêtre donne sur Ventura Boulevard. Je
me penche et colle le front à la vitre, mais même ainsi
je ne peux voir la Galleria. En revanche, je vois une
berline noire garée en face de l'immeuble. Elle me semble familière et il ne me faut qu'une seconde pour me
rappeler où je l'ai déjà vue : dans la rue en face de mon
appartement, ce matin.

Des types de la sécurité.

Je pense à la bulle protectrice dont j'ai tant besoin,
mais je sais qu'elle s'est déjà fendillée. Ou bien ce n'était
qu'une illusion dès le départ. Dans un cas comme dans
l'autre, Damien et moi vivons dans le monde réel à
présent. Et franchement, je ne peux le nier, depuis hier
soir, je suis contente que quelqu'un surveille mes arrières.

La sonnerie de mon téléphone interrompt ces
pensées mélancoliques. Je le sors de mon sac et me fige
en voyant qui m'appelle : Giselle Reynard. Ô joie !

J'envisage de laisser l'appel filer sur ma messagerie.
Giselle ne fait pas partie de mes relations préférées. Non
seulement j'ai découvert récemment que Damien et elle

s'étaient fréquentés plusieurs années auparavant, mais j'ai aussi appris qu'elle avait révélé à son mari, Bruce – qui se trouvait être mon patron – que j'étais la fille sur le tableau érotique qui occupe désormais un mur dans la maison de Damien à Malibu. Cependant, je ne peux m'empêcher d'avoir de la peine pour elle. Je sais que Bruce et elle vivent un divorce difficile. Et je sais qu'elle se sent coupable d'avoir révélé mon secret. Étant une galeriste qui expose régulièrement des tableaux de nus, elle ne s'est pas rendu compte que ce secret avait de l'importance à mes yeux.

Par ailleurs, Damien est l'un de ses meilleurs clients. Je vais certainement avoir d'autres occasions de la voir. Alors, oui, je prends l'appel.

– Giselle ! dis-je d'un ton léger. Que puis-je pour vous ?

– En fait, j'espérais pouvoir faire quelque chose pour vous, répond-elle sur le même ton, comme si nous bavardions en buvant des cocktails.

– Ah bon… OK.

Elle éclate de rire.

– Excusez-moi. C'était un peu vague, n'est-ce pas ? Mais Evelyn est passée à la galerie et m'a dit que vous envisagiez de louer un bureau. Je me suis dit que je pourrais peut-être venir jeter un coup d'œil. Vous glisser quelques idées d'aménagement. Voire vous prêter quelques toiles pour ajouter un peu de couleur.

Je fronce les sourcils, car je ne vois pas pourquoi elle ferait ça.

– C'est tout à fait charmant de votre part, mais je vais probablement recouvrir les murs de tableaux blancs.

— Oh, je vois… (De l'autre côté de la pièce, Lisa a raccroché. « C'est bon, articule-t-elle muettement. Vous pouvez changer la décoration. ») Je voulais juste vous faire la proposition. (Giselle marque une petite pause.) À vrai dire, je sais que je ne pourrai jamais compenser ce qui s'est passé, mais je me suis dit que c'était un début. (*Et merde !*) Écoutez, poursuit-elle, abandonnant le ton mondain pour en adopter un nettement plus sincère. Je sais que nous sommes parties du mauvais pied. Blaine est un bon ami et un client, et il vous apprécie. Il va sans dire que Damien vous adore. Je me sens affreusement coupable de vous avoir blessée par sottise.

— J'apprécie, dis-je. (Puis, comme il serait bienvenu que l'un des murs ne soit pas entièrement recouvert de lignes de code…) Pourquoi pas cet après-midi ? Disons vers seize heures ?

Elle accepte avec empressement, et quand je raccroche je vois que Lisa me regarde avec une expression mi-satisfaite mi-amusée.

— Ah ! dis-je avec une grimace. C'est disponible dès maintenant, n'est-ce pas ?

Elle éclate de rire.

— Jamais nous n'avons eu l'occasion de prendre ce fameux café. Venez. Il y a un Starbucks au coin de la rue. Nous pouvons signer les papiers et vous remettre les clés devant un *latte*.

Et voilà comment je me retrouve avec un bureau. je ne suis pas encore Damien Stark, mais c'est en bonne voie.

Chapitre 16

« À : P-DG de Stark International

La P-DG de Fairchild Development demande un rendez-vous ce soir pour discuter d'une éventuelle fusion de nos entreprises. »

Pendant que Lisa part nous chercher nos cafés, je relis mon SMS avant de l'envoyer. Je reçois la réponse presque immédiatement.

« À : P-DG de Fairchild Development

Je suis impatient de connaître les termes de la fusion dont vous parlez.

PS : Félicitations pour le bureau. »

Le sourire aux lèvres, je m'apprête à lui demander comment il est au courant quand la porte du Starbucks s'ouvre sur un type maigre avec des écouteurs, un bouquet de fleurs sauvages à la main. Mon cœur palpite, car je suis certaine qu'elles sont pour moi. Je ne sais pas comment Damien a su que j'avais pris ce bureau. Mais il est comme ça, et mystère ! il a des yeux partout.

Le regard du livreur balaie la pièce et s'arrête sur moi. Tout le monde me regarde. Il jette un coup d'œil à un papier et s'approche d'un pas dansant.

— Nikki Fairchild ? demande-t-il, un peu trop fort,

probablement pour s'entendre par-dessus la musique qu'il écoute.

— Merci, dis-je alors qu'il dépose les fleurs et repart de la même démarche dansante.

Autour de moi, les autres clients sourient brièvement et retournent à leurs occupations. Une fille un peu plus âgée que moi, avec un visage de lutin et de magnifiques boucles auburn, articule muettement : « Splendide », avant de revenir au scénario ouvert devant elle. Je suis tout à fait d'accord.

— Eh bien ! fait Lisa, se rasseyant.

— Damien est un spécialiste des surprises, dis-je avec un sourire.

Je sors la carte de l'enveloppe et mon sourire s'agrandit quand je la lis : « Ce soir, je vais te montrer combien une femme qui dirige une entreprise m'excite. En attendant, imagine-moi en train de te toucher. – D. »

— Alors, maintenant que j'ai annoncé à la moitié du monde que j'ai un bureau, dis-je, je suppose qu'il va falloir passer aux paperasses.

Durant l'heure qui suit, je signe le bail et Lisa m'explique comment elle travaille avec ses clients. Elle me recommande quelques avocats qui peuvent me conseiller, mais concède que je pourrais tout aussi bien m'adresser à Damien.

— Je ne veux pas me montrer crue, s'excuse-t-elle, mais vous couchez avec le meilleur conseiller en la matière. Profitez-en.

— Oh, j'en ai pleinement l'intention. Mon petit air licencieux nous fait rire toutes les deux.

Oui, me dis-je, *Lisa et moi allons être amies.*

Comme pour illustrer cela, elle m'apprend que le restaurant voisin est excellent.

— Vous voulez l'essayer la semaine prochaine ? Vous pourrez me raconter vos premières journées de chef d'entreprise. Ou alors venez avec votre colocataire et on parlera des hommes. Je suis fiancée, mais ça ne m'empêche pas de dire des méchancetés.

— C'est entendu.

— Très bien. (Elle se lève et prend son attaché-case.) Il faut que j'aille retrouver un client. Vous retournez à votre bureau, ou vous restez ici ?

— Je vais finir mon café et prendre quelques notes pendant que tout est encore frais dans mon esprit, répondis-je en désignant le dossier.

Je ne lui avoue pas que j'envisage sérieusement de prendre un deuxième café avant de retourner au bureau. Cette nuit — entre les bons moments et les mauvais —, j'ai très peu dormi.

À peine est-elle partie que j'écarte un peu ma table de celle d'à côté. Ce faisant, je croise le regard de la femme auburn que j'ai remarquée un peu plut tôt. Le doigt marquant la page de son texte, elle regarde de mon côté, les yeux fixés sans vergogne sur moi. Je me détourne, mal à l'aise, essayant de me concentrer sur mon dossier.

Un instant plus tard, j'entends la chaise en face de moi racler le sol et je lève les yeux. La femme est en train de s'asseoir à ma table.

— Je ne veux vraiment pas vous importuner, atta-que-t-elle d'un ton précis qui évoque la côte Est et les grandes universités. Mais cela me rend folle. Je vous connais et je n'arrive pas à me rappeler d'où.

— Pardonnez-moi, mais je ne pense pas…

Je ne prends pas la peine de lui préciser que ça arrive souvent, à force d'avoir ma photo dans la presse.

— Vous êtes sûre ? Vous me paraissez si familière. Mon nom est Monica Karts, au fait. (Elle me regarde, pleine d'espoir, puis se rembrunit.) Ça ne vous dit rien du tout, hein ?

— Désolée. (Je commence à ranger mes affaires, mon sourire de Nikki la bien élevée plaqué sur mes lèvres. Ma mère m'a peut-être harcelée pendant presque toute ma jeunesse, mais elle m'a aussi inculqué les bonnes manières.) Je dois avoir un visage qui ressemble à beaucoup d'autres, la rassurai-je aimablement. Mais c'était un plaisir de parler avec vous.

— Oh, merde… fait-elle. Mon agent me dit toujours que j'en fais des tonnes. (Elle recule la chaise et se lève.) Désolée de vous avoir dérangée. Vous n'êtes pas obligée de partir. Je dois retourner à mon texte. Mon audition est cet après-midi.

— Vous ne m'avez pas fait fuir, je mens. Il faut juste que je retourne à mon bureau. (Mes propres mots me mettent en joie. « Mon bureau ». Sérieusement, c'est cool, non ?) Bonne chance pour votre audition, j'ajoute, surprise de me rendre compte que je le pense sincèrement.

Sa personnalité exubérante me rappelle Jamie. Et puis, je suis de très bonne humeur. Comme je trimballe ce bouquet de fleurs, je décide de me passer du second café. Je suis presque sortie, quand j'entends Monica s'écrier :

— Jamie Archer !

— Vous connaissez Jamie ? Je fais volte-face.

— Vous n'étiez pas au Rooftop il y a un mois, avec elle ? À l'une des fêtes de Garreth Todd ?

— Si.

— Eh bien, moi aussi ! dit-elle, tout excitée, comme si nous faisions partie du même club.

— Alors vous êtes une amie de Jamie ?

— Je la connais à peine. Mais je l'ai croisée à une audition et je me souviens d'elle. Et de vous, aussi. Mais je crois que je me souviens de vous surtout à cause des journaux.

— Génial ! dis-je, sarcastique.

— Les trucs qu'on a racontés sur vous, ce sont des conneries, ajoute-t-elle gravement. Sauf l'histoire d'émission de télé-réalité. Si c'est vrai, vous devriez carrément accepter, faire le plus d'argent possible, et ensuite les envoyer se faire foutre.

J'éclate de rire. En effet, si je n'ai aucune envie de faire une émission de télé-réalité, dire aux gens d'aller se faire foutre me paraît une excellente idée.

Mon téléphone sonne et je pose les fleurs en équilibre sur le comptoir pour le sortir de mon sac.

— Mieux vaut que je me remette à ma lecture, dit Monica. Mais je suis contente d'avoir réussi à vous remettre. Peut-être qu'on se reverra. Je viens tout le temps ici.

— Certainement, dis-je en prenant l'appel.

— Alors, la Texane ? On est contente d'être patronne ?

— Evelyn ! Attends une seconde ! (Je fais un petit signe d'adieu à Monica, puis je coince le téléphone sous mon menton et reprends mes fleurs. De la hanche, je pousse la porte, puis descends la rue vers mon bureau.)

Tu y crois, toi ? J'ai l'impression d'être devenue une adulte.

— Je suis fière de toi. Et sans aucune condescendance.

— Dans ce cas, merci.

Ses paroles me comblent de joie. Je suis tombée amoureuse d'Evelyn Dodge dès notre première rencontre. C'est une dure à cuire à qui on ne la fait pas et qui ne mâche pas ses mots. J'ai décidé d'être à peu près comme elle plus tard.

— Alors, parle-moi de ton bureau.

Je le lui décris en détail, en précisant que Giselle va passer un peu plus tard parler peinture.

— Je te dois probablement une excuse pour ça, répond-elle. Je sais qu'elle n'est pas dans tes petits papiers, ces derniers temps, mais elle semblait tenir à se rattraper auprès de toi.

— Non, non… C'est très bien. J'ai ravalé ma jalousie et je sais qu'elle s'en veut de ce qui s'est passé.

En toute franchise, je ne peux m'empêcher de me demander si Giselle n'a pas parlé du tableau à quelqu'un d'autre, qui aurait ensuite refilé le tuyau au journaliste. Je ne parle pas de ma théorie à Evelyn, car j'ai trop peur qu'elle s'en ouvre à Giselle. Et si c'est vrai, je ne vois pas l'intérêt de la culpabiliser encore plus.

— Alors, quand est-ce que je peux le voir ? demande Evelyn.

— Le bureau ?

— Tu y es en ce moment, j'imagine ?

— Je sors du Starbucks pour y retourner.

— Parfait. Donne-moi l'adresse, je suis dans le coin. J'arrive tout de suite.

Vingt minutes plus tard, elle fait irruption dans mon bureau après avoir été annoncée par la très efficace réceptionniste de l'immeuble.

— Pas mal, observe-t-elle. Pas mal du tout.

— Tu ne me la fais pas, tu sais. Tu n'étais absolument pas dans le quartier. Sherman Oaks ? Toi ? Désolée, je n'y crois pas du tout.

— Bon, j'avoue, sourit-elle. En réalité, j'avais rendez-vous avec un ami réalisateur qui tourne actuellement chez Universal. Mais je serais quand même venue te voir. Nous devons discuter affaires, la Texane, et il n'est pas question que je ne sois pas ta première cliente.

— Dans ce cas, chère madame, prenez un siège et parlons.

Nous finissons par descendre dans un *delicatessen* où nous passons deux heures à bavarder et à grignoter — et à boire, du moins en ce qui concerne Evelyn.

— J'ai eu Charlie au téléphone aujourd'hui, m'annonce-t-elle en s'attaquant au cheesecake que nous avons commandé en dessert. Impossible de lui faire avouer pourquoi il est encore à Munich, mais il a mentionné que Sofia avait de nouveau disparu dans la nature. (Elle secoue la tête, exaspérée.) Je vous jure, c'est un miracle que cette fille n'ait pas rendu Damien fou, depuis le temps.

— Elle a toujours été comme ça, alors ?

— Oh oui… Maligne comme tout, en plus. Elle me fait penser à toi à pas mal d'égards. Mais elle n'a pas autant de volonté, elle n'a jamais appris à affronter les choses. Elle fuit au lieu de se battre.

Je secoue lentement la tête. *Volonté ? Affronter ?* À qui croit-elle s'adresser ?

— Ne me la joue pas, ajoute Evelyn, d'un œil de connaisseuse. Tu es une coriace, la Texane, et nous le savons l'une comme l'autre. Je n'ai jamais joué la carte du baratin avec mes clients, et encore moins avec mes amis. Et tant mieux si tu es une coriace. Parce que personne ne pourrait tenir une semaine avec notre garçon.

Cela me fait sourire. Et franchement, ses paroles aussi. Car plus j'y pense, plus je me rends compte qu'elle a raison. Oui, j'ai des problèmes personnels énormes, mais je me soigne. Et pour la plupart, je les ai surmontés.

— Je peux te dire exactement ce qui se passera quand elle réapparaîtra. Damien foncera à Londres s'assurer qu'elle va bien et la fera entrer dans une autre clinique. Et la presse commencera à spéculer, à se demander si Damien écarte Sofia en ta faveur. Ou l'inverse.

— Écarter ? Mais ils ne sont pas ensemble. Damien m'a dit qu'ils n'étaient plus ensemble depuis l'adolescence.

— Depuis quand la presse s'embarrasse-t-elle de la vérité ? Chaque fois qu'ils sont pris en photo ensemble, les journaux anglais les présentent pratiquement comme fiancés. Ce sera plus intéressant cette fois, puisque tu es là.

— Intéressant n'est pas le mot que j'aurais choisi, j'ironise, sarcastique.

— Si on ne peut pas les arrêter, autant faire en sorte qu'ils soient distrayants. (Et je dois avouer qu'elle n'a pas tort.) Et puisque nous en sommes aux spéculations, selon la rumeur, je reprends mon boulot d'agent.

— C'est vrai ?

— Sûrement pas, ricane-t-elle. Mais mon ancienne agence me fait des ronds de jambe pour essayer de me faire revenir derrière un bureau. Et figure-toi qu'on ne sait jamais ! Peut-être que j'y songerai s'ils mettent la main au portefeuille. Pour le moment, je m'amuse à les voir s'exciter et parler de projets potentiels. Comme le tien, ajoute-t-elle avec un petit sourire.

— Le mien ? Quoi donc ?

— Tu n'as que l'embarras du choix, la Texane. Il y a des producteurs qui salivent à l'idée de te mettre dans une émission de télé-réalité. Et au moins une demi-douzaine d'entreprises prêtes à t'engager pour être leur image. Tu veux être le visage d'une marque de maquillage ? Je pourrais arranger ça d'un claquement de doigts.

— Cette ville est cinglée.

— Ça, tu peux le dire, ricane-t-elle.

— S'ils cherchent simplement un visage, adresse-les à Jamie. Je suis mieux en vrai qu'en photo, mais Jamie est faite pour ça.

— Bien vu, la Texane.

Je plaisante, mais je ne suis pas tout à fait certaine qu'Evelyn s'en rende compte. Je suis encore tout étourdie par cette conversation quand Evelyn repart pour Malibu et que je regagne mon bureau. J'étudie le portfolio des œuvres de Blaine qu'elle m'a laissé, et je prends quelques notes en vue de l'app qu'elle voudrait que je réalise. Celle-ci doit se distinguer, avoir plus de fonctionnalités qu'une simple vitrine portable, et je suis si absorbée dans ma réflexion que je ne me rends pas compte de l'heure, jusqu'au moment où la réception m'appelle pour m'annoncer que Mme Reynard se trouve dans le hall.

— Oh, c'est vrai… Faites-la monter.

Je reste assise quand elle entre — je suis patronne, après tout —, et je la salue de mon sourire de Nikki femme d'affaires. Encore un avantage me venant de mon horrible enfance : je suis très douée pour cacher mes émotions sous un éventail de sourires artificiels largement éprouvés. Je suis donc certaine que Giselle ne se doute pas que je reste circonspecte à son égard — ou que les petites graines de jalousie, juste sous la surface, sont prêtes à éclore si elle dit un mot de travers ou pose le moindre regard enamouré sur Damien.

À vrai dire, je n'ai envie d'être ni circonspecte ni jalouse. Je n'aime pas cette fille, et je ne veux pas être comme elle. Mais je ne peux chasser de mon esprit le simple fait qu'elle ait fréquenté Damien… et qu'avec Damien, « fréquenter » signifie très probablement « baiser ».

— Nikki ! gazouille-t-elle en entrant.

Je dois forcer sur mon sourire. Giselle me rappelle Audrey Hepburn : les cheveux, la silhouette, l'allure. En général, les autres femmes ne m'intimident pas, mais à côté d'elle je ne me sens pas de taille. Je ne peux m'empêcher de penser que je viens de commettre une belle erreur.

Si elle perçoit mon hésitation, elle est assez aimable pour n'en rien montrer. Elle s'intéresse surtout au lieu, et son regard balaie les murs nus et le mobilier avant de s'arrêter sur moi.

— C'est un endroit très bien. Petit, mais spacieux et bien agencé. Comme le beige de ces murs est hideux, c'est la première chose qu'il va falloir changer. Ensuite, il faudra accrocher quelques tableaux. Pas trop. Sans doute une grande toile pour donner le ton à la pièce, puis d'autres plus petites pour équilibrer. J'ai quelques artistes en tête, je peux apporter un portfolio à notre prochaine entrevue. Et un nuancier, aussi. Une couleur qui fait professionnel, mais lumineuse. Un jaune pâle, peut-être, ajoute-t-elle, presque pour elle-même.

Je jette un regard autour de moi, essayant d'imaginer les murs en jaune. Je dois avouer que ça pourrait être réussi.

Semblant se rendre compte qu'elle est partie dans ses pensées, elle m'adresse un sourire éclatant.

— Merci de me laisser m'en occuper.

— De rien, mais je vais être franche : le loyer n'est pas élevé mais il dépasse ce que j'avais prévu durant la première année. Je ne sais pas si je vais pouvoir justifier des frais de décoration en plus.

Elle se laisse tomber avec grâce sur l'un des fauteuils visiteurs en plastique moulé.

— Non, non, vous m'avez mal comprise. C'est à mes frais. Enfin, pour la première année. Ensuite, si vous voulez conserver les toiles, vous pouvez soit les acheter, soit négocier un loyer. Quant à la peinture, c'est ridicule... ne le prenez pas mal ! Et je suis sûre que j'ai déjà la couleur idéale en stock.

Je penche la tête de côté en essayant de comprendre.

— Giselle, je sais que vous n'avez pas voulu me blesser en parlant du portrait à Bruce. Si vous me devez quoi que ce soit, c'est une excuse, et vous me l'avez déjà présentée.

Je ne parle ni de Damien ni de mes petits pincements de jalousie. À part être sortie avec lui, elle n'a rien fait qui la justifie.

– J'apprécie, je vous assure. Mais je veux vraiment le faire. Je sais à quel point la presse vous a harcelée, et je ne peux pas m'empêcher de me dire que c'est peut-être aussi ma faute.

– Que voulez-vous dire ?

– Eh bien, manifestement, je n'ai pas réfléchi. Et si Bruce a parlé ? S'il l'a dit à quelqu'un et qu'il ne s'en souvient pas ? Si quelqu'un a surpris notre conversation ?

Ses paroles font écho à ma théorie.

– Même si c'est ce qui arrivé, c'est du passé. Et franchement, Giselle, je ne veux pas me mêler de ce qui ne me regarde pas... mais pouvez-vous vraiment vous permettre de travailler gratuitement ?

Pour la première fois, son expression de meilleure copine pleine d'entrain l'abandonne et je comprends que j'ai fait mouche. En revanche, je ne sais pas si j'ai passé les bornes. Je m'apprête à m'excuser, mais elle répond avant même que j'en aie le temps.

– En réalité, je ne peux même pas joindre les deux bouts simplement avec la galerie. Je sais que Damien et Evelyn ne sont pas des indiscrets, mais les gens bavardent et je suis sûre que vous avez entendu dire que mon divorce ne se passe pas très bien. (Elle marque une pause et reprend, rassurée par mon sourire compatissant.) Prenez garde aux hommes, continue-t-elle d'un ton sombre. Baisez avec eux, mais ne leur faites jamais confiance. À aucun. (Elle plonge son regard dans le mien.) C'est une leçon que j'aurais dû retenir avant d'épouser Bruce. Elle s'est pourtant vérifiée avec les hommes que j'ai connus à l'époque. Avec tous, ajoute-t-elle.

— Je ne pourrais pas vivre comme ça, je rétorque glacialement.

Je ne sais pas trop si elle essaie de jouer la carte de la garce ou de la meilleure copine, mais je m'en fiche. Je ne veux pas penser au fait qu'elle est sortie avec Damien, et encore moins en discuter. Et je suis bien certaine de ne pas vouloir apprendre pourquoi je devrais douter de Damien.

Elle pousse un long soupir et se relâche un peu, si bien qu'elle ne ressemble plus à l'une des beautés de Los Angeles, mais à une banlieusarde exténuée.

— Excusez-moi, je me laisse emporter. Mon chiffre d'affaires doit augmenter, du coup je reprends mon boulot de décoratrice. Ne le prenez pas mal, mais avoir la petite amie de Damien Stark parmi mes clientes, cela ne peut pas nuire à mon business.

Étrangement, son aveu me réconforte. Je n'ai pas particulièrement envie d'être amie avec Giselle, et je suis soulagée de me rendre compte qu'elle non plus ne cherche pas à devenir ma meilleure copine. Les affaires, c'est différent. Et si elle veut se charger de décorer mon bureau pour faire sa pub, de mon point de vue c'est gagnant-gagnant. Surtout si elle peut s'en charger quand je ne suis pas dans les locaux.

— Très bien. Affaire conclue.

— Génial. (Son sourire rayonnant est revenu, balayant l'expression défaite.) Je vais réunir le nécessaire et je vous appelle. En attendant, ajoute-t-elle en se levant, embrassez Damien pour moi.

Je la regarde s'en aller, perplexe. Puis je me force à ne plus y penser. Si elle se livre à un petit jeu, je ne vais pas me laisser piéger. Et si je m'imagine des choses... eh bien, je vais devoir me soigner.

Je passe l'heure suivante à prendre des notes pour l'app de Blaine, mais je n'en peux plus. Le soleil se couche, et je n'ai toujours pas de nouvelles de Damien. J'appelle son bureau, Sylvia m'informe qu'il est toujours en réunion.

— Sa journée a été folle, m'explique-t-elle. Depuis qu'il est rentré, tout le monde se l'arrache. (Je ne peux m'empêcher de sourire. Je comprends ce que c'est.) Mais il devrait en avoir terminé sous peu, ajoute-t-elle. Voulez-vous qu'il vous rappelle ?

Je lui réponds de ne pas s'en préoccuper, puis j'envoie un texto à Damien. « Au P-DG de Stark International, du P-DG de Fairchild Development : concernant ma récente demande de rendez-vous, ce soir convient-il dans votre agenda ? »

Je suis surprise d'entendre presque aussitôt un bip, car je ne m'attendais pas à une réponse aussi rapide.

« Je pense pouvoir vous caser. »

Je m'empresse de répondre : « J'accours. »

« Non, je viens. J'ai des projets pour votre nouveau bureau... »

Je souris, impatiente, me demandant comment je vais supporter d'attendre.

Comme je ne peux me concentrer sur le travail avec la perspective de son arrivée imminente, j'abandonne l'app d'Evelyn pour consulter et trier mes e-mails. Je commets l'erreur d'ouvrir celui que ma mère m'a envoyé quand je me trouvais à Munich... Celui qui me dit que je devrais vraiment faire un travail sur moi-même, car ignorer ses appels et ses e-mails est tout simplement grossier et bien loin de l'éducation qu'elle m'a donnée. « J'ai vu que ton amourette du moment a échappé à la justice, a-t-elle écrit. Espérons que cela voudra dire que tu cesseras de lui tenir la main. C'est une perte de temps et il y a bien des hommes qui sont de tout aussi bons partis. Franchement, Nichole, au-delà de dix millions de dollars, tous les hommes sont pareils. Réfléchis-y. Et appelle-moi. Baisers. Maman. »

J'ai envie de l'effacer. En cet instant même, j'ai plus envie de l'effacer que de respirer. Je ne veux pas avoir cette femme en tête. Bien sûr, elle n'a pas tenu le couteau qui m'a mutilée, mais j'ai la certitude qu'elle est tout autant responsable que moi des cicatrices sur mes hanches et mes cuisses. Je veux effacer cet e-mail et me prouver que je suis passée à autre chose.

Je veux… mais je n'y arrive pas, Dieu sait pourquoi. *Merde.*

Je referme d'un geste sec mon portable sans prendre la peine de quitter les programmes.

— Mauvaise première journée ?

Je lève les yeux et vois Damien appuyé au chambranle. Il porte un costume gris, une chemise blanche et une cravate bordeaux, et il est séduisant comme le péché.

— C'est mieux depuis que tu es là. Comment es-tu entré ?

— Apparemment, ta réceptionniste lit la presse. Elle sait que nous sommes ensemble.

— Nous le sommes ? je demande en le lorgnant.

Il entre, ferme la porte derrière lui. Puis, après un temps d'arrêt, il la verrouille posément.

– Nous le sommes.

– Eh bien, dis-je, sentant que la température monte, voilà qui est bon à savoir.

– Vous avez l'air pleine d'autorité derrière ce bureau, mademoiselle Fairchild. C'est donc ici que vous opérez votre magie ?

Je souris. L'atmosphère lugubre de l'e-mail de ma mère est définitivement dissipée.

– C'est sympa, non ?

– C'est merveilleux, se réjouit-il. Je suis très fier de toi. Raconte-moi ta première journée.

Je lui résume la signature du bail et la visite de Giselle. Je suis enthousiaste, tout excitée de me lancer dans une nouvelle aventure. Et je vois mon allégresse se refléter dans le sourire de Damien.

– J'ai même eu ma première cliente, dis-je en lui parlant de l'app d'Evelyn pour Blaine.

– Tu es fantastique.

– C'est agréable. Tu avais raison, j'ajoute. J'ai sauté le pas et cela me fait un bien fou.

– J'en étais sûr. (Puis, baissant la voix…) J'ai pensé à toi, aujourd'hui. (Il traverse la pièce en deux enjambées pour me rejoindre.) Je t'ai revue dans la position d'hier soir.

– Oh !

– Puis je t'ai imaginée dans la même position ici. Nue, attachée et prête pour moi. Me réclamant.

Il contourne le bureau sans me quitter du regard. Je sens mon pouls s'accélérer et je suffoque.

– Je… Oh ! oui…

– C'est enivrant, tu sais.

Je me tortille sur mon fauteuil. Moi, c'est sa voix qui m'enivre.

– Euh… Quoi donc ?

Une étincelle dans le regard, il se penche et pose les mains à plat sur le bureau.

– Savoir que je peux mettre à genoux une femme de pouvoir comme toi. Une femme qui possède sa propre entreprise, son propre empire. Savoir que je peux la faire mouiller rien qu'en lui parlant. Que ma voix peut faire pointer ses tétons et lui chatouiller le clitoris. Que je peux trousser sa jupe, la retourner sur son bureau et fesser son petit cul blanc parfait jusqu'à ce qu'il rougisse, puis, quand elle aura trempé son bureau et que son odeur aura rempli la pièce, que je pourrai la baiser et la faire tellement jouir qu'elle implorera ma pitié.

– Oh, mon Dieu, Damien…

Mon cœur bat la chamade et je tremble de tout mon corps.

– Lève-toi, Nikki. Va à la fenêtre. (Les jambes flageolantes, j'obéis. Il me détaille longuement. Les talons aiguilles à semelles rouges, la jupe couture, le chemisier en soie sous la veste d'été. Son regard toujours plongé dans le mien, il s'installe sur l'un des sièges visiteurs.) Enlève ta veste. (J'obéis et la laisse tomber sur l'accoudoir de mon fauteuil.) À présent, la jupe.

Il y a un défi dans sa voix, et je sais qu'il attend que je proteste. Que je lui dise que c'est mon bureau et qu'il y a une réceptionniste à quelques pas dans le couloir. Je ne réponds pas. Comme c'est exactement ce que je veux, je passe la main dans mon dos, baisse la fermeture

Éclair et laisse la jupe tomber à terre, révélant ma petite culotte rouge.

Damien ne dit rien, mais je vois la passion embraser son regard et mon corps réagit immédiatement. Mon sexe se crispe, mes tétons durcissent et se dressent contre la dentelle de mon soutien-gorge.

— Eh bien, monsieur Stark, défie-je le en m'avançant lentement vers lui. Que désirez-vous, à présent ?

Son sourire est une lente caresse, et des vaguelettes de désir déferlent en moi comme l'écume sur le sable d'un rivage.

— Arrête, dit-il alors que je suis à moins de deux mètres de lui.

J'obéis, le cœur battant.

D'un doigt levé, il me fait signe de tourner sur moi-même. Je lève les yeux au ciel, mais je fais un pas en avant et un petit demi-tour, façon défilé de mode, puis un autre, afin d'arriver au tour complet.

— Le spectacle vous plaît ? je demande en inclinant insolemment la tête, une main sur la hanche.

— Oh oui ! répond-il.

Il se renverse en arrière dans une position détendue que contredisent le rictus sur son visage et la tension dans ses épaules. Son regard passe sur moi, et j'avale ma salive, consciente des moindres réactions de mon corps en présence de cet homme. C'est comme s'il appuyait sur un interrupteur et que je me mettais à me consumer.

La petite culotte est trempée et l'étoffe qui me caresse le sexe décuple mon désir. Mais ce n'est pas cela que je veux, c'est Damien. Cependant, il reste résolument immobile, les bras sur les accoudoirs de ce fauteuil inconfortable et me détaille de la tête aux pieds en s'attardant sur ce minuscule triangle de tissu.

— Écarte les jambes. C'est bien. À présent, reste immobile, juste un instant.

Ma peau me picote, comme si mon corps anticipait son contact et protestait que ses mains ne soient pas déjà sur moi et sa bite tout au fond de moi. Puis son regard descend encore. Je ne bouge pas, même si je sais ce qu'il voit. Les cicatrices. Il n'y a pas si longtemps, je me serais recroquevillée sur le sol en pleurant si on m'avait observée avec autant d'attention. D'ailleurs, c'est exactement ce que j'ai fait la première fois que Damien m'a regardée ainsi. Parfois, je suis stupéfaite de la vitesse à laquelle mon univers a changé en sa présence. Et pas seulement mon univers, mais ma personne aussi. C'est mon amarre. À laquelle je m'accroche quand je plonge en moi pour trouver une force dont j'ignorais jusqu'à l'existence.

Je ne sais pas comment, mais Damien, lui, a toujours su qu'elle était là. Plus encore, il était certain que je la trouverais aussi.

Il a toujours vu tellement plus. Pas seulement la reine de beauté. Pas seulement les cicatrices. Il a tout vu de moi, et que je sois en petite culotte et talons aiguilles ou moulée dans une robe de soirée couture, je suis toujours nue devant lui.

Il fut un temps où j'aurais trouvé ça terrifiant. À présent, j'y trouve du réconfort.

Mais l'instant n'est pas à l'introspection et je n'ai pas non plus envie de penser aux cicatrices, à la force et aux batailles que j'ai menées. Tout ce que je veux, c'est

Damien. Et je le veux tout de suite. Avec audace, je fais un pas vers lui.

— Non, dit-il. Arrête-toi.

— Quoi ? (Il hausse un sourcil. J'incline la tête pour montrer que je comprends.) Oui, monsieur.

— C'est bien. À présent, écarte les jambes, juste un peu. Voilà. Reste comme ça.

Je suis à moins d'un mètre de lui, haletante. Assis dans le fauteuil, il a l'œil au niveau du minuscule morceau de tissu rouge qui couvre mon sexe.

Lentement, il lève la tête.

— Il y a quelque chose que je veux.

Un frisson me secoue, car je le veux aussi. Je veux Damien en moi. Je veux sa bite dans ma bouche, dans ma chatte. Je veux qu'il me chuchote à l'oreille, qu'il me fasse l'amour avec ses mots comme il sait si bien le faire. Je veux qu'il me baise si fort et si profond que je pousserai un cri de plaisir mêlé de douleur.

Mais surtout, je veux qu'il me touche. Je m'avance vers lui, mais il m'arrête d'un geste de la tête. C'est un miracle si je ne pleure pas de frustration.

— Pas ça.

— Quoi, alors ? je demande, déconcertée.

— Je veux regarder.

— Damien…

Je me suis déjà caressée devant lui, mais pas ainsi. Pas comme dans une mise en scène. Me voilà un peu gênée, mais je ne peux nier qu'en même temps je suis excitée.

— Ferme les yeux, ordonne-t-il.

— Pourquoi ?

— Parce que je le demande. (J'obéis.) C'est bien. À présent, enlève ton chemisier. Fais-le lentement. Prends-le par l'ourlet et tiens-le en remontant les mains. Voilà, exactement comme ça.

Je fais ce qu'il demande et je retrousse lentement le chemisier de soie. Ce n'est pas facile, et mon ventre tressaille quand je l'effleure de mes doigts.

— Imagine que c'est moi. Mes mains qui t'enlèvent ton chemisier. Qui se referment sur tes seins, qui baissent le soutien-gorge pour qu'ils passent par-dessus. Comme ça, oui. Tu sens mes mains ? Qui titillent tes tétons ? Le bout de mes doigts qui glissent sur tes aréoles ?

Mes seins sont gonflés et lourds, et mes tétons se dressent de désir. Je tire légèrement dessus et la crispation de mon sexe en écho m'arrache un petit cri.

— Damien…

— Je sais, chérie. Tu le sens, n'est-ce pas ? Tu sens ton sexe qui palpite. Tu sens ton clitoris qui durcit.

— Oui.

— Ce n'est pas la première fois que nous faisons cela, n'oublie pas. Notre première nuit. Toi à l'arrière de la limousine, et moi à des kilomètres au téléphone… Je bandais tellement, j'ai cru que j'allais exploser.

J'acquiesce. C'est l'un de mes souvenirs les plus distincts. J'étais ivre et folle de désir, mais j'étais seule et je pouvais me donner l'illusion que cette excitation était un secret que je ne partageais avec personne.

Là, impossible de dissimuler combien je suis excitée. Et même si c'est Damien, qui m'a vue dans les pires moments de lubricité, c'est toujours pour lui que je me suis ouverte. Là, c'est ma propre main que je désire. Mes doigts et ses paroles. Je me sens perverse. Intrépide.

Et je veux l'emmener jusqu'au bout avec moi. Je veux me doigter jusqu'à ce que je jouisse devant lui, et à cet instant je veux ouvrir les yeux et voir ma passion se refléter dans les siens.

– Je n'ai pas eu le plaisir de regarder, cette fois-là. J'ai l'intention d'en profiter à présent.

– Oui. Oui.

C'est le seul mot que je parviens à prononcer. Le seul que j'aie à l'esprit.

– Descends lentement la main. Prends ton temps, ma chérie. Tu as une peau tellement douce. Je veux que tu la sentes. Que tu la touches.

J'obéis de nouveau. Je garde la main gauche sur mon sein, je m'y accroche presque, je déplie l'autre et frôle de ma paume mon ventre et mon pelvis, puis mes doigts s'insinuent sous l'élastique de mon slip. Je me mords les lèvres tandis que ma main passe dessus, et je gémis quand le bout de mon doigt frôle mon clitoris avant de descendre sur la chair tendre et moite.

– Ouvre les yeux, ordonne Damien. Regarde-moi et touche-toi.

– Je…

Les mots s'arrêtent dans ma gorge quand je vois son visage. La flamme qui brûle dans son regard, ses joues qui s'empourprent. Ses mains posées sur les accoudoirs se crispent tant que ses phalanges blanchissent. Et sa bite est tellement dure sous son pantalon qu'elle en ferait presque craquer les coutures.

– Baise-moi, je murmure. Tu sais comme moi que tu en as envie.

– Plus que tout. (Nos regards se croisent. Des étincelles jaillissent en moi et je brûle en anticipant le contact de sa peau.) Mais non. (J'en pleurerais presque.) C'est de toi qu'il est question. Je veux que tu le sentes aussi.

— Que je sente quoi ?

— Le plaisir que je prends de ton corps, dit-il simplement. Je veux regarder. Je veux me perdre dans cette vision de toi. (Et comme pour illustrer ses paroles, il laisse ses yeux glisser lentement sur moi.) Ne t'arrête pas, ma chérie. Enfonce tes doigts à l'intérieur. Titille ton clitoris. Laisse-moi le voir. Montre-moi comment ta peau frissonne quand tu t'apprêtes à jouir. Chaque petit soupir, chaque tressaillement. Tes dents qui s'attardent sur tes lèvres. Ta peau qui s'empourpre avant l'orgasme, et ce regard de femme comblée et repue quand tu as joui.

Je suis brûlante et trempée. Je fais ce qu'il me demande, je me doigte violemment, puis je titille doucement mon clitoris. Je suis ivre de désir, et mon autre main quitte mon sein pour que je puisse me cramponner à mon bureau.

— Oh, mon Dieu, Nikki… Sais-tu à quel point te regarder m'excite ? Je viens seulement de commencer à mémoriser les fragments qui te composent. Tu es mon obsession.

— Oui, je murmure. Oh, oui…

La sonnerie perçante de mon téléphone résonne dans la pièce et je sursaute.

— N'arrête pas, ordonne-t-il. Ignore-le.

J'obéis, trop perdue dans ce brouillard sensuel pour me soucier de quelque chose d'aussi futile qu'un téléphone. J'ondule des hanches en rythme avec la sonnerie, et je continue même lorsqu'elle s'est tue. J'entends le bip qui signale un message sur ma boîte vocale, suivi du bourdonnement d'un texto.

Je parviens à me retenir de balancer mon téléphone par la fenêtre.

— N'y pense même pas, ma chérie. Concentre-toi sur l'instant. Sur nous. Tu es au bord, Nikki. Mon Dieu, je le vois sur ton visage, tes lèvres qui s'entrouvrent. Imagine que c'est ma bouche sur ta chatte, ma langue qui te caresse, qui te lèche. Oh, chérie tu es délicieuse…

Je gémis, au bord de l'orgasme, mais pas tout à fait, et je continue d'onduler des hanches. Bientôt, bientôt…

— Mademoiselle Fairchild ?

La voix de la réceptionniste résonne dans l'interphone et je sursaute, me sentant découverte et coupable, tandis que Damien étouffe un juron.

— Ignore-la ! gronde-t-il.

Mais la voix, qui ne peut pas nous entendre, continue :

— L'assistante de monsieur Stark est au téléphone, reprend-elle. (Un frisson me glace l'échine.) Une madame Archer aurait essayé de vous joindre. Je crains qu'il n'y ait eu un accident.

Chapitre 17

Je lâche la main de Damien et m'engouffre dans la petite chambre de Jamie au troisième étage de l'hôpital de San Bernardino, puis je soupire de soulagement en la voyant assise dans son lit et regardant la télévision. Elle a une vilaine ecchymose à la joue gauche, et un pansement sur le front. En dehors de cela, elle semble indemne et, pour la première fois depuis l'appel de Sylvia, je respire à nouveau.

— Pardon ! s'écrie-t-elle en nous voyant. Je suis vraiment, vraiment désolée.

— Mais tu vas bien ?

Grâce à l'hélicoptère de Damien, il ne nous a pas fallu longtemps pour arriver, mais j'ai tout de même passé le temps du vol à imaginer le pire. Je me précipite à son chevet et frémis en voyant le bleu qui dépasse d'une manche de sa chemise de nuit.

— Je suis sonnée, mais ça va. Vraiment. Mais... je veux dire... Oh, merde ! (Elle regarde Damien.) Oh, mon Dieu, Damien. La Ferrari, je l'ai rétamée. J'ai complètement merdé.

— Tu n'es pas grièvement blessée, dit-il en venant me rejoindre et en prenant ma main d'un côté et la sienne de l'autre. C'est tout ce qui importe.

— L'autre conducteur n'a rien ? je demande.

— Il n'y avait que moi, gémit-elle, désolée. Je suis vraiment trop nulle.

— Mais non, voyons, et tu le sais bien, je réponds en retenant mes larmes. C'était un accident.

Elle secoue la tête et évite de me regarder. Je me rembrunis et jette un regard à Damien, apparemment aussi soucieux que moi.

— Alors, dis-moi ce qui s'est passé ? je demande gentiment.

Je m'assieds sur le bord du lit et Damien approche un fauteuil. Je mets un pied sur l'assise près de sa jambe et il pose sa main sur ma cheville, juste sous le bracelet de platine et d'émeraudes. Je me concentre sur le contact de ses doigts, reconnaissante de sentir sa force et terriblement soulagée qu'il soit ici avec moi.

Jamie renifle et s'essuie le nez d'un revers de main.

— Je suis allée faire la tournée des bars. C'est vrai, quoi ! J'avais une putain de bagnole, alors pourquoi pas, hein ? J'ai rencontré un mec super sexy.

Elle regarde Damien et hausse les épaules d'un air d'excuse.

— Veux-tu que je sorte ?

— Mais non ! dit-elle en ouvrant de grands yeux. Enfin, tu as le droit de savoir comment j'ai rétamé ta voiture. Et on ne peut pas dire que ma réputation ne me précède pas, hein ?

Avec sagesse, Damien s'abstient de répondre.

— Continue, je souffle.

— Eh bien, il y avait des étincelles, tu vois ? Et je n'avais baisé avec personne depuis Raine, à part une fois avec Douglas, dit-elle, faisant allusion à notre queu-tard de voisin. Je le jure ! dit-elle, levant la main en signe de serment, j'avais presque fait vœu de chasteté pendant que vous étiez en Allemagne. Quoi qu'il en soit, il voulait se faire déposer chez lui, et j'étais contente de lui rendre service, évidemment. Là, ça a été génial. Et après aussi, ajoute-t-elle en regardant Damien.

Je comprends. Et je pense que Damien aussi a compris. Elle a baisé avec le mec. Un parfait inconnu. Mais ce n'est pas le meilleur moment pour la sermonner, alors je ravale mes réprimandes.

— Continue...

— Je suis allongée, tu vois. C'est sympa. Il est sympa. Enfin, du moins, c'est ce que je crois. Jusqu'au moment où un réveil sonne sur la table de chevet. Et là il se lève et commence à enfiler ses fringues. (Je croise le regard de Damien. Je n'aime pas le tour que prend le récit, et je sais déjà que ça va mal finir.) Je lui demande pourquoi il se rhabille et il me répond de me grouiller. Parce que sa femme... sa foutue femme va bientôt rentrer et qu'il faut que je fiche le camp d'ici.

— Oh, Jamie...

— Je sais, je sais. Crois-moi, je sais. Mais sur le moment, j'ai juste été furieuse. Et j'ai eu la trouille, parce qu'il m'annonce que sa femme est flic. Non, mais vraiment, c'est pire que dans un film. (Elle respire un bon coup.) Je me dépêche donc. Et lui me dit de me presser, c'est devenu le roi des connards. Et je te jure que si sa femme n'avait pas été quelqu'un qui porte une arme, je serais restée et je lui aurais raconté que son enfoiré de bonhomme baisait à droite à gauche. Mais je n'ai pas très envie de me prendre une balle, et il est carrément en train de me hurler dessus.

— Et c'est l'épouse qui a causé l'accident, alors ?

— En dehors du fait qu'elle rentrait et qu'elle m'a flanqué la trouille de ma vie ? Non. Mais je pars de chez lui, je descends la rue et je quitte le quartier pour gagner la route principale. Je suis distraite, et je roule plus vite que je le devrais et... oh, Damien, je suis tellement désolée. Mais bon, je vais trop vite. Je ne commets pas d'imprudences, je le jure. Mais je tourne à un carrefour au moment où se pointe une autre voiture. Ça n'aurait pas pu tomber plus mal, même en le faisant exprès. Comme si on m'avait attendue. Oui, je sais, c'est idiot, d'accord, mais c'était ma journée. J'ai braqué, j'ai perdu le contrôle de la voiture et je l'ai enroulée autour de l'énorme pilier de l'entrée de la résidence. Les airbags ont fonctionné, mais je me suis quand même cogné la tête, dit-elle en portant une main au pansement sur son front. Je ne sais même pas sur quoi. (Elle prend une profonde inspiration.) Donc, voilà. Tout a été ma faute. J'étais énervée, je roulais trop vite et tout ça parce que j'ai écarté les jambes pour un sale connard qui voulait juste tirer un coup en vitesse pendant que sa femme était partie traquer des malfaiteurs.

Je sais qu'elle veut que je la console. Que je lui dise que ce n'était pas du tout sa faute. Et c'est vrai, ce genre d'accident arrive à tout le monde. Mais Jamie n'écoute jamais ceux, moi y compris, qui l'avertissent de ce qu'elle risque. Je ne vais pas lui asséner : « Je te l'avais bien dit », mais je ne vais pas non plus lui faire croire que ce n'est pas grave et que ça aurait pu arriver à n'importe qui.

— Tu m'as fait la peur de ma vie, James, dis-je finalement, les yeux embués de larmes. Qu'est-ce que je ferais s'il t'arrivait quelque chose ?

Jamie a eu de la chance — c'est ce qui reste au bout du compte. Quelques centimètres dans une autre direction, quelques kilomètres à l'heure plus vite, un peu d'huile sur la chaussée, un rien aurait suffi pour que les choses tournent nettement plus mal.

Je frissonne, troublée par la direction prise par mes pensées. De me rendre compte que je ne supporterais pas de perdre mon amie. Et par la certitude que si le pire arrive, c'est la pointe d'une lame en acier qu'il me faudra… Et si Damien n'est pas près de moi, alors je me tournerai vers cette lame. Je serre les poings et j'enfonce mes ongles dans ma paume. La main de Damien se fait plus insistante sur ma cheville.

Je soupire, heureuse de le sentir près de moi. Pour le moment, cela me suffit.

Quand l'infirmière vient examiner Jamie, Damien sort dans le couloir chercher quelqu'un pour demander des couvertures et des oreillers supplémentaires. Dans la chambre se trouve un fauteuil horriblement inconfortable qui se transforme en lit horriblement inconfortable, mais c'est là que je dors cette nuit-là, blottie contre Damien.

Malgré l'inconfort du lit et les visites des infirmières qui nous dérangent toutes les trois heures, en fait je suis en forme quand je suis réveillée le lendemain matin par l'odeur d'un café bien fort et un peu brûlé.

— Le nectar des dieux, murmure Damien en glissant un gobelet dans ma main avide.

Je bois une gorgée, fais la grimace, et en tente une autre.

— Les dieux ne sont pas très difficiles, ce matin, je grogne.

— Je suis sûr qu'Edward sera ravi de s'arrêter, le temps d'acheter un *latte*, me taquine-t-il en me donnant un petit baiser.

— Pourquoi, Edward est là ? je demande, interloquée.

— Je vous renvoie à la maison en limousine, Jamie et toi.

— On ne rentre pas avec toi ? (Je m'entends quasiment geindre et je m'en veux immédiatement. Oui, nous sommes samedi, mais l'homme a un empire à gérer, et il en a déjà été absent suffisamment longtemps.) Pardon. Je sais que tu as du travail.

— Il y a des choses dont je dois m'occuper, dit-il d'un ton qui éveille mon attention. Je vais à San Diego, ajoute-t-il quand il remarque mon expression soucieuse.

— Ah… (Son père habite là-bas, et je comprends qu'il va lui demander si c'est lui qui a communiqué les photos au tribunal. Je ne lui envie pas ce voyage. Ma mère n'a peut-être pas été très douée pour m'élever, mais Jeremiah Stark n'a jamais fait aucun effort.) Rentre vite, dis-je, même si j'ai envie de me jeter à son cou pour qu'il ne parte pas du tout. (Je ne veux pas qu'il soit plus blessé qu'il ne l'est déjà. Et pourtant, en même temps, je le félicite intérieurement. Il aurait facilement pu prétendre qu'il avait des rendez-vous professionnels, mais il m'a mise dans la confidence.) Je t'aime, j'ajoute.

Il me relève la tête d'une main sous le menton et me donne un baiser.

— Arrête de te tracasser. Tout ira bien.

J'acquiesce en espérant qu'il dit vrai.

Comme la mécanique hospitalière est lente à s'ébranler, il faut deux bonnes heures avant que Jamie et moi puissions-nous installer dans la limousine.

— Si je bois un mimosa, tu vas me faire un sermon ? demande-t-elle.

— Je ne t'en ai pas encore fait un seul, dis-je, indignée. J'ai pris soin de t'épargner. Et tu n'as pas de problème avec l'alcool, James.

— Tu as raison dit-elle en servant deux verres et en m'en donnant un. (Je ne suis pas vraiment d'humeur, mais je le prends quand même. Question de solidarité entre amies.) Je n'ai pas de problème avec l'alcool, mais avec le cul, si.

Je suis d'accord, mais je préfère ne rien dire et boire sagement une gorgée de mimosa. Comme Jamie est une fille assez observatrice qui me connaît bien, elle remarque mon silence.

— Je sais, dit-elle. Ce n'est pas une nouveauté.

— Je ne veux pas que tu souffres, dis-je. Tu as eu de la chance, James. Mais ça aurait pu mal finir.

Elle évite mon regard. Je ne suis pas surprise. Jamie a des moments de lucidité sur elle-même, mais l'introspection sur le long terme n'est pas son fort. En tout cas, elle réfléchit.

— J'ai appelé Ollie, dit-elle alors que je reste perplexe devant ce coq-à-l'âne. Je poursuis sur mon problème avec le cul… Je l'ai appelé après que Raine m'a fait virer du tournage de la publicité.

— Oh, Jamie… dis-je. Tu m'avais promis. Lui aussi m'avait promis, d'ailleurs. Il m'a dit qu'il n'y avait plus rien entre vous deux.

– Attends… Tu lui as parlé ? Quand ça ?

– Il était en Allemagne, dis-je. Le cabinet l'avait envoyé pour nous aider au procès. Tu n'étais pas au courant ?

– Non. Je ne l'ai pas vu depuis… depuis qu'il est passé ce soir-là.

– Tu l'as appelé.

Ce n'est pas simplement une constatation, mais une accusation. Une réprobation, même.

– J'avais besoin de parler à quelqu'un, et c'est sur lui que c'est tombé.

– Et tu as couché avec lui ?

Je suis furieuse. Vraiment furieuse. Autant parce qu'ils ont couché ensemble que parce qu'Ollie a menti.

– Mais non ! Je te le jure ! Mais il y avait une attirance, tu vois.

Je suis soulagée. Mais ce n'est pas un réconfort très plaisant.

– Il est fiancé, Jamie. Et il est paumé.

– Pour le premier point, je sais. Et pour le second, je ne vaux pas mieux. Peut-être qu'on est faits l'un pour l'autre.

– Comme amis, oui. Comme amants, non.

Cette simple idée me fait frémir. Je peux très bien imaginer comment tournerait leur relation, et ce ne serait pas l'une des comédies romantiques d'Evelyn.

– Je sais, dit-elle. Vraiment. Tu serais fière de moi. Il ne s'est rien passé.

– Fière de toi ? je répète, en comprenant ce qu'elle a la prudence de ne pas me dire.

Si cela n'avait tenu qu'à Ollie, il se serait passé quelque chose. Et ça, Ollie a omis de me le préciser.

– Ce n'est pas ça l'important, dit-elle. Je n'ai pas couché avec Ollie. Et j'en avais vraiment envie, parce que je m'étais fait virer de la publicité et que je me sentais nulle… Enfin, tu vois. Mais je ne l'ai pas fait et je me suis dit que ça signifiait peut-être que j'étais en train de me ressaisir. Et puis j'ai baisé avec ce connard… et démoli la Ferrari de Damien.

Je me suis peut-être tailladée avec des lames pour supporter certaines situations, mais Jamie se sert des hommes. On pourrait trouver ma méthode plus dangereuse, mais je n'en suis pas toujours si sûre. Pendant des années, j'ai pu voir à quel point les coups d'un soir de Jamie l'abîmaient. À présent, j'ai peur de voir un nouveau danger surgir.

– Ce qui compte, c'est que je me fais du souci pour toi, dis-je.

– Je sais, répond-elle simplement. Moi aussi. (Nous restons silencieuses un moment, et je pense que le chapitre est clos. Puis Jamie ramène ses genoux sous son menton.) J'envisage de retourner au Texas. (Je reste bouche bée, littéralement sans voix. De tout ce qu'elle aurait pu me sortir, c'est la dernière chose à laquelle je me serais attendue.) Mais je ne peux pas me permettre de garder l'appartement. Alors il faudra que tu te trouves une autre colocataire. À moins que tu ailles vivre avec Damien. Si tu fais ça, je le vendrai peut-être. Le marché s'est remis. J'aurai sûrement même assez pour acheter quelque chose à Dallas et pour qu'il me reste encore de quoi payer une partie des dégâts à Damien. La vente de l'appartement, ça doit couvrir le prix d'un enjoliveur, non ?

– Attends ! Pas si vite… Qu'est-ce que tu racontes. Tu détestes Dallas. Tu as toujours détesté.

– Regarde-moi, Nikki. Je suis paumée. Après avoir baisé avec des acteurs, voilà que je me mets à baiser avec des inconnus. Mais en réalité, celle qui se fait baiser, au final, c'est moi.

– Je ne vais pas prétendre le contraire, je réponds sans détour. Mais retourner à Dallas ne changera rien, à part l'endroit.

– Peut-être que ce sera suffisant. Peut-être qu'il y a trop de bruit, ici, trop de tentations.

J'ai envie de lui dire qu'elle a tort, mais je n'en suis pas tout à fait sûre. Tout ce que je sais, c'est que je n'ai pas envie qu'elle déménage à mille cinq cents kilomètres d'ici. Mais ce que je désire et ce qu'elle veut, cela fait deux.

– Fais attention de ne pas aller dans le mur, dis-je enfin.

Nos regards se croisent et nous rions de l'ironie de la formulation.

– Impossible que ça m'arrive ! rétorque-t-elle.

Nous rions de plus belle. Nous laissons ces questions sérieuses de côté et passons le reste du trajet à chanter en chœur avec Taylor Swift et à descendre des mimosas. Car on aura beau dire, on n'a jamais assez de vitamine C.

– Tu as vu, nous sommes enfin célèbres ! s'exclame-t-elle lorsque nous arrivons en vue de Los Angeles.

– Quoi ?

– Enfin, moi. Damien est célèbre depuis toujours, et toi, tu as ta part de célébrité aussi. Mais regarde… (Elle fourrage dans son sac et en sort son téléphone qu'elle me passe.) J'ai fait des captures d'écran de tous les trucs que j'ai trouvés sur Internet. Regarde.

C'est ce que je fais. Et là, mélangées à des photos d'un type absolument craquant, je vois des clichés volés de Damien, Jamie et moi dans les boutiques du lac Arrowhead. En train de manger, de bavarder, de rire. Il y en a même une où il nous tient toutes les deux par la taille. Elle regarde par-dessus mon épaule et en désigne une.

— Celle-là est partout sur Twitter. Je ne sais pas si c'est parce que Damien est célèbre ou parce qu'il est à croquer, mais c'est devenu viral.

— Peut-être que c'est à cause de toi, je réponds.

Le photographe a saisi Jamie en train de rire, les yeux étincelants, les cheveux éclatants. C'est la belle femme pleine de vie que je connais si bien, mais je ne peux m'empêcher de penser que l'image que Jamie a d'elle-même ressemble à la fille assise avec moi dans la limousine. Amochée, abattue et ne sachant plus très bien où elle va.

Quand nous atteignons Malibu, Jamie pose les mains en visière sur la vitre, regarde à l'extérieur, décontenancée, puis se tourne vers moi.

— Mais nous ne sommes pas à Studio City, dit-elle, comme si c'était moi qui n'avais pas compris.

— Tu vas séjourner dans la maison de Damien.

Son visage s'éclaire et elle me fait un sourire espiègle.

— Je blaguais avec cette histoire de ménage à trois. Mais si Damien y tient vraiment…

— Je ne t'entends pas, je répète en me bouchant les oreilles jusqu'à ce qu'elle cède et éclate de rire.

— Sérieusement, dit-elle, pourquoi je séjourne à Malibu ? Si c'est ma punition pour avoir démoli la Ferrari, il s'y prend très mal.

— Pas une punition. Du pragmatisme.

Je lui raconte la pierre et le texto que j'ai reçus. Elle ouvre de grands yeux.

— Ouh là ! Au moins, tu n'as pas à affronter ta folle de mère. Tu peux me remercier de t'avoir soulagée de ce fardeau, d'ailleurs.

— Tu as eu affaire à ma mère ? Comment ? Pourquoi ?

Je n'ai pas la moindre idée de ce dont elle parle, mais comme je ne lâcherais jamais ma mère sur mon pire ennemi, je compatis déjà.

— Elle m'a appelée il y a une semaine, en pleine crise « Elizabeth Fairchild », et elle m'a demandé de te transmettre un message, puisque je suis ta meilleure amie. Apparemment… je la cite, tu ne sais plus où tu en es émotionnellement, tu es subjuguée par ton nouveau petit ami riche et manipulateur, et tu te venges sur elle en ignorant ses coups de fil et ses mails.

— Merde… Désolée.

— Non, c'est rien. Quand elle a appelé, j'étais énervée contre ma mère pour une connerie que j'ai déjà oubliée. Après avoir parlé à la tienne, j'étais quasiment folle de joie d'avoir la famille que j'ai.

— Merci, dis-je, sarcastique. Maintenant, je me sens mieux.

— Quoi qu'il en soit, sourit-elle, je crois qu'elle est furieuse que tu aies envoyé quelqu'un chercher toutes ces anciennes photos de toi, mais il faut dire que tu as ignoré ses appels. Je ferais comme toi, Nik, mais pourquoi as-tu envoyé quelqu'un chez ta mère réclamer tes vieilles photos ? Qui détestes-tu assez pour lui confier pareille mission ?

— Je n'ai jamais fait une chose pareille, dis-je, sentant un frisson d'inquiétude me parcourir.

— Ce n'est peut-être pas grave, dit Jamie qui vient de comprendre. Sans doute un journaliste. Quelqu'un qui écrit l'article de l'année sur la fille qui a séduit Damien Stark.

Je ne sais pas pourquoi, mais ça ne me réconforte pas du tout. Elle penche la tête de côté et pointe un index sur moi.

— À partir de maintenant, on entre dans une zone libre de tout souci. Pour le reste de la journée, plus rien d'autre que du sable, des vagues et des margaritas. Marché conclu ? demande-t-elle en tendant la main.

— D'accord, dis-je, car je trouve la proposition tout à fait à mon goût.

Chapitre 18

Le rêve que m'inspirent les margaritas est un déchaînement d'érotisme. Une bouche brûlante qui se referme
sur mon sein. Des mains puissantes qui caressent mes
jambes écartées, remontent, délicates et déterminées,
jusqu'à ce que deux pouces soient assez proches pour
effleurer mon sexe gonflé qui attend. J'ouvre les yeux,
mais je ne vois personne. Il n'y a que le contact de ces
mains et le frôlement de ces lèvres et − oh, oui ! − ce
sexe long et dur au fond de moi.

J'appelle Damien d'un cri silencieux dans mon rêve,
mais il n'apparaît pas. Il n'y a que ce contact. Cette
sensation. Cette caresse insistante de la chair sur la
chair, cette chaleur qui s'élève, et l'odeur musquée du
désir. Je m'y enfonce. Je suis perdue dans cette brume
sensuelle qui m'environne. C'est Damien − c'est toujours Damien… −, mais j'ai beau tendre les bras, ils ne
rencontrent que le vide.

Et puis il y a des mains sur mes seins, et l'extrémité
dure et brûlante d'une bite entre mes cuisses. Je crie
tandis qu'il entre en moi en un va-et-vient frénétique.
Il me besogne avec une violence qui nous entraîne toujours plus haut, dans une danse sauvage, un dangereux

accouplement. Mon cœur bat à se rompre, mon corps est délicieusement endolori – il m'utilise, il me cogne, et la puissance de ses coups est telle que c'est à se demander comment je suis encore consciente.

Mon corps est secoué par les vagues de l'orgasme qui déferlent, et je tends les bras pour attirer son corps contre le mien, consciente que, dans ce monde de rêve, il restera éphémère et que je trouverai seulement du vide.

Mais je me trompe, et mes doigts touchent une peau brûlante et des muscles tendus.

Damien.

J'ouvre les yeux et le vois en équilibre au-dessus de moi tandis que son sexe s'enfonce en moi. Il me fixe avec passion et nous haletons à l'unisson. Je me sens plus vivante que jamais, comblée et adorée. Mais je vois aussi dans son regard l'orage et quelque chose ressemblant un peu trop à du regret.

J'ai envie de le gifler pour chasser cette expression.

– Je t'ai utilisée, dit-il d'une voix tendue.

– Oui, dis-je. (Je le prends par le cou, me hisse et emprisonne sa bouche dans un baiser si profond et sensuel qu'il fait tressaillir sa bite en moi. Je l'attire à moi, je veux qu'il m'écrase, pas qu'il reste au-dessus de moi mais qu'il me serre contre lui.) Oh, mon Dieu, oui !

Je l'enserre entre mes jambes pour qu'il reste là, sa peau brûlante contre la mienne, nos corps toujours unis.

Quand je regarde de nouveau dans ses yeux, je vois que l'orage s'est dissipé. Je soupire. J'ignore ce qui s'est passé entre Damien et son père, mais j'en sais assez pour comprendre que ça l'a déchiré et que c'est vers moi qu'il est venu trouver du réconfort. Et que mon corps et mon contact l'ont aidé à surmonter ses démons.

Je le serre contre moi, encore stupéfaite du pouvoir que nous avons l'un sur l'autre. Que nous puissions ainsi nous apaiser mutuellement. Cela me stupéfie et me terrifie. Car comment pourrions-nous survivre l'un sans l'autre ?

Je m'endors entre ses bras, mais, quand je me réveille, je suis seule dans la chambre. Je me redresse et regarde tout autour. Bien que j'aie passé beaucoup de temps dans cette maison, je dors dans la chambre de maître pour la première fois. Le lit de fer où je suis assise se trouvait dans la partie ouverte du troisième étage, mais Damien a opté pour un emplacement plus traditionnel, quand il a fait rapporter le lit chez lui.

Mais à part ce lit, il n'y a pas de meubles ici. Ni de Damien.

Je me rembrunis et me lève. Il fait encore sombre, je cherche à tâtons mon téléphone dans mon sac et gémis en voyant qu'il n'est même pas cinq heures.

Je songe à me recoucher, mais ce n'est pas possible, je le sais. J'ai besoin de Damien. Et je crois qu'il a besoin de moi.

Je ramasse sa chemise par terre et je l'enfile. La maison est immense, mais j'ai un plan d'attaque. Je commence par la bibliothèque – une mezzanine qui flotte quasiment sous le troisième étage, visible depuis l'immense escalier de marbre, mais accessible seulement par un ascenseur dérobé ou un escalier dissimulé derrière une porte à côté de l'office. La faible lumière dissipe à peine l'ombre sur les étagères en cerisier et les vitrines où sont exposés les quelques objets de son enfance que Damien estime assez précieux pour les conserver. C'est un endroit rempli de souvenirs délicieux et doux-amers. Mais Damien n'y est pas.

Je descends encore et traverse la cuisine pour gagner la salle de sport qui occupe une grande partie de l'aile nord de la maison. Je tends l'oreille, guettant le bruit sourd des poings de Damien sur le sac de boxe, ou le tintement métallique des poids qui montent et descendent sur les appareils. Mais je n'entends rien. Juste un silence qui semble s'éterniser.

Damien n'est pas non plus dans la piscine. Alors que je reste perplexe sur le deck dallé de pierre, je commence à craindre qu'il ne soit sorti, peut-être même parti en ville, à son bureau. Je me rends compte que je ne suis pas allée dans la salle de bains principale ; et s'il m'a laissé un mot, c'est l'endroit le plus logique.

Je m'apprête à faire demi-tour pour aller voir, me disant que s'il n'a pas laissé de mot, je peux toujours l'appeler ou lui envoyer un texto, mais je m'immobilise à la vue de faibles lumières sur ma droite.

Je les scrute en essayant de me représenter mentalement le plan de la propriété. Le garage de Damien — un vaste bunker souterrain à rendre Batman jaloux — se trouve à peu près dans cette direction, mais je suis sûre qu'il est plus proche. Mais si la lumière ne vient pas de là-bas, de quoi peut-il s'agir ? Il n'y avait rien d'autre sur le terrain quand nous nous sommes promenés sur les chemins paysagers avant que l'Allemagne ne nous réclame. Rien, hormis l'océan au loin et un terrain plat où Damien m'a dit envisager d'installer un court de tennis.

Je me fige.

Sûrement pas…

Je me presse dans cette direction et, en m'approchant, j'entends un bruit mat et régulier : je l'ai trouvé.

Assurément, le court n'est pas terminé depuis longtemps. Le filet est flambant neuf et impeccable. Le sol ne porte aucune marque. Le lance-balle qui mitraille Damien apparaît rutilant sous les lampes qui éclairent les alentours d'une lueur jaunâtre.

Et au milieu de tout cela, je vois Damien.

Je retiens mon souffle, subjuguée. Il ne porte qu'un short de sport et sa poitrine est luisante de sueur. Les muscles de ses bras et de ses jambes sont tendus, et il court, bondit et se jette sur la balle avec la grâce et la puissance d'un animal sauvage. Il n'est que force, perfection et poésie, et je sens mon corps tressaillir devant cette beauté.

Mais il est brisé, aussi, et mon cœur se serre tandis que je continue de le regarder. Sans relâche, il court et frappe, ses pieds suivant un rythme parfait, poussant son corps jusqu'à ses limites. Il n'y a aucune émotion sur son visage, aucun sourire de satisfaction quand il frappe la balle : rien d'autre qu'une pure concentration, comme s'il s'agissait d'une pénitence et non d'un plaisir.

Dans la pénombre près du court trône une chaise longue sur laquelle je m'assieds machinalement, hypnotisée par le spectacle.

Je ne saurais dire combien de temps il affronte en duel la machine. Je sais seulement que dès qu'elle cesse de cracher ses balles, il pousse un juron et balance sa raquette. Je pousse un petit cri de surprise, et Damien fait brusquement volte-face vers moi, l'air alarmé.

— Je ne voulais pas t'interrompre, dis-je à mi-voix en me levant et en entrant sur le court éclairé. Pardonne-moi, je n'aurais pas dû rester.

— Non, répond-il brutalement. Je suis heureux que tu sois là.

Il prend ma main, m'attire contre lui, et un délicieux soulagement m'envahit.

— Tu ne m'as pas dit que tu avais finalement fait bâtir le court.

— Comment voulais-tu que je renonce, alors que tu m'avais fait miroiter la possibilité de te voir dans une minuscule jupette ? (Le ton est léger, mais son regard est encore sombre.) J'ai lancé une équipe dessus juste avant de partir pour l'Allemagne.

— J'en suis ravie.

Je lui souris, sincèrement heureuse. Le tennis a été une constante dans sa vie, mais Richter lui en a volé le plaisir et Damien n'a pas joué depuis qu'il a quitté le circuit professionnel. Savoir qu'il revient à un sport qu'il adorait m'enchante.

Néanmoins, ce bonheur est mitigé, car j'ai vu l'orage dans son regard quand il m'a prise si sauvagement quelques heures plus tôt. Et la fureur de ce même orage à l'instant, tandis qu'il luttait contre le déluge de balles.

— C'était ton père ? je demande doucement. C'est lui qui a communiqué les photos au tribunal ?

Je vois l'ombre revenir sur son visage, et quand il se retourne et m'entraîne hors du court, je redoute qu'il ne me réponde pas. Mais nous ne prenons pas le chemin de la maison. Au lieu de cela, il s'assied sur la chaise longue. Il étend les jambes et tapote le siège à côté de lui. Je m'allonge, redressée sur un coude pour pouvoir

le regarder, mais il lui faut si longtemps avant de reprendre la parole que je me dis qu'il ne m'a pas entraînée
ici pour parler.

Je m'apprête à lui proposer de retourner nous coucher dans un lit, ce serait bien plus confortable, quand
il se tourne et me regarde.

— Je ne pense pas que c'était mon père, dit-il. Il m'a
paru sincèrement ébahi quand je l'ai mis au pied du
mur.

— Ah… fais-je, perplexe. Alors, tu n'as pas la moindre idée de qui ça peut être ?

En tout cas, ça expliquerait sa sombre expression.

— Non… Je m'inquiète pour Sofia, ajoute-t-il après
un silence.

Je ne vois pas le rapport.

— Je sais, mais elle donnera signe de vie. Si elle joue
les *roadies* avec un groupe à Shanghai, elle n'a probablement…

— J'ai peur qu'elle soit en fuite, dit-il simplement.
Que quelqu'un l'ait harcelée.

Il me caresse la joue et plonge son regard dans le
mien.

— Oh, mon Dieu ! dis-je en comprenant brusquement. Tu crois que quelqu'un essaie de t'atteindre en
s'en prenant aux femmes que tu aimes. Sofia. Moi.

— Je pense que c'est possible. (Il passe la main sur
son visage, puis dans les cheveux.) Je crois beaucoup de
choses possibles. Tout ce dont je suis certain, c'est que
ces fichues photos ont été ma planche de salut, que cela
me plaise ou non de les considérer comme telles.

— En effet, j'acquiesce.

— Et je ne sais toujours pas qui ni pourquoi, ce qui m'amène à penser que quelqu'un joue avec moi. Ce quelqu'un finira bien par se dévoiler et, le moment venu, exiger quelque chose. Donnant-donnant.

Je voudrais le contredire, mais ce qu'il dit se tient. Je me redresse et ramène mes genoux sous mon menton.

— Mais quel rapport avec la disparition de Sofia ? (Même dans l'obscurité, je sais qu'il détourne son regard. Damien... qu'est-ce que tu ne m'as pas dit ?

Il prend une profonde inspiration.

— Richter a abusé d'elle aussi, dit-il laconiquement, d'un ton qui me glace jusqu'aux os.

— Oh !

— S'il y a des photos de moi, continue-t-il, il y en a forcément d'elle aussi. Quelqu'un m'en a fait parvenir un jeu, par le biais du tribunal, mais c'est moi qu'elles visaient. Et si ce quelqu'un a fait la même chose avec elle ?

Je tremble. Je pense à l'effet dévastateur de ces photos sur Damien, un homme si inébranlable que ça en force l'admiration. Quel pourrait être le résultat sur une fille fragile comme elle ?

— Mais elle ne t'aurait pas appelé ? Ce n'est pas vers toi qu'elle se tourne quand elle a besoin d'aide ?

— Je ne sais pas. Sofia est tout, sauf prévisible. Une fois, elle a disparu pendant six mois. Il s'est trouvé qu'elle baisait avec un type qui avait fait de la prison pour fabrication de faux papiers, et comme je n'ai pas pu trouver la moindre preuve qu'elle ait quitté la Grande-Bretagne sous son vrai nom, je me demande si elle ne s'est pas remise avec lui. Elle est intelligente et elle n'a peur de rien. Elle a vécu dans la rue, alors si elle estime devoir se cacher, elle peut disparaître mieux que personne. Et surtout, elle est suffisamment dingue pour être contente qu'on n'entende plus parler d'elle.

— Je comprends que tu l'aimes, qu'elle n'est pas tout à fait stable et que tu es inquiet. Mais, Damien, dis-je doucement, c'est une adulte. Et quel que soit votre passé commun, tu n'es pas responsable d'elle.

— Peut-être pas, mais c'est l'impression que j'ai.

J'acquiesce. Après tout, je ne suis pas responsable de Jamie non plus. Je souris et m'étire à côté de Damien. Il dépose un baiser sur mon front, puis entrelace ses doigts aux miens. Un instant plus tard, il appuie sur le bouton d'une télécommande.

La lumière du court s'éteint, et nous nous retrouvons dans l'obscurité sous le ciel semé d'étoiles.

Chapitre 19

Après les péripéties du samedi, le dimanche est un véritable plaisir. Nous passons la journée à flâner. Renonçant à rechercher Sofia, mon harceleur ou le salaud qui a fuité les photos, même Damien déconnecte et entre comme nous dans un état quasi végétatif.

Jamie et moi quittons la position horizontale vers l'heure du déjeuner pour aller faire une longue promenade le long de la mer. Damien ne se joint pas à nous, prétendant être absorbé par la relecture du roman d'Isaac Asimov, *Les Robots*. Étant donné l'amour que Damien porte à la science-fiction, je ne doute pas que le livre le fascine, mais je sais aussi qu'il ne vient pas parce que je le lui ai demandé. Je veux passer un peu de temps en tête à tête avec Jamie pour l'interroger sur son projet de retour au Texas.

Cependant, tandis que nous marchons au soleil en bord de mer, je ne parviens pas à trouver le moment adéquat. Du coup, nous parlons de tout et de rien en traversant la propriété de Damien jusqu'à l'océan, puis en remontant vers le nord jusqu'au plus proche voisin. Grand et musclé, celui-ci nous fait signe en sortant de l'eau avec sa planche de surf, sa peau couleur café ruisselante et luisante. Jamie a l'air au bord de la crise cardiaque quand elle le voit.

— Qui est-ce ? je chuchote alors que nous faisons demi-tour pour rentrer.

— Eli Jones. Il a remporté l'oscar du meilleur second rôle masculin l'an dernier. Tu es vraiment désespérante, toi !

— Oui. (Et faute de trouver une meilleure transition, j'ajoute…) Tu vas avoir du mal à te concentrer sur ta carrière d'actrice si tu retournes au Texas.

— Oui, bon… dit-elle en haussant les épaules. Tu le sais aussi bien que moi, je suis loin d'avoir une carrière. On ne peut pas dire que j'aie mis le feu à Los Angeles.

Elle donne un coup de pied dans l'eau, faisant jaillir un faisceau de gouttes qui scintillent un instant au soleil avant de retomber et de se perdre dans l'océan. J'aimerais tant qu'elle connaisse davantage que quinze minutes de célébrité, et je crains de penser plus à moi qu'à son bien-être en ne soutenant pas son retour au pays.

— Quoi que tu décides, tu sais que je serai avec toi, je lui dis.

Nous avons traversé la plage et remontons le chemin menant à la maison, quand mon téléphone sonne. Je le sors de la poche de mon blouson, et suis surprise de voir le nom de Courtney à l'écran.

— Allô, Courtney, quoi de neuf ?

C'est la fiancée d'Ollie. Nous nous connaissons depuis des années, mais pas autant que je le souhaiterais, car elle passe son temps en déplacements pour son boulot. Cependant, elle est charmante et authentique et je crois qu'elle aime vraiment Ollie. J'aime Ollie aussi, mais je n'apprécie pas qu'il couche à droite à gauche ; et même s'il occupe une place au-dessus de Courtney dans mes priorités amicales, je pense malgré tout qu'elle mérite mieux.

« Qu'est-ce que c'est ? », articule muettement Jamie en ouvrant de grands yeux. Je me contente de hausser les épaules.

— Ollie et moi voulons savoir si Damien et toi êtes libres mardi soir. Jamie aussi. Elle est avec toi ? Ollie m'a dit qu'elle séjournait chez Damien avec toi cette semaine.

Je jette un bref regard à Jamie. Elle ne m'a pas prévenue qu'elle avait dit à Ollie où elle serait. Je ne devrais pas me montrer soupçonneuse — après tout, nous étions déjà amis avant qu'ils couchent ensemble, mais je ne peux m'empêcher d'éprouver une certaine inquiétude.

— Oui, dis-je en jetant un regard noir à Jamie, dont l'air penaud m'inquiète encore plus. Elle est là. Qu'est-ce qu'il y a mardi ?

— Rien de particulier. Mais je n'ai pas de déplacement cette semaine et nous ne nous sommes pas vus, tous, depuis une éternité. J'ai dit à Ollie que nous devrions nous retrouver chez Westerfield. Tu connais, n'est-ce pas ? C'est à West Hollywood.

— Je connais, je confirme.

L'endroit appartient à Damien.

— Alors, vous pouvez venir ?

D'un côté, j'aimerais refuser parce que j'ai très peur que tout ça finisse en drame. De l'autre, j'ai envie d'accepter parce que j'espère encore plus que tout redevienne comme avant entre Jamie, Ollie et moi.

— D'accord, dis-je enfin. On vient.

Quand arrive le soir, nous nous sommes prélassées au bord de la piscine, promenées le long de la mer, nous avons joué au Air Hockey dans une salle de jeux dont j'ignorais l'existence dans la maison, et regardé les deux premiers James Bond tout en nous empiffrant de pop-corn.

Pour le dîner, Jamie propose que nous nous fassions griller sur un feu des hot-dogs, des sandwichs de marsh-mallows et des barres chocolatées. C'est hyper calorique, gluant et amusant. Et alors qu'allongée à côté de Damien je lèche sur ses doigts le chocolat, je me dis que j'aimerais vivre ainsi jusqu'à la fin de mes jours.

Impossible, bien sûr, mais pendant ces quelques heures je savoure notre existence protégée dans cette bulle. Mais cela se termine trop rapidement. À dix heures du soir, Sylvia appelle pour connecter Damien à une téléconférence avec l'un de ses fournisseurs à Tokyo. Il me donne un petit baiser et rentre prendre l'appel. Je le regarde s'éloigner en sirotant mon whisky et en admirant ses fesses moulées dans son vieux jean usé préféré. Jamie apprécie le spectacle, elle aussi. Elle croise mon regard et sourit.

– Quoi ? Parce que tu ne sais pas qu'il est super sexe ?

– Fais-moi confiance, dis-je en reprenant du choco-lat. J'en suis pleinement consciente.

– Tu en refais ? demande-t-elle en me passant le bol de marshmallows.

– Non, je mange juste du chocolat.

– Ça va ?

— Manger du chocolat n'est pas forcément un signe de grave crise affective.

— Tant mieux. Contente de l'entendre.

— Pourquoi ? je demande en posant le chocolat, brusquement inquiète.

— Sans aucune raison. (Elle lève la main pour faire taire mes protestations.) Je te jure ! Je me demandais juste ce qu'il en était de cette histoire de harceleur. Ce n'est pas que je déteste vivre ici, se hâte-t-elle d'ajouter, mais j'aime bien avoir mes petites affaires.

— Je comprends ça. Mais je ne crois pas que le service de sécurité de Damien ou la police aient du nouveau.

— Ça doit le rendre dingue.

— Effectivement. Ça, et essayer de retrouver Sofia.

— Qui ?

Me rendant compte que je n'ai pas parlé à Jamie de Sofia, je lui résume les faits, en disant seulement que c'est une amie de Damien depuis l'époque du tennis, qu'elle est un peu barge et qu'elle a disparu. Qu'elle suit probablement un groupe dans sa tournée, mais que Damien s'inquiète quand même.

— Et tu n'es pas jalouse ?

— Tu crois que je devrais ?

— Une ancienne petite copine qu'il tient absolument à retrouver ? Merde, moi, je m'arracherais les cheveux.

— Merci, dis-je, sarcastique. J'apprécie que tu me réconfortes.

— Oui, bon, comme on l'a déjà souligné plusieurs fois, je ne suis pas aussi équilibrée que toi.

— Tu dois me confondre avec quelqu'un qui ne se taillade pas.

Elle me jette un regard grave comme jamais.

– Je crois que tu te confonds avec quelqu'un qui se taillade.

Je reste un moment immobile, sans répondre, mais je me représente au travers du regard de Jamie. Ai-je vraiment réussi à devenir stable ? Peut-être pas complètement, mais je ne me débrouille pas mal du tout. Et tout ça, je le dois à Damien.

Je pense aux occasions où j'ai commencé à déraper – et où Damien m'a rattrapée – et j'aimerais que Jamie trouve elle aussi quelqu'un. Quelqu'un qui la rattrape et n'aurait aucune indulgence pour ses conneries. Quelqu'un qui ne cherche pas seulement le cul ou un coup d'un soir.

Bref, quelqu'un qui l'aime.

– Qu'est-ce qu'il y a ? demande-t-elle en me regardant avec attention.

Je me contente de secouer la tête.

Elle prend la barre chocolatée et la coupe en deux morceaux entre lesquels elle glisse un marshmallow en sandwich. Elle ne se fatigue pas à le faire fondre sur le feu : elle mord dedans, les yeux clos dans une sorte de plaisir quasi orgasmique.

– Bon sang ! ce que je peux aimer le chocolat.

Je me lève.

– Je vais aller me coucher avant d'en manger encore. Tu veux que je te réveille demain matin ? Je me lève de bonne heure pour aller au bureau.

Ces mots sont aussi délicieux que le chocolat. J'ai un bureau. Un bureau rien qu'à moi. Sérieusement, peut-on rêver plus cool ?

– Je te déshérite si tu me réveilles, dit-elle. Maintenant, file ! ajoute-t-elle avec un geste royal de la main.

Si je ne peux pas coucher, je vais au moins finir ce qui reste de ce chocolat.

Je dors déjà quand Damien me rejoint, et il est levé quand je me réveille. J'ai vaguement le souvenir d'avoir été dans la chaleur de ses bras à un moment, mais je me sens abandonnée. Du moins jusqu'à ce que je trouve un mot dans la salle de bains me promettant quelque chose de délicieux ce soir – et peut-être même à dîner, aussi.

La Cooper a fait sa réapparition comme par magie à la maison de Malibu, et je ne peux qu'imaginer que les petits lutins de Damien l'ont conduite ici pendant que nous étions au chevet de Jamie à l'hôpital. Quoi qu'il en soit, j'en suis heureuse, et je me glisse avec allégresse derrière le volant pour faire la longue route menant à Sherman Oaks. Je meurs de faim, et ce matin ma tasse de café habituelle ne me suffit pas. Damien m'a fait connaître les meilleurs croissants du monde dans une boulangerie de Malibu, et comme je peux arriver à mon bureau à l'heure qui me chante, je décide de faire un détour.

L'Upper Crust possède un guichet drive-in, mais je décide de me garer et d'y entrer. J'ai envie d'un croissant tout simple, mais je suis tout à fait disposée à me laisser tenter par un truc vraiment décadent comme un *pain au chocolat** ou un roulé à la cannelle gluant de sucre et scintillant de glaçage. Finalement, je craque pour un beignet aux pommes, et alors que je paie ma pâtisserie et mon *latte* extra large, la petite sonnette de la porte tinte et Lisa entre.

Je lève une main pour la saluer, mais la baisse aussitôt. Elle avance main dans la main avec un homme que je connais – Preston Rhodes, le chef des acquisitions de Stark Applied Technology.

Pendant une seconde, je me dis que ce doit être une de ces Énormes Coïncidences Amusantes. Mais je vois le sourire de Preston qui me reconnaît – et la grimace de Lisa.

Eh bien, merde !

– Lisa, dis-je d'un ton accusateur, ma colère montant à mesure que les pièces du puzzle se mettent en place, vous ne m'avez pas parlé lors de ma première journée à Burbank parce que j'étais la nouvelle chez Innovative. Vous l'avez fait parce que Damien vous l'a demandé.

Je suis fière d'avoir réussi à garder mon calme, mais d'après la manière dont Preston nous regarde et s'éclipse, je pense que je me suis quand même un peu énervée.

– Ce n'est pas ce que vous croyez, dit Lisa.

– Il ne vous a pas demandé de m'aborder ?

– Eh bien, si… avoue-t-elle. Je pense que vous croyez juste.

Contrairement à moi, elle est vraiment calme. Et bien sûr, ça me met hors de moi. Je croise les bras et la toise.

– Il m'a dit que vous envisagiez de vous lancer en indépendante. Que vous aviez déjà commercialisé quelques applications pour smartphone qui se vendaient bien, et que vous travailliez à créer des apps en ligne qui selon lui avaient des chances de très bien marcher.

– Et ?

– Et il m'a dit que vous ne vous voyiez pas trop en dirigeante d'entreprise.

— Et il s'est donc dit que si je ne l'écoutais pas, lui, peut-être je vous écouterais, vous ?

Même si j'ai sollicité l'avis de Damien sur les questions financières, j'ai hésité à lui demander de m'aider à créer l'entreprise. En plus, j'ai traîné les pieds jusqu'au moment où j'ai vraiment eu l'impression de savoir ce que je faisais. Lisa est la passerelle idéale entre mes incertitudes et mes besoins, ce qui prouve une fois de plus que Damien me connaît bien et qu'il continue de garder des secrets et de tirer les ficelles de ma vie en coulisse.

Je me rappelle qu'il m'a dit avoir enquêté sur Lisa. Fichu bonhomme ! Il n'avait pas besoin d'enquêter, il la connaissait déjà. Bon sang, elle est fiancée à l'un de ses cadres supérieurs !

— Je suis vraiment désolée, dit-elle. Il m'a demandé de ne rien vous dire, mais la vérité est que je n'y ai même plus pensé dès que j'ai fait votre connaissance à Burbank.

— Franchement, je soupire, ce n'est pas à vous que j'en veux le plus.

Elle soupire à son tour, et le masque professionnel tombe. Je vois la réalité de la femme que je connais — celle que je pensais devenir une amie.

— Allons, Nikki, vous savez ce qu'il éprouve pour vous. Il n'essayait pas de vous manipuler, il voulait seulement vous aider.

— Qu'on m'aide, ça me rend folle, dis-je.

Elle éclate de rire.

— Je suis vraiment désolée, dit-elle, sincèrement contrite. Notre prochain rendez-vous tient toujours, malgré tout ?

— Bien sûr. (Même si je suis furieuse contre Damien
— et là, je le suis vraiment –, je ne vais pas compromettre
cette amitié naissante avec Lisa.) À dire vrai, je dois
retrouver des amis demain au Westerfield's. Si vous
veniez aussi tous les deux ?

— Vraiment ?

— Absolument.

— Ça me plairait bien, dit-elle. Vous m'envoyez
l'adresse ?

— Pas de problème…

— Et ne punissez pas Damien trop durement, dit-elle.

Sur ce point, en revanche, je ne promets rien.

Il me faut rassembler toute ma volonté, mais je
réussis à ne pas appeler Damien depuis la voiture. Nous
allons parler de cette affaire, c'est sûr, mais nous le
ferons en tête à tête et quand je me serai un peu calmée
— et que j'aurai décidé exactement quoi dire et comment. Damien est bien trop doué pour me distraire, et
je n'ai pas l'intention de me laisser balader.

Giselle m'appelle pendant le trajet et nous convenons
de nous retrouver au bureau pour voir ensemble le
camaïeu de couleurs qu'elle a choisi. Cependant, dès
que je suis sur l'autoroute, je constate que la circulation
va être un enfer. Je n'ai aucune idée de l'heure à laquelle
Giselle a quitté Malibu, mais comme il se peut qu'elle
ait une demi-heure d'avance sur moi, j'appelle la réceptionniste – dont j'ai oublié le prénom – pour qu'elle la
fasse entrer si elle arrive avant moi.

Il se trouve que la circulation n'est pas seulement un
enfer, mais le pire qui soit, et il me faut largement plus
d'une heure pour aller de l'Upper Crust à Malibu, à
mon bureau de Sherman Oaks. Comme j'ai terminé le

beignet et le café en route, je me gare et file au Starbucks faire le plein de caféine. Monica, assise à la même table que l'autre jour, me fait un petit signe en me voyant entrer.

— Comment s'est passée l'audition ? je lui demande.

Elle se rembrunit et fait la grimace. Je compatis comme il se doit et me place dans la file d'attente. Je prends un *latte* puis, comme je suis de bonne humeur, je demande en plus un café noir, un peu de lait et un sachet de sucre à part. Puis je vais offrir le café au garde qui m'a filée depuis Malibu et est à présent assis dans le parking couvert de mon bureau.

— Vous devez vous ennuyer comme jamais, dis-je. Mais j'apprécie vraiment.

Il me remercie, me dit qu'il s'appelle Tony et m'assure que son travail n'est pas du tout ennuyeux. Je ne le crois pas, mais c'est gentil de sa part.

Trouver Giselle dans mon bureau quand j'entre ne me surprend pas, mais je suis surprise par les grands aplats de couleur qu'elle a peints sur les murs. Elle doit se rendre compte de mon étonnement, car elle ouvre de grands yeux et se répand en excuses.

— C'est tellement plus facile de choisir une couleur quand on la voit sur un mur. Ces petits nuanciers atteignent vite leurs limites.

— Ce n'est pas grave, dis-je. Vraiment. J'aime bien le bleu, j'ajoute en désignant une traînée bleu ciel près de la fenêtre.

— C'est aussi un de mes préférés. (Elle consulte sa montre.) Comme je sais que vous avez du travail, laissez-moi finir de peindre quelques couleurs, puis je reviendrai demain avec des toiles pour que vous fassiez votre choix, et vous me direz alors quelle couleur vous inspire.

J'accepte, même si pour moi le bleu convient très bien. Mais Giselle semble décidée à suivre le protocole, et comme c'est important pour elle — et que je vais avoir un bureau repeint gratuitement —, je suis ravie de lui donner carte blanche.

Mon téléphone sonne au moment où j'allume mon ordinateur portable. C'est Jamie. Elle appelle uniquement pour se vanter de passer la journée à fainéanter sur la plage pendant que je m'échine devant un clavier.

— Ce n'est pas que je ne préférerais pas tourner une pub, ajoute-t-elle. Mais je suis le genre qui voit toujours le verre à moitié plein.

— Contente de l'entendre, dis-je en riant. Et au fait, James, ce n'est pas parce que c'est une plage privée, ça signifie qu'elle est privée pour toi, tu vois de quoi je parle ?

— Pas de baignade toute nue ?

— Même pas topless.

— Dis à ton homme que je m'occupe du dîner. On dira que c'est le loyer. Qu'est-ce que tu veux ?

— Tout me va. Et si tu as besoin d'aller faire des courses, demande simplement à Edward de te conduire.

Je fronce les sourcils en me rendant compte que ça m'est venu tout seul. Edward ne travaille pas pour moi, après tout. Et pourtant, voilà que je me glisse dans le rôle de la maîtresse de maison. Je dois avouer que ça me plaît — même si je suis encore fâchée contre Damien.

— Mon amie Jamie, dis-je à Giselle en raccrochant, même si elle ne m'a rien demandé. Elle paresse à la maison de Malibu aujourd'hui.

— Quelle chance !

Je jette un coup d'œil circulaire à mon bureau, très contente de moi.

— Peut-être. Mais on est bien ici aussi.

— Je suis tout excitée pour vous, dit Giselle. Et impressionnée par la vitesse à laquelle vous vous êtes fait connaître. (Je fronce les sourcils, interloquée.) L'article dans le *Business Journal* d'aujourd'hui, continue-t-elle, comme si ça expliquait tout. Sur l'app que vous développez pour Blaine. Je trouve ça génial que vous retourniez toutes les horreurs qui ont été écrites sur cette histoire de portrait, et que vous vous en serviez pour promouvoir votre nouvelle entreprise.

— Je n'ai pas contacté le *Journal*, dis-je.

— Ah… Ce doit être Evelyn ou Blaine, alors. Quoi qu'il en soit, c'est une excellente publicité.

Excellente, peut-être. Mais étrange, aussi. Et à peine Giselle est-elle partie que j'appelle Evelyn pour savoir si elle a publié un communiqué. Ce n'est pas grave si elle l'a fait, mais j'aurais aimé être prévenue. Ne serait-ce que parce que j'aimerais bien avoir une copie de l'article pour mon *scrapbook*.

Mais avant que j'aie le temps de composer son numéro, la réceptionniste m'annonce une livraison. J'ouvre la porte de mon bureau à un coursier qui apporte une énorme boîte de chocolats. Je la prends, perplexe, et lis la carte. « L'indulgence et le chocolat vont bien ensemble. »

Un petit sourire me vient aux lèvres. Apparemment, Damien a parlé avec Preston Rhodes.

J'envisage de l'appeler, mais je décide d'attendre. Ça lui fera les pieds de mariner un peu.

Dix minutes plus tard, une autre livraison. Une corbeille remplie de liqueurs variées entourant une énorme bouteille de Macallan. L'homme me connaît bien. Je lis la carte et éclate de rire. « L'indulgence va encore mieux avec l'alcool. »

Amusant, peut-être. Mais je n'en reste pas moins fâchée.

Cependant, je ne peux nier que ma colère est un peu atténuée.

Quand la livraison suivante est annoncée, je la guette déjà à la porte. J'ouvre et étouffe un cri à la vue de Damien en personne sur le seuil. Il porte un sac de courses et une rose rouge. Son regard est à la fois amusé et désolé, et je dois lutter contre l'attirance familière qui me souffle de le débarrasser de son chargement pour me jeter dans ses bras. Et lorsqu'il se racle la gorge, je me rends compte que ça fait un peu trop longtemps que je suis là sans rien faire.

– Je peux entrer ?

Si j'avais entendu ne serait-ce que l'ombre d'un rire dans sa voix, je lui aurais claqué la porte au nez. Mais le ton est neutre et respectueux, et malgré le côté fantasque de ses cadeaux, à l'évidence il sait que je suis sincèrement agacée par sa conduite.

– Un instant seulement, dis-je. J'ai du travail.

Je m'efface, il entre en me frôlant le bras. Je suis parcourue par ce frisson que j'associe à Damien et pousse un petit soupir. S'il l'entend, il n'en montre rien. Il se contente d'aller poser le sac et de me tendre la rose.

– Je suis désolé, dit-il.

Je secoue la tête et le regarde, poings sur les hanches, exaspérée.

— Tu es un homme brillant, Damien Stark. Alors je ne comprends pas pourquoi tu ne peux pas te fourrer dans le crâne que tu me mets en rogne quand tu fais ça. C'est une chose, très agaçante qui plus est, de demander à Lisa de m'aborder et de m'aider. C'en est une autre de m'avoir menti en disant que tu avais enquêté sur elle.

— J'ai enquêté sur elle, dit-il. Bien avant cela.

— Tu as très bien compris de quoi je parle.

— Oui, convient-il.

Il s'avance vers moi et l'air entre nous s'épaissit. Je recule.

— Bon sang, Damien ! Tu ne peux pas faire ce genre de conneries.

— Tu ne vas pas tenir compte de ses conseils ? Cesser de la voir ?

— Non. C'est une amie. Malgré toi, j'ajoute. Pas grâce à toi. Et ne t'avise pas de prétendre que ce que tu as fait ne change rien puisque nous avons fini par nous apprécier sincèrement.

— Je sais faire la différence, dit-il gravement. Mais je suis aveugle quand tu es concernée, Nikki.

— Oh, vraiment ? Comme c'est romantique… (Je croise les bras.) Il va falloir te soigner.

Il glousse et s'approche à nouveau avant que j'aie eu le temps de reculer. Son bras est déjà autour de ma taille et il m'attire si violemment contre lui que mon bassin se cogne au sien. Je sens son sexe dur et j'aimerais être agacée qu'il bande. Mais je n'y arrive pas. Parce que je suis excitée moi aussi, tout mon corps frissonne devant lui. C'est bien simple, il a suffi qu'il entre pour que je mouille déjà.

– Tu peux me baiser, je souffle. Je serai quand même furieuse contre toi.

Il me ferme la bouche avec le genre de baiser qui fait fondre une femme.

– Tentant… fait-il. (Puis il recule, prend le sac et me le donne.) Pour toi.

Je le prends avec circonspection et jette un coup d'œil dedans. Il est rempli de papier de soie qui dissimule une boîte en forme de niche. Je lui jette un regard interloqué, puis j'ouvre la boîte. Elle contient une douzaine de biscuits en forme d'os, portant chacun le mot « Pardon » écrit avec du glaçage argenté.

– OK, dis-je en souriant. Tu es officiellement pardonné. Merci pour les biscuits. Mais ne recommence pas.

– Je ferai de mon mieux. Mais c'est plus sûr de ne pas promettre.

Impossible de ne pas rire. C'est l'un des inconvénients quand on a une relation avec un homme comme Damien Stark. Mais le plus important, c'est que même s'il me rend folle, nous parlions de ces problèmes. C'est une lumière dans l'obscurité. C'est ce qui maintient la bulle en place. Parce que plus nous nous serrons les coudes, plus nous pouvons nous protéger du monde.

– Merci d'être venu, dis-je. Tu aurais pu attendre pour m'en parler ce soir.

– Non, dit-il simplement. Je n'aurais pas pu.

– Au déjeuner ?

– Malheureusement, je vais devoir décliner.

– Dommage, mais après tout c'est aussi bien. Je n'ai

absolument rien fichu de la journée. J'imagine que la tienne est plus occupée, toi qui as un univers à diriger.

— Aujourd'hui, mon univers se limite à nous deux.

D'abord, je me dis qu'il se montre romantique, puis je vois son visage creusé. J'écarte la boîte et me perche sur le rebord de mon bureau.

— Tu as appris quelque chose. C'est bon ou mauvais ?

— Un peu des deux, en fait.

— Très bien. Dis-moi la bonne nouvelle d'abord.

— Le tribunal a refusé de rendre les photos publiques.

— Damien… dis-je, c'est formidable.

— C'est vrai. Mais la presse n'est pas idiote. Il y a de fortes chances qu'elle ne se décourage pas et essaie comme moi d'identifier la personne qui a communiqué les photos.

— Tu as appris quelque chose de nouveau ?

— Sur les photos, non, dit-il après une hésitation. Sur la fuite concernant ton portrait, oui. Il se trouve que les caméras du distributeur bancaire sont très efficaces.

— Sérieusement ? C'est génial. Qui est-ce ?

— J'ai encore besoin d'une confirmation. Donne-moi le temps de voir où ça mène, et je te raconterai tout.

— D'accord.

Je suis tout de même déçue qu'il ne me le dise pas tout de suite, même s'il n'a pas fini d'enquêter. Je songe à insister, mais je me ravise. Je ne crois pas que son mutisme vienne de son désir de garder des secrets, mais simplement de son besoin inné d'avoir le contrôle. De ses affaires. De l'information. Et, me dis-je en jetant un coup d'œil à la boîte en forme de niche, de moi.

— Mademoiselle Fairchild, grésille l'interphone, vous avez une autre livraison. Je vous la fais passer ?

— Certainement.

Je jette un regard à Damien qui lève une main.

— Ce n'est pas moi, je le jure. (Évidemment, je ne le crois pas. Du moins quand je prends l'enveloppe des mains du coursier et que je vois le visage de Damien.) Laisse-moi l'ouvrir, dit-il.

Un frisson me parcourt. L'enveloppe en kraft devient soudain très lourde.

— Tu n'imagines pas…

— Je ne sais pas, dit-il en tendant la main, mais je vais voir.

Je lui passe l'enveloppe, irritée de ne pas avoir le courage de l'ouvrir moi-même, mais aussi désespérément reconnaissante qu'il soit auprès de moi. Il tient l'enveloppe avec un mouchoir, l'ouvre avec le canif de son porte-clés, l'écarte et jette un coup d'œil à l'intérieur.

— Non, dis-je, je veux voir ce que tu fais.

Son expression est tendue et je m'attends à ce qu'il refuse. Mais il acquiesce. Je m'approche, et il renverse sur le bureau l'enveloppe qui laisse échapper son contenu.

Six photos. Moi à la maternelle. Moi avec un diadème lors de mon premier concours de beauté, les cheveux bouclés. Moi, moi, moi.

Sur chaque photo, mon visage a été barré d'une croix rouge si rageuse que le papier en est griffé. Aux clichés, est jointe une feuille de papier qui porte comme un stéréotype des lettres majuscules découpées dans des journaux et collées : « Tu n'existes même pas. »

Je reste bouche bée, surprise du silence dans la pièce. Surprise de ne pas hurler, car c'est vraiment épouvantable. Mais il règne un silence de mort. Le monde entier est mort. Pas de bruit. Plus de couleur. Plus de lumière.

Tout est gris. Même les croix rouges sont devenues grises. Et la pièce grise vire d'ailleurs au noir. Un nuage couleur d'encre m'environne, m'enveloppe et m'attire…

Nikki !

Nikki !

Une sensation cuisante sur ma joue.

— Nikki !

— Damien.

C'est ma voix, mais elle semble horriblement lointaine. Je porte la main à ma joue.

— Navré, dit-il, bien qu'il paraisse plus inquiet que désolé. Tu t'es évanouie.

— Je… quoi ? (Je me redresse, étourdie, et me rends compte que j'ai atterri Dieu sait comment sur la banquette.) Évanouie ?

Voilà des années que ça ne m'est pas arrivé. Depuis le jour où j'ai été enfermée par erreur dans un débarras à l'université. Les espaces clos et sombres m'ont toujours fait flipper, et je m'étais évanouie. Mais ça ne s'était jamais produit dans des circonstances comme celles-ci.

— Tu avais de quoi, me rassure Damien.

Ces photos. *Mes* photos.

Je frissonne. La personne qui a fait ça fait partie de ma vie. Ce ne sont pas simplement des textos haineux. Je suis la cible. Et si je n'existe pas, où veut-on en venir ?

Je prends une profonde inspiration et essaie de calmer les battements de mon cœur. Je me redresse, les mains sur les cuisses, puis je rajuste ma jupe qui s'est retroussée. J'enfonce mes ongles dans mes paumes, pressant de toutes mes forces afin de me servir de la douleur pour sortir de ce brouillard.

— Ma mère, dis-je. Celui ou celle qui a fait ça se les est procurées auprès de ma mère.

Damien me prend délicatement une main et la serre dans la sienne. Avec un pincement de culpabilité, je desserre l'autre poing.

— Ta mère ? répète-t-il. Qu'est-ce que tu racontes ? (Je lui rapporte la conversation de Jamie avec ma mère.) C'est bien, dit-il, me lâchant la main, le temps d'envoyer un texto. C'est une information très utile, ajoute-t-il devant mon air décontenancé. C'est un lien incontestable. Je vais demander à Ryan qu'il appelle ta mère. Je pense qu'il arrivera mieux que moi à la faire coopérer.

J'acquiesce, puis je jette un regard vers mon bureau. Il n'y a plus rien dessus.

— Où...

— Je les ai rangées.

Il reprend ma main qui s'est de nouveau crispée sur ma cuisse. Je tressaille. Je ne m'en étais pas rendu compte, mais je vois les traces rouges de mes ongles dans ma paume.

— Je...

Je me détourne. Je suis trop transparente, mes blessures sont bien trop visibles. J'aimerais tellement ne pas avoir besoin de souffrir, mais il me faut cette douleur. J'existe, bon sang ! Et si je veux me ressaisir, il me faut cette douleur.

— Dis-moi de quoi tu as besoin, dit-il.

— Tu le sais bien, dis-je d'une voix sourde en regardant les traces rouges qui pâlissent.

— Oui, ma chérie. (Il se laisse glisser de la banquette sur le sol. Ses mains se posent sur mes genoux et il m'écarte lentement les cuisses.) Tu veux que je te touche. (Sa voix est aussi douce que la pression de son pouce sur l'intérieur de ma cuisse.) Tu veux que je te baise ? Tu veux éprouver la sensation cuisante de ma main sur ton cul ou la brûlure d'une corde autour de ton poignet.

Ses paroles m'hypnotisent. Elles coulent sur moi comme une eau tiède, attirante mais dangereuse. Si profonde que je pourrais m'y noyer.

— Tu veux faire entrer la douleur en toi, la sentir tourbillonner en toi ?

Ses mains glissent sur mes cuisses et remontent ma jupe sur mes hanches pour exposer le petit triangle de dentelle blanche qui couvre mon sexe.

Haletante, je sens tout mon corps devenir hyper sensible. Le tissu rêche de la banquette sous mes cuisses. La chaleur qui monte en moi, qui vibre depuis la main de Damien jusque dans ma chatte, mes seins, mes tétons. Je me cambre et avance légèrement les hanches. J'ai envie de sentir ses mains sur moi. De sentir, point final. Je veux l'explosion, et pourtant, en même temps, je veux *cela*. Son contact. Ses paroles. La lente montée vers la passion et la vive brûlure de la douleur mêlée au plaisir que je sais en train de poindre.

Il saisit le bas de mon chemisier et le fait passer par-dessus ma tête d'un geste vif et brusque. Je m'entends gémir, et je sens le désir crisper mes seins et ma chatte. Damien jette le vêtement et m'empoigne une hanche d'une main, remontant ma jupe sur la taille. De l'autre, il me doigte par-dessus la petite culotte en dentelle, frotte et titille à travers l'étoffe délicate tandis que j'écarte encore plus les cuisses, avide et sans pudeur.

Je veux que ce soit rapide et violent. Je veux me nourrir de la douleur — m'en servir comme d'une corde pour retrouver le chemin du retour. C'est ce que je veux, et je suis certaine que Damien le comprend.

Ses doigts glissent sur ma peau nue de part et d'autre de la petite culotte, si près de ma chatte et de mon clitoris — mais sans vraiment les toucher — que ma frustration est presque aussi vive que la douleur qu'il sait que je désire. La main posée sur ma hanche remonte sur mon sein et il pince mon téton à travers le soutien-gorge tout en écartant la petite culotte pour enfoncer profondément trois doigts en moi.

Je halète de plus en plus, frissonnante, et me tortille. Je ne sais plus très bien ce dont j'ai besoin à part lui. Maintenant. Oh, oui, par pitié, maintenant !

— Tu veux souffrir parce que la douleur te donne le pouvoir de vaincre… de te hisser à la surface pour faire un bras d'honneur au monde entier. C'est un cadeau, Nikki, cette brûlure cuisante. Et c'est moi qui vais te l'offrir.

Il sort ses doigts de moi, puis il me retourne comme si je ne pesais rien avant de me porter vers mon bureau. Il me met debout devant lui et m'ordonne de me pencher en avant. J'obéis, et la jupe retroussée atténue le contact de l'arête du bureau sur mes hanches.

Il se place à côté et je le vois enlever sa ceinture. Je me mords la lèvre, imaginant la sensation du cuir sur mes fesses. Je désire sa main, mais ça, oh oui ! je suis capable de l'imaginer. Le claquement, la brûlure. La sensation qui monte tandis que je ferme les yeux et me cramponne en laissant la douleur rayonner en moi.

— C'est ça que tu veux ? demande-t-il en haussant un sourcil. (D'après le ton, je me rends compte que ce n'était pas son intention première. Mais Damien sait parfaitement s'adapter. Il hoche lentement la tête en souriant et se place derrière moi, une main décrivant des cercles sur mes fesses nues.) Tu auras droit à ma main aussi, parce que je ne supporte pas de ne pas te toucher. Mais si c'est ce dont tu as besoin…

Il ponctue ses paroles d'un coup qui cingle mon cul, et je pousse un cri de surprise et de plaisir. La brûlure est exquise et je me mords la lèvre, puis je gémis de délice tandis qu'il passe la main sur la chair à vif. Suit une autre brûlure, puis une autre, et à chacune je mouille un peu plus. J'imagine mes fesses virant à l'écarlate, et la large paume de Damien qui les enveloppe tendrement, dissipant d'une caresse toute douleur que je n'aurais pu recevoir et absorber.

— C'est ce que tu voulais ? demande-t-il après quatre coups. (Debout derrière moi, il a enlevé son pantalon et son caleçon. Ses paumes sont sur mes fesses, et sa bite durcie se glisse entre mes cuisses, me caresse et va titiller mon clitoris.) Tu en veux plus ? Dis-le moi, Nikki. Je veux entendre ce que tu désires.

Sa voix est rauque d'excitation et je sais qu'il a autant envie de ça que moi. Et le savoir m'excite encore plus.

— Toi, je réponds en relevant mon cul et en écartant encore plus les jambes. (J'empoigne les côtés du bureau et soupire quand mes seins s'écrasent délicieusement dessus.) En moi, maintenant. Comme ça. Ici, sur le bureau. Et vas-y bien fort. S'il te plaît, Damien, défonce-moi.

— Oh, chérie…

Il s'engouffre en moi, les mains sur mes hanches, et ses coups de sexe implacables me prennent et me possèdent. Je sens monter en moi le plaisir et je ferme les yeux. Sa bite est si épaisse, il va si profond que j'ai envie que ça n'arrête jamais. La sensation qu'il me remplit… de chaque coup qui frotte l'étoffe froissée sur mon clitoris. Je suis prise dans une toile sensuelle, et c'est seulement en sentant les soubresauts qui secouent Damien et en sachant qu'il va jouir, que je me laisse aller pour — oh, mon Dieu, oui ! —, pour exploser en même temps que lui, laisser mon sexe se resserrer sur le sien et tirer de lui jusqu'à la dernière goutte de plaisir.

Puis, repue et haletante, je laisse retomber ma tête sur le bureau en poussant un gémissement d'intense satisfaction.

Son corps recouvre le mien et je ne sais pendant combien de temps nous restons ainsi. Puis il me relève et me porte jusqu'à la banquette, me blottit sur ses genoux et me recouvre de sa veste.

Je me love contre lui et lève la tête. C'est à Damien que je suis attachée, à présent, et non plus à la douleur. Et le plus merveilleux, le plus magnifique, c'est qu'il le comprend. Bon sang, il le comprend mieux que moi !

Une larme m'échappe et il l'essuie du pouce avec un regard interrogateur.

— J'ai besoin de toi, Damien… Mon Dieu, j'ai besoin de toi d'une manière que tu comprends mieux que moi. Mais je me sens si égoïste, si…

— Aurais-tu l'impression que je n'ai pas besoin de toi, Nikki ? demande-t-il en souriant.

— Je… Non, mais je…

Je me tais, décontenancée. Car en vérité, voilà ce que je craignais… mais maintenant qu'il l'a formulé, je me sens stupide. Je repense à la manière dont il m'a possédée la nuit où il luttait contre le déluge des balles sur le court. Et à toutes les fois où il m'a attachée, soumise, comme en contrepoint d'un monde qui lui échappait. Nous nous apaisons mutuellement, et je le sais. Je le vois. Pourtant, je redoute que Damien, même s'il me désire désespérément, n'ait pas besoin de moi autant que moi de lui. Qu'il ne m'aime pas aussi désespérément que je l'aime.

— Te rappelles-tu ce que je t'ai dit à Munich ? demande-t-il en passant un doigt dans mes cheveux. Que je ne voulais pas te toucher avec ces images dans ma tête.

Me le rappeler ? Comment pourrais-je oublier ?

— Bien sûr, je me contente de répondre.

— Ce n'était pas tout à fait vrai.

— Oh !

Comme je ne sais pas quoi dire d'autre, j'attends.

— Images ou pas, ces souvenirs sont toujours là. Je ne peux pas les balayer. Je ne les ai jamais chassés. Mais tu les rends supportables. (Il me regarde, à présent, et son émotion est si vive qu'elle me déchire.) Tu es ce qui me donne la force. Si je suis ce qui t'équilibre, Nikki, tu es mon amarre. Chaque fois que je te touche, chaque fois que je me perds en toi… Nikki, ne le vois-tu pas ? Tu es le talisman de ma vie, et si je perds mon empire sur toi, c'est moi qui me perds.

— Damien… dis-je.

Car j'ai besoin d'entendre son prénom. Ses paroles enflent en moi, comme si elles allaient me faire exploser. Mais je me cramponne à elles, car elles sont trop précieuses.

Certes, je le crois, mais il a beau penser que je suis son amarre, quand l'abîme a menacé de l'emporter en Allemagne, je n'ai pas eu le pouvoir de l'empêcher de sombrer.

Cette pensée me fait frémir et je me cramponne à lui.

Car ces photos sont toujours là, quelque part. Et elles ont le pouvoir d'anéantir l'homme que j'aime.

Chapitre 20

Le mardi matin, j'ai l'impression d'avoir de nouveau repris le contrôle de ma vie.

Damien et moi ne sommes pas restés dans mon bureau le lundi. Il m'a serrée contre lui, m'a baisée, m'a aidée à redevenir pleinement moi-même. Mais ce n'était pas là que je voulais être, alors il m'a emmenée dans son penthouse, au sommet de la Stark Tower. Durant le trajet, il a appelé Ryan et lui a demandé d'aller à la maison de Malibu veiller à la sécurité et sur Jamie.

À l'appartement, il m'a installée dans une baignoire avec un verre de vin. Et dans le lit, il m'a gâtée avec du vin, de nouveau, et du fromage. Il m'a comblée avec de vieux films puis m'a fait l'amour si suavement que mon corps a chanté. Et le matin venu, j'étais prête à donner au monde une deuxième chance.

Je suis aussi très consciente de la réalité, voilà pourquoi c'est Edward qui me conduit à mon bureau. J'ai appris qu'il n'était pas seulement le chauffeur de Damien, mais faisait aussi partie de ses gardes du corps. Et il a assuré à Damien qu'il m'accompagnerait jusqu'à mon fauteuil.

Alors il proteste quand je lui dis vouloir d'abord m'arrêter chez Starbucks.

— Mademoiselle Fairchild, celui-ci n'a pas de guichet drive-in.

— Garez-vous simplement devant. Cela ne prendra que cinq minutes.

La cloison qui nous sépare est baissée et je vois sa grimace dans le rétroviseur. Je l'imite, tête penchée.

— Vous croyez vraiment que quelqu'un m'attend en embuscade dans le café ?

— Je crois qu'une personne prête à aller demander vos photos à votre mère a envie de vous étudier, d'apprendre vos habitudes, donc est disposée à se montrer très, très patiente.

Comme je ne peux pas le contredire, je l'invite à m'accompagner et l'amadoue en lui proposant de lui offrir un café.

Nous sommes dans la file d'attente à bavarder du dernier livre audio qui l'absorbe ces derniers temps, quand la porte s'ouvre et Monica entre. Elle me fait signe et se précipite vers moi.

— J'espérais vous voir aujourd'hui. Je voulais vous dire de ne pas faire attention à eux. Ce sont juste des salauds avides d'argent.

Je regarde Edward. Je n'ai pas la moindre idée de ce dont elle parle. D'après l'expression d'Edward, lui a compris.

— Quoi ? je leur demande.

— Vous n'avez pas vu ? C'était sur un site people ce matin, explique Monica. Tout le monde a probablement dû le tweeter partout.

— Quoi donc ? je répète.

Edward sort son iPad de sa besace. Il le tapote puis me le tend.

— Monsieur Stark a estimé qu'il valait mieux ne pas vous importuner avec ça aujourd'hui.

— Ah, vraiment ?

Je jette un coup d'œil à l'écran et mon estomac se noue.

Oui, j'aurais effectivement pu m'en passer.

L'article s'ouvre sur une photo de Jamie qui marche sur la plage en tout petit Bikini. En médaillon figure la photo de la maison de Damien à Malibu, avec une légende expliquant au lecteur que Jamie se pavane dans la maison du milliardaire Stark, à Malibu.

« A-t-on piqué Stark à Nikki ?

Selon des sources bien informées, le milliardaire Damien Stark – dont certains pensent qu'il a récemment acheté sa relaxe dans un procès pour meurtre – a laissé de côté sa torride romance avec la jolie ex-mannequin Nikki Fairchild pour lui préférer sa colocataire, Jamie Archer, une actrice montante que l'on a vue récemment au bras (et plus si affinités) de Bryan Raine. Selon des sources d'Inland Empire, Jamie Archer a récemment été hospitalisée il y a quelques jours à la suite d'un accident qui l'a conduite aux urgences et la Ferrari de Stark à la casse. Et pourtant, elle réside toujours chez Stark ? Qu'en pensez-vous, les amis ? Ce doit être ça, l'amour.

Mais Stark a-t-il vraiment plaqué sa belle ? Ou bien le roi des excès cherche-t-il aussi l'excès chez ces femmes ? Selon des sources bien informées, Archer et Fairchild sont plus ou moins amantes depuis des années. Vrai ou pas ? Nous n'en savons rien, mais sur Twitter, des photos montrent le ménage à trois très intime ces derniers temps au lac Arrowhead, où Damien Stark possède un petit nid d'amour caché dans les montagnes. »

– C'est un ramassis de conneries, dis-je en rendant son iPad à Edward. Mais Jamie va être contente. Il est dit que c'est une actrice montante, après tout.

– Alors, vous n'êtes pas fâchée ? demande Monica.

– Irritée, plutôt. Je suis fatiguée que ma vie privée soit déformée dans la presse. Mais l'article en lui-même ? C'est tellement n'importe quoi que c'en est drôle.

– Eh bien, je suis tout à fait soulagée, dit-elle. Je veux dire, j'avais deviné que c'étaient des conneries, mais ça m'a quand même ébranlée. J'ai eu une rupture difficile, ajoute-t-elle.

– Je suis désolée.

– Ça a été la passion pendant longtemps, et puis il a décidé qu'il était amoureux de quelqu'un d'autre. Ah, les hommes ! ajoute-t-elle en regardant Edward avec un petit sourire pincé.

– Vous avez dû avoir de la peine.

J'essaie d'imaginer Damien me plaquant pour quelqu'un d'autre, mais je n'y arrive pas.

– Oh oui ! dit-elle. C'était comme si on m'avait déchiqueté le cœur à coups de couteau. Mais je vais bien, soupire-t-elle. Nous vivions vraiment quelque chose de spécial. Et cette autre fille ? C'est juste un caprice. Temporaire. Il me reviendra. Je le sais.

J'ai envie de lui conseiller de passer à autre chose.

Mais je me contente de sourire et de lui dire que j'espère qu'elle a raison.

J'offre un *latte* à Edward, qui m'accompagne jusqu'à mon bureau.

— Je vais ramener la limousine dès que vous serez entrée, dit-il avant de m'accompagner.

Une fois que je suis installée, il disparaît, probablement pour aller garer la limousine dans le parking et écouter son livre audio jusqu'à l'heure de mon départ.

Même si la dernière fois que j'étais dans ce bureau j'ai eu droit à des photos de moi avec mon visage rageusement barré, je parviens à abattre un peu de travail ; et je suis assez satisfaite de ma productivité quand Giselle m'appelle pour me dire qu'elle ne passera pas me montrer les échantillons de peinture aujourd'hui.

— Ce n'est pas grave. Je vais filer dans quelques heures, de toute façon.

Ce soir, je vais me détendre au Westerfield's, et Jamie et moi avons déjà prévu de passer des heures à nous concentrer sur notre garde-robe avant de décider de la tenue idéale. Si on tient compte de la vodka aromatisée que nous boirons sans aucun doute en même temps, l'activité devrait être amusante.

— Tout va bien ? je demande à Giselle.

— On ne peut mieux, roucoule-t-elle. Un client arrive. L'un de mes meilleurs.

— Faites attention à qui vous le dites. Damien n'appréciera pas de se faire souffler la première place.

Il y a un silence, puis elle baisse la voix.

— À vrai dire, c'est Damien le client en question. Mais promettez-moi que vous ne direz pas un mot. J'ai dans l'idée qu'il a l'intention de vous offrir une toile pour votre bureau.

J'éclate de rire, ravie.

– Vraiment ? Je promets que je jouerai les étonnées.

Je souris encore quand Damien m'appelle.

– Salut, dis-je. Je rentre à Malibu me préparer pour la soirée. Allons-nous dîner dehors, ou veux-tu que je soudoie Jamie pour qu'elle fasse la cuisine ?

– Pourquoi ne choisiriez-vous pas votre restaurant préféré ? C'est moi qui paie. Et je vous rejoins au club ensuite.

– Du travail ?

– Une réunion. Et j'ai l'impression qu'elle va durer.

– Ah bon ? Où seras-tu ? Nous pourrions demander à Edward d'aller te chercher quand ce sera terminé.

Je lui tends une perche, évidemment, mais il ne me dit rien de plus.

– Amusez-vous toutes les deux. Mais pas trop. Pas tant que je ne suis pas revenu, en tout cas. Et, au fait, j'ai déjà contacté le directeur du club pour des questions de sécurité, ils vont donc être particulièrement attentifs. Tu seras surveillée.

– D'accord…

Je m'y attendais.

– Et j'envoie Ryan là-bas. Je veux qu'il soit avec vous en attendant mon arrivée.

À présent, je me sens coupable.

– Le pauvre ! Il devait avoir une vie, avant de devoir traquer mes monstres.

– Il n'y a rien qu'il préfère à la traque de monstres. Et le fait que je le paie grassement rend cette activité encore plus plaisante pour lui. Fais-moi confiance, inutile de t'apitoyer sur son sort.

— OK, alors, dis-je en riant. Mais ne tarde pas trop.

Westerfield's est un endroit bruyant et amusant, avec certains des meilleurs barmen et DJ de la ville. Ollie, Jamie et moi l'avons découvert avant même que je ne fasse la connaissance de Damien ; mais nous n'y sommes allés que quelques fois depuis, et le videur qui surveille l'entrée VIP me salue lorsque j'arrive avec Jamie. Edward nous escorte jusqu'à la porte, mais il n'entre pas et retourne attendre dans la limousine.

Je porte une jupe moulante en lamé argent et un débardeur assorti, avec des talons argent de huit centimètres. Jamie est tout en noir, une teinte d'une sophistication inattendue pour elle. Cependant, le style ajoute le piment que Jamie puise habituellement dans la couleur. En gros, elle est dos nu, jusqu'aux fossettes au-dessus des fesses. Le bustier tient avec une série de lanières noires lâches qui se croisent sur ses omoplates. Il suffirait d'un simple coup de ciseaux pour que la robe tombe. Nous sommes hyper sexy, si je peux me permettre de le dire.

— Quelle allure, mademoiselle Fairchild, dit le videur quand nous passons devant lui. Et vous, mademoiselle Archer, vous allez les rendre tous fous.

— Voilà pourquoi j'adore Damien, dit Jamie alors que nous marchons dans le couloir. Il engage du personnel qui sait faire de la lèche.

J'éclate de rire alors que nous arrivons à la porte donnant sur la partie publique du club. Ryan surgit de la pénombre pour nous rejoindre. Il hoche poliment la tête, mais je vois un petit sourire quand il salue Jamie. Et, à moins que la lumière me joue des tours, il me semble voir qu'elle lui sourit en réponse.

L'inquiétude commence à bourdonner autour de moi comme une mouche insistante, et je tire sur l'une des lanières de sa robe pour qu'elle ralentisse.

– Qu'est-ce qu'il y a ? demande-t-elle.

– C'est ce que je voulais savoir justement, dis-je en jetant un coup d'œil à Ryan.

Malgré l'obscurité, je la vois rougir. Je me rappelle que Ryan est allé à la maison hier soir pour vérifier la sécurité, et je dois porter une main à mes lèvres pour ne pas hurler.

– Ne me dis pas que tu as couché avec lui, je m'exclame dès que je suis sûre de pouvoir garder mon calme.

– Je te le jure ! On a parlé. C'est un vrai gentleman. Je lui ai fait des œufs.

– Quoi ?

Elle hausse les épaules.

– Il est venu à toute vitesse à cause de cette histoire de photos de toi. Et il n'avait pas mangé. Alors je lui ai fait des œufs. Et il m'a dit que ça lui avait beaucoup plu. La prochaine fois, j'essaierai peut-être de lui préparer une gaufre. Quoi ? demande-t-elle en me regardant avec insistance.

Je me rends compte que je la dévisage, un peu stupéfaite.

– Rien. Je… je suis juste contente qu'il apprécie tes œufs.

— Enfin, qu'est-ce qu'il y a chez moi qu'on ne peut pas aimer ?

Sans attendre ma réponse, elle me sourit et le rattrape en courant. Je les suis, puis je ralentis et m'arrête, car mon téléphone sonne. Je le sors de ma pochette et vois que c'est un SMS de Giselle. Je m'empresse de le lire, espérant en savoir plus sur la toile que Damien m'a achetée. Au lieu de quoi, je regarde son texto comme s'il s'agissait de hiéroglyphes.

« Je suis désolée. Je voulais vraiment me racheter. Les choses ont dérapé. »

Je relis, mais ça reste tout aussi incompréhensible. Je l'appelle, et tombe directement sur sa messagerie.

— Qu'est-ce qui se passe ? demande Jamie quand je la rejoins.

— Je ne sais pas trop. Je te dirai plus tard.

Il y a trop de bruit dans le club pour bavarder, et de toute façon je n'en sais pas assez.

Nous sommes dans la salle principale, à quelques mètres de la piste. Je regarde autour de moi et vois Ollie et Courtney nous faire signe depuis l'autre côté. Je sais déjà que Lisa ne va finalement pas venir : elle m'a laissé un message tout à l'heure, me disant qu'elle devait se rendre à Sacramento pour son travail, mais promettant que ce n'était que partie remise.

Jamie et Ryan rejoignent Courtney et Ollie avant moi. Je prends le temps de balayer les lieux du regard à la recherche de Damien, mais il n'est pas là.

— Salut, Courtney !

Je suis sincèrement heureuse de la voir et la serre contre moi avec enthousiasme. Avec Ollie, c'est un peu plus forcé, mais nous nous détendons sur la piste. Un bon beat dansant suffit à dissiper les problèmes qu'il y a eu entre nous.

— Écoute, Nik, me dit-il une demi-heure plus tard quand nous reprenons notre souffle sur une chanson un peu plus lente, on peut discuter ?

Je me raidis, car je croyais nos histoires mises de côté pour la soirée. Mais il ne semble pas remarquer ma réaction. Il se penche pour se faire entendre.

— Je voulais juste te dire que je suis désolé. Pour les soucis que je t'ai causés avec Stark, je veux dire. (Je me recule pour le dévisager, tout autant que pour lui montrer ma surprise. Il respire un bon coup.) Je suis au courant pour les photos, Nik. Personne n'aurait dû être en possession de ça.

Il fait chaud dans le club, mais j'ai brusquement froid.

— Il ne te demande pas de t'apitoyer sur lui.

— Et je ne m'apitoie pas. C'est juste que… je ne sais pas. Je veux dire… je sais quels problèmes tu as connus quand tu étais gosse, et maintenant je sais avec quoi il a dû vivre. (Je me tends, mais je ne dis rien. Je sens qu'il n'en a pas terminé.) Je ne serai jamais un fan de Stark, mais j'ai vu comment vous étiez tous les deux, et je l'ai vraiment compris en Allemagne. Je crois que vous vous faites du bien.

Des larmes me montent dans la gorge.

— C'est le cas.

— Alors, voilà, sourit-il timidement. Ce sont mes excuses. Je ne dirai pas que je lui proposerai d'aller prendre un verre pour faire ami-ami, mais, bon…

— Merci, je chuchote en riant, soulagée.

— Tu veux boire quelque chose ?

— Non. Reste danser encore un peu avec moi.

Il sourit et nous recommençons à danser. La blessure n'est pas encore guérie, mais nous allons mieux, et ça faisait longtemps que je ne m'étais pas sentie aussi légère en présence d'Ollie.

Après quatre morceaux, je suis prête pour un verre. Et quand Courtney vient nous le proposer, nous la suivons avec empressement. Ollie est retardé par une relation professionnelle, alors nous nous retrouvons seules au bar, Courtney et moi. Je dis au barman de tout mettre sur le compte de Damien, et il le fait avec tant d'empressement que je devine que non seulement Damien a déjà demandé au personnel d'être aux petits soins pour nous mais qu'en plus, il a donné à tout le monde notre signalement. Je suis surveillée. Et protégée. Et bien que ce soit une étrange impression d'être sous le feu des projecteurs, je ne peux le nier, je me sens plus en sécurité.

Mais je ne le serai réellement que lorsque Damien arrivera et que je pourrai me glisser dans ses bras.

— Qu'est devenue cette histoire d'enterrement de vie de jeune fille ? je demande à Courtney pendant que nous attendons nos consommations.

J'ai pratiquement dû hurler pour me faire entendre, je suis sûre que je n'aurai plus de voix demain.

— Je crois que ce n'est plus à l'ordre du jour, dit-elle.
— Pourquoi ?

Je m'attends à ce qu'elle réponde que c'est trop compliqué à organiser avec ses constants déplacements, mais elle se contente de désigner la piste, où Jamie danse les bras en l'air en ondulant entre Ryan et Ollie.

— Je devrais la détester, tu sais, dit-elle sans méchanceté.

Un frisson me glace de nouveau.

— Qu'est-ce que tu veux dire, Courtney ? je demande en priant pour me tromper.

— Je ne vais pas l'épouser, dit-elle. Je ne veux pas être une femme trompée par son mari, et je ne veux pas me marier parce que je suis un bon parti. Je ne peux pas m'infliger ça. Je ne peux pas non plus le lui infliger. Nous serions malheureux au bout d'un an et divorcés au bout de deux.

— Oh ! (J'essaie de déglutir, mais j'ai la gorge sèche. Je suis choquée par ses paroles, et j'ai de la peine pour Ollie : il va savoir qu'il a déconné, et ça ne fera qu'empirer les choses. En même temps, je suis contente. J'ai beau être heureuse qu'Ollie et moi soyons rabibochés, il a merdé avec Courtney et tout ce qu'elle vient de me dire est parfaitement juste.) Quand vas-tu lui en parler ?

— Bientôt. Peut-être ce soir. J'ai juste besoin de trouver le courage. (Elle hausse les épaules.) Ce n'est pas que je ne sois pas amoureuse. C'est juste…

Elle n'achève pas, comme si elle ne savait pas très bien comment le dire.

— Ne t'inquiète pas, lui dis-je en lui prenant la main. Crois-moi, je sais.

J'ai trop bu et trop dansé, quand Damien arrive enfin au club. Les têtes se tournent, comme d'habitude, et la foule s'écarte. Il se dirige droit sur moi, et je le regarde, hypnotisée, traverser la piste, croyant à peine que ce pouvoir et cette grâce m'appartiennent. Que de toutes les personnes présentes ce soir, je suis la seule qui le verra nu. Qui sentira la chaleur de ses lèvres sur sa peau. Qui pleurera quand il s'enfoncera tout au fond de moi.

Il passe un bras autour de ma taille et m'embrasse passionnément. Je m'accroche à lui. Entre vertige et ivresse, je sens la moindre pulsation de la musique résonner en moi. Je suis en sueur, luisante, et mes vêtements me collent à la peau. Je me hausse sur la pointe des pieds pour lui murmurer à l'oreille :

— J'ai envie de toi, tout de suite.

Et je n'exagère pas. Mais nous sommes sur une piste de danse, alors je ne m'attends guère que mon souhait soit exaucé. Voilà pourquoi je suis surprise quand il m'empoigne le bras et m'entraîne vers le fond du club puis m'attire dans un petit ascenseur qu'il a appelé avec une clé magnétique.

Bien que je sois dans le brouillard, je remarque son expression préoccupée. Son regard dur. Et il ne m'a pas encore dit un seul mot.

— Damien, qu'est-ce qu'il y a ?

L'ascenseur s'ouvre et nous nous retrouvons dans un bureau. Une paroi est entièrement vitrée, je me rappelle l'avoir aperçue d'en bas. Il s'agit d'un miroir sans tain, et comme la vitre est éclairée, depuis la piste, on n'aperçoit que le reflet déformé des danseurs dans un scintillement de lumières colorées.

Mais d'en haut, on a un panorama sur tout le club.

Damien me pousse contre cette paroi, si bien que je me retrouve dos à la vitre au-dessus des danseurs. Je ne peux pas aller plus loin.

Le feu dans son regard est impossible à manquer, et

je sens l'attirance monter en moi. Je ne sais pas ce qui s'est passé ni pourquoi il a besoin de ça, mais aucune importance. Je suis à lui, et il peut me posséder de la manière qui lui plaît. Et en l'occurrence, la manière en question est brutale.

Il retrousse ma jupe et m'ôte brusquement ma petite culotte, m'arrachant un cri. Il soulève mes jambes et les enroule autour de sa taille : je suis totalement exposée. L'air sur ma chatte brûlante me fait trembler, mais le frottement de son jean sur moi quand il m'attire contre lui me fait frissonner tout entière.

Sa braguette est tendue, et j'ondule des hanches en me caressant le long de son sexe à travers l'étoffe. Je veux le sentir en moi, j'ai besoin qu'il me remplisse.

Je croise son regard et il ne dit rien, mais le désir que je lis sur son visage est aussi immense que le mien.

Je me jette littéralement sur les boutons de sa braguette puis, fascinée, regarde son sexe jaillir. J'ai envie de le toucher, de le caresser, mais je n'en ai pas le temps. Il me tient par les hanches, me soulève et m'empale sur lui si violemment et si rapidement que je retiens un hurlement.

Il me plaque de nouveau sur la vitre, et un bref instant je nous imagine tombant dans le vide, toujours unis, toujours en train de baiser, pendant que tout le monde nous regarde. Cette idée me fait encore plus mouiller.

Son regard est rivé au mien tandis que ses coups de bélier s'accélèrent. Je vois le plaisir monter dans ses yeux, et je resserre mon étreinte pour qu'il soit tout contre moi lorsqu'il basculera.

Il frémit, toujours au fond de moi, et je passe une main entre nous, pour caresser en même temps sa bite et mon clitoris, de plus en plus vite, jusqu'à ce que je jouisse moi aussi : alors je me crispe sur lui, en lui prenant les dernières vagues de l'orgasme qui continue de nous secouer tous les deux.

Enfin, nous glissons sur le sol, pantelants, encore emmêlés, dans un désordre de vêtements.

Quand je parviens de nouveau à bouger, je me redresse sur un coude pour le regarder :

— Tu peux me dire à quoi ça rimait ? je demande doucement.

Il prend mon visage dans sa main et me caresse le menton du pouce.

— Personne ne déconne avec ce qui m'appartient.

— Ce qui t'appartient ? je demande, interloquée. Tu veux parler de moi ?

Il ne répond pas, mais son regard sombre me dit tout ce que je veux savoir.

— Qu'est-ce qui s'est passé ?

— Je suis allé rendre visite à Giselle tout à l'heure. Tu ne travailleras plus avec elle.

Ses paroles me forcent à me rasseoir.

— Qu'est-ce que tu racontes ? (Je pense au SMS qu'elle m'a envoyé.) Bon sang, Damien ! Arrête de parler par énigmes et dis-moi ce qui se passe, à la fin.

Il se redresse pour pouvoir rajuster ses vêtements. Puis il se lève. Je l'imite et le rejoins devant la paroi vitrée.

— Elle était sur la vidéo du distributeur de billets. Je l'ai mise au pied du mur, et elle a avoué avoir fuité l'histoire du portrait pour obtenir de l'argent, afin de maintenir son affaire à flots après son divorce d'avec Bruce. Elle a aussi vendu l'histoire de la Ferrari et de Jamie, sans parler des conneries sur notre petit nid d'amour à Malibu.

— Quoi ? Non !

Mais au moment même où je proteste, je repense au regard de Giselle quand je lui ai dit que Jamie séjournait avec nous à Malibu. Et aux problèmes financiers qu'elle m'a dit avoir à la suite de son divorce.

Mais, surtout, je pense à son texto. C'était un aveu, je m'en rends compte à présent. Un aveu et des excuses.

— Mais c'est elle qui m'a parlé de l'article dans le *Business Journal*.

— Du camouflage, dit-il. Elle vend l'histoire et elle t'en parle. Vous êtes toutes les deux surprises, et elle passe pour innocente.

J'ai la tête qui tourne.

— Attends une seconde. C'est toi qui l'as virée ? Elle repeignait mes murs dans mon bureau. Si quelqu'un devait la virer, c'est moi.

— Je te l'ai dit. Personne ne déconne avec ce qui m'appartient.

Il y a une tension dans sa voix que j'ai rarement entendue. Et cette tension me rappelle que oui, Damien a une facette dangereuse. Un côté impitoyable qui l'a aidé à vaincre match après match au tennis dans sa jeunesse, puis à gravir tous les échelons du milieu des affaires sans le moindre effort. Ce n'est pas un homme avec qui on déconne.

Mais tout ça ne change rien au fait que ce n'est pas avec lui que Giselle a déconné. Peut-être les articles parlaient-ils de nous deux, mais c'est dans mon bureau et dans ma vie qu'elle s'est insinuée.

Damien me dévisage et voit manifestement ma colère monter.

— C'est fait, c'est du passé, dit-il.

— Comment ça, c'est fait ?

— Je lui ai expliqué que mes avocats étaient plus qu'en mesure de la noyer sous d'innombrables procès pour diffamation et atteinte à la vie privée. Et au fond, c'est une femme d'affaires, alors elle comprend que je peux faire durer les procès et qu'elle aura du mal à avoir un avocat dont les honoraires ne la mettront pas à genoux. Nous avons trouvé un accord.

— Quel genre d'accord ?

— Elle m'a cédé les droits, les titres et les intérêts de ses galeries. Elle déménage en Floride. Et bon débarras !

Je pose la main sur la vitre, comme si la fraîcheur du verre allait atténuer ma colère.

— Tu n'as pas à mener mes combats, Damien.

— Je t'aime, Nikki. Je me battrai toujours pour toi.

Ses paroles sont lourdes de sens et débordantes de passion. Elles me renversent et me coupent le souffle.

— Tu m'aimes, je répète sottement.

— Désespérément, dit-il.

Je retiens mes larmes.

— Tu ne l'as pas dit. Depuis des semaines.

Il ferme les yeux comme si mes paroles l'avaient blessé. Quand il les rouvre, je n'y lis pas de la peine, mais de l'amour. Il m'attire contre lui. Je m'appuie sur lui et respire son odeur de savon et de sexe. Un parfum dans lequel j'ai envie de me perdre.

— Je t'aime, Nikki, répète-t-il. Je le dis par chacun de mes gestes, de mes regards. À chaque souffle. Je t'aime. Je t'aime tant que c'en est parfois douloureux.

— Moi aussi. (Je frôle ses lèvres d'un baiser, puis je souris.) Mais tu ne peux pas me protéger de tout, Damien. Et sûrement pas en me dissimulant des choses. Tu aurais dû me parler de Giselle. Bon sang ! Qui sait ce que tu me caches d'autre ? Alors arrête, d'accord ? Ça ne me protège pas, ça ne fait que me mettre en rogne.

— D'accord, dit-il calmement. (Je me dis que c'est tout, mais il continue.) C'est Sofia qui a envoyé les photos.

Je suis forcée de me repasser mentalement les paroles : ce qu'il me dit n'a aucun sens.

— Les photos en Allemagne… c'est Sofia qui les a envoyées au tribunal ? Je ne comprends pas. Pourquoi ? Comment le sais-tu ? Tu lui as parlé ?

Il retourne au centre de la pièce. Il fait les cent pas, non comme un homme qui essaie de résoudre un problème, mais comme celui qui connaît déjà la réponse et n'en est pas enchanté.

— J'ai découvert une incohérence dans l'un des comptes de mon père. De petites sommes virées sur un compte auquel je n'ai pas accès. Un peu plus de cent mille dollars, et hier j'ai appris que cet argent avait été versé à Sofia.

Je ne lui demande pas comment il sait tout ça s'il n'a pas accès au compte. Je ne doute pas que Damien Stark puisse accéder à toute information, à condition de payer le prix.

— Pourquoi ton père aurait-il envoyé tout cet argent à Sofia ?

— Pour payer son témoignage. Il voulait qu'elle témoigne concernant les abus, pour la même raison que tu me demandais de témoigner. Mais il n'était pas au courant des photos. Elle a dû les trouver dans les affaires de Richter. Elle les a prises, les a envoyées au tribunal, a attendu de voir si c'était efficace, puis elle a utilisé l'argent pour quitter l'Europe.

— Comment tu sais tout ça ?

— Après avoir appris pour les virements, j'ai eu une autre petite conversation avec mon cher vieux père. Il me l'a dit.

— Et tu le crois ?

— Oui.

J'acquiesce lentement, m'efforçant de digérer toutes ces informations.

— Il sait où elle est, à présent ?

— Il dit que non… et avant que tu me le demandes, je le crois aussi. Sofia n'a jamais apprécié mon père. Je la vois bien prendre l'argent, mais pas rester en contact.

— Très bien. Je comprends que tu sois encore inquiet pour elle, mais ça veut dire que tu peux cesser de craindre que les photos soient livrées aux tabloïds. Sofia ne les vendra pas, n'est-ce pas ?

— Non, dit-il avec plus d'emphase que je ne l'aurais pensé. Je suis certain qu'elle ne laissera jamais personne voir ces images.

— C'est donc une bonne nouvelle. Tu finiras par la retrouver. Elle réapparaît toujours, non ?

— En effet, et j'ai peut-être déjà une piste. J'ai retrouvé la trace de David et de son groupe. Ils ont quitté Shanghai et sont arrivés à Chicago. J'ai eu David au téléphone. Il m'a dit qu'il n'a pas vu Sofia, mais je ne le crois pas. Je pense qu'un petit tête-à-tête devrait l'aider à retrouver la mémoire.

– Quand pars-tu ?

– Demain matin.

Il a cessé d'arpenter la pièce comme un lion en cage. Je prends ses mains dans les miennes.

– Combien de temps seras-tu parti ?

– Avec un peu de chance, je serai rentré pour le dîner.

– Et si tu n'as pas de chance ?

– Espérons que j'en aie…

Chapitre 21

Comme Jamie veut aller chercher quelques affaires à notre appartement, elle part en voiture avec Edward et moi. L'idée est de me déposer à mon bureau, puis ils iront à l'appartement. Ensuite, Edward la ramènera à Malibu avant de revenir m'attendre à Sherman Oaks. Pendant son absence, je promets de rester dans mon bureau, à l'abri derrière la protection de l'efficace réceptionniste.

Ce n'est pas très commode, certes, mais comme nous ne savons pas qui me harcèle de textos, Damien a insisté pour que j'accepte des gardes du corps. Cependant, je suis si impatiente que ce soit fini que je serais prête à dire oui à Damien même s'il me proposait d'aller vivre pendant un an dans l'Antarctique.

Nous passons chez Starbucks en chemin, surtout pour prendre des cafés, mais aussi parce que je veux présenter Jamie à Monica. Comme elle n'est pas là, nous prenons nos *latte* et allons à mon bureau. Je fais visiter les lieux à Jamie, ce qui prend douze secondes, mais je suis ravie de l'entendre piailler qu'elle est toute fière de moi.

— Si Damien n'est pas rentré de Chicago ce soir, tu veux louer un film ? je demande quand elle s'en va.

— Avec plaisir. Et s'il est rentré ?

— Dans ce cas, j'aurai d'autres projets, dis-je avec un sourire coquin.

Je m'installe à mon bureau tandis qu'elle lève les yeux au ciel et s'en va. Il me faut une dizaine de minutes pour trier mes e-mails et m'occuper de questions administratives. Je termine de coder l'une de mes apps, puis je télécharge la nouvelle version. Ensuite, je me penche sur mon application en ligne : c'est un système multi-plateformes et multi-utilisateurs de prise de notes que Damien a déjà l'intention de licencer par le biais de Stark International dès que j'aurai terminé les tests de la bêta. Avant, je dois terminer de l'écrire pour vraiment me lancer dans les tests.

Je suis si concentrée que je sursaute quand l'Inter-phone bipe.

— Oui ?

— Une Monica Karts demande à vous voir.

— Oh ! (En fait, je suis un peu irritée par l'interruption. Je n'ai jamais vu Monica en dehors du Starbucks, et ça me paraît un peu étrange qu'elle vienne ici sans prévenir. Cela dit, je n'ai pas encore beaucoup de relations dans les environs et je l'apprécie. Et comme Damien est en déplacement, je peux toujours travailler tard et rattraper le temps perdu.) Dites-lui d'entrer.

— J'adore ! s'exclame Monica en arrivant. Votre bureau rien qu'à vous. C'est trop cool.

— Que se passe-t-il ? Tout va bien ?

— Oh, zut ! Je ne voulais pas débarquer comme si vous n'aviez rien de mieux à faire, je vous assure. J'ai fait faire des portraits et je voulais vraiment vous les montrer aujourd'hui… Mais je ne vous ai pas vue ce matin chez Starbucks. Ça ne vous embête pas ?

— Bien sûr que non, dis-je, souriant devant son enthousiasme.

Elle se laisse tomber dans le fauteuil face à mon bureau et me tend l'enveloppe.

— Allez-y. Jetez un œil.

Je me rembrunis, car sa voix sonne différemment. Ce que j'ai pris pour un accent de la côte Est me paraît maintenant nettement plus britannique.

Mes réflexions sur sa voix s'envolent immédiatement à la vue de la première photo. Ce n'est pas un portrait, et en la sortant entre le pouce et l'index, je me sens immédiatement glacée. Je dois me retenir pour ne pas vomir.

— Magnifique, hein ? Mais j'imagine que vous le savez. Allez, continuez… Sortez-les toutes.

Mes mains tremblent et je me rends compte que je tiens encore l'enveloppe et la photo. Je tressaille et les lâche brusquement, comme si elles m'avaient brûlée.

La photo est tombée face à moi, et bien que je m'efforce de ne pas regarder, impossible d'effacer ce que j'ai déjà vu. *Damien.* À onze ou douze ans. Et une fille, le visage caché, qui doit être plus jeune. Il n'y a pas qu'eux, mais je ne veux pas y penser. C'est déjà suffisamment affreux d'avoir en tête une image de ces enfants, unis dans quelque perversion d'un acte d'adultes. Je ne veux pas penser aux autres choses que j'ai vues dans le lit avec eux. Des jouets, du cuir et des gadgets dont aucun enfant n'a besoin de connaître l'existence et encore moins besoin d'utiliser.

Et je ne veux pas penser au miroir accroché à la tête du lit et qui reflète l'image de l'homme derrière l'appareil-photo – un adulte nu, en érection, une main sur son pénis et l'autre tenant l'appareil. *Richter.*

– Je vous ai dit de toutes les sortir.

Sa voix, glaciale, semble venir de très loin. Je me rends compte que je suis en état de choc. Mais je ne sais pas comment en sortir.

Comme je ne bouge pas, elle s'empare de l'enveloppe et fait tomber une douzaine de photos sur mon bureau.

– Il y a une vidéo aussi. Mais nous n'allons pas nous en occuper tout de suite.

J'essaie de ne pas regarder, mais je vois bien que tous les clichés sont du même acabit, et paraissent plus dépravés les uns que les autres.

Elle se penche par-dessus le bureau et frappe les photos de l'index.

– Il est à moi, dit-elle. Il a toujours été à moi.

– À vous, je répète bêtement, essayant de m'extraire de ce brouillard. Vous êtes Sofia…

Elle se renfonce dans le fauteuil et opine d'un air approbateur.

– Bravo !

– Et c'est vous, sur ces photos ?

Elle acquiesce.

Tout semble se dérouler au ralenti. Je suis parfaitement consciente de l'air, de ma respiration. Du moindre mouvement et du son le plus infime. Tout est assourdissant et étranger ; je veux sortir de ce cauchemar.

Damien m'a dit qu'il ne voulait pas que je voie ces photos… Et bien que j'aie le cœur brisé pour le garçonnet qu'il était et l'enfance qui lui a été volée, je ne peux qu'être d'accord. Je ne veux pas de ces images dans mon bureau, et encore moins dans ma tête.

— Pourquoi me montrez-vous ça ? je demande.

— Parce que vous devez comprendre qu'il est à moi. Vous n'existez pas du tout pour lui. Pas réellement. Il s'est sacrifié pour *moi*. Il a tué pour *moi*.

— Tué pour vous ? je répète, interloquée.

Elle cligne de ses grands yeux bruns.

— Mon père, dit-elle sans émotion. Damien l'a tué pour me protéger. Demandez-lui si vous ne me croyez pas. On ne peut effacer un tel acte, Nikki. Vous êtes intelligente. Vous devriez le savoir.

— Comment m'avez-vous fait parvenir la première lettre ? Celle d'avant le procès, avec le cachet de la poste de Los Angeles ?

Son sourire s'agrandit lentement.

— Vous voyez ? Je savais que vous étiez intelligente. J'ai des amis dans le monde entier. J'ai envoyé une enveloppe, demandé qu'ils la postent. Rien de plus simple.

— Cette histoire que vous m'avez racontée sur Jamie et le Rooftop. C'était vrai ?

— Parce que sinon, je suis une sacrée actrice ? Non. Il faut apprendre à être patient, dans le genre d'endroits où j'ai vécu. J'attends, j'observe et je planifie. (Soudain, comme métamorphosée, elle bafouille…) Il m'a parlé de toi, tu sais. (Je reste assise à la regarder, m'efforçant de réfléchir. De trouver le moyen de partir d'ici avant que le fusible qui commence à fondre chez cette fille cède et que nous finissions toutes les deux blessées dans l'explosion.) Oh oui ! continue-t-elle. Il est venu me voir il n'y a pas si longtemps. Il a fait tout le chemin jusqu'à Londres. Il m'a dit avoir fait la connaissance de quelqu'un qui s'était battu contre la souffrance. Qui s'était tailladé et avait gagné la bataille. Il ne m'a pas dit qu'il la baisait ou que c'était toi, mais ça n'a pas été difficile à comprendre.

Mon esprit fonctionne trop lentement. *Il doit y avoir un moyen de s'échapper*, me dis-je. Mais c'est comme si la réponse était voilée par un brouillard obscur et impénétrable.

Elle se tripote une peau de l'ongle avec une grimace.

– Je t'avais déjà vue dans les tabloïds, entre-temps, évidemment, et je lui en voulais énormément. Une autre fille dans son lit, je me suis dit. Une autre fille, mais celle qu'il désire vraiment, c'est moi. Puis il m'a parlé des entailles, et là j'ai compris la vérité. Cette fois, il avait une vraie raison pour baiser une bonne femme. (Elle me regarde droit dans les yeux.) Il te présentait comme un exemple pour moi. Il pense que je suis amochée par ce que mon père m'a fait, mais il se trompe. Je sais comment changer ça. (Elle hausse les épaules.) Mais c'est tout ce que tu es pour lui, tu sais. Une pierre sur le chemin qui mène à moi. Une démonstration que je dois suivre pour me ressaisir et pouvoir être avec lui. Il m'aime. Il m'a toujours aimée. Et j'étais la première. Alors il faut que tu dégages.

Dégager ? Le mot me fait sursauter et je comprends qu'elle n'est pas venue me faire du mal. Non, elle joue un tout autre jeu.

— Vous voulez que je rompe avec Damien, dis-je d'un ton égal, alors qu'intérieurement j'exulte.

Je peux me tirer de cette situation. Je peux faire mine d'accepter. Je peux filer d'ici. Loin d'elle, rejoindre la Stark Tower. Il va revenir bientôt de Chicago, et il saura quoi faire. Comment s'occuper d'elle.

— Non, répond-elle. C'est toi qui vas rompre avec Damien ! Parce que, tu sais… si tu ne le fais pas, ce que je divulguerai à la presse l'anéantira. Et n'est-ce pas exactement ça, l'amour, Nikki ? Ne s'agit-il pas de protéger ceux que l'on aime ? Exactement comme Damien m'a protégée de mon père.

Le froid qui avait commencé à se dissiper revient.

— Vous ne rendriez pas ces photos publiques.

— Pourquoi pas ? demande-t-elle, désinvolte. Si encore on pouvait voir que c'est moi. Mais seul Damien peut être identifié dessus.

— Pourquoi pas ? je répète. Parce que vous êtes là à me dire que vous l'aimez. Et ça, ça l'anéantirait.

— C'est toi qui l'anéantis. Qui l'éloigne de moi. Si tu ne lui rends pas sa liberté, je n'aurai pas le choix. Comment tu peux ne pas le voir ? (Elle prend une profonde inspiration, puis déclare d'un ton guilleret :) Eh bien, je pense que tout est clair. (Elle se lève et désigne les photos étalées sur le bureau.) Tu peux les garder. En souvenir. Ah ! et j'ai oublié ça, dit-elle en sortant un petit étui en cuir de son sac à main. Je comprends que cette situation soit difficile pour toi, vraiment. Alors je me suis dit que ça t'aiderait. (Elle pose l'étui sur le coin du bureau puis remet son sac en bandoulière.) Et ne t'avise pas d'appeler ton garde du corps. Les amis dont je t'ai parlé ? Je leur ai dit d'envoyer les photos à la presse si je ne revenais pas, si j'étais arrêtée ou une connerie de ce genre. (Elle me refait son grand sourire.) Ne le prends

pas personnellement. J'aime juste faire les choses pro-
prement.

Sur ce, elle sort, me laissant pétrifiée derrière mon
bureau, le regard fixé sur un amas de photos qui ont le
pouvoir d'anéantir l'homme que j'aime.

Je suis pétrifiée, me dis-je.

C'est pour ça que je ne peux pas bouger. Que je suis
glacée, complètement glacée.

Mais je ne *veux* pas bouger. Je veux rester assise ici
pour l'éternité. Je ne veux pas voir le monde extérieur.
Il est détruit. C'est un monde vain. Vide et désolé.

Comment pourrait-il en être autrement, maintenant
que la bulle a éclaté et que les cauchemars s'y sont
insinués ?

Je ne veux pas voir, et pourtant je ne peux m'empêcher de regarder la photo sur le dessus. *Damien.* Son beau
visage déformé par une grimace qui pourrait être autant
de plaisir que de douleur. La fille, les jambes écartées,
la tête renversée en arrière, les reins cambrés dans une
parodie de la passion. Impossible de l'identifier, mais je
ne doute pas un instant qu'il s'agisse de Sofia.

« Il est à moi. Il a tué pour moi. Il est à moi. »

Avec une violence qui me surprend, je me lève brusquement, et d'un geste large je balaie photos, crayons
et papiers de ma table. Il ne reste plus que le petit étui
posé au coin, dont le cuir luit sous les rayons du soleil
de l'après-midi. Des reflets de voitures qui passent font
chatoyer la lumière, clignotant sur l'inoffensif étui. Je le
fixe, hypnotisée, comme si c'était un message. Comme
si cette lumière m'appelait, me pressait d'approcher,

essayait de m'enfermer dans ce nouvel enfer où je viens d'entrer.

J'entends un son étrange quand je m'empare de l'étui et je me rends compte que c'est moi qui ai gémi. Une partie de moi ne veut pas savoir, mais l'autre est trop curieuse pour obéir. Je fais glisser la fermeture Éclair, puis je fixe avec horreur l'assortiment scintillant de bistouris anciens.

Une vague de reconnaissance déferle sur moi, si puissante qu'elle me renverse presque.

Oui. Dieu merci, oui !

Mais la raison me revient et je recule, horrifiée. Et quand je me retrouve contre le mur, alors seulement je me rends compte que je tiens encore l'étui à la main.

Fais-le.

Mes doigts se crispent sur l'étui et je contemple les lames.

J'ai besoin de faire ça. J'en ai besoin.

Lentement, comme une somnambule, je retourne à mon fauteuil. Je m'y assieds. J'écarte les jambes. Je retrousse ma jupe. Puis j'applique la pointe de l'une de ces magnifiques lames scintillantes sur ma cuisse. Immédiatement, j'inspire une goulée d'air lorsqu'une goutte de sang apparaît sous la lame. Je frémis, fascinée. Je n'avais pas l'intention de me couper, mais la lame est si tranchante, si parfaite qu'un simple contact a suffi à me faire saigner. Que faire, à présent ? Un petit coup rapide au poignet ? Une lente entaille délibérée ? Les deux sont délicieusement tentants. Les deux apaiseraient le tourbillon de glace et de terreur qui brûle en moi.

Fais-le.

Fais-le, fais-le, fais-le.

J'appuie plus fort et je sens l'acier glacé sur ma chair tiède. Je pousse un gémissement d'extase… puis je jette le bistouri de l'autre côté de la pièce en hurlant un « Non ! » qui résonne. Le bistouri heurte le mur et tombe à terre avec un petit bruit métallique. Je ramasse l'étui et le balance à son tour, puis je me lève d'un bond, renverse le fauteuil d'un coup de pied, arrache un tiroir et donne un coup de poing dans le mur. J'ai envie de démolir cet endroit, moi, tout. Je veux me perdre dans le chaos.

Je veux la douleur.

Je veux m'échapper.

Je veux Damien. Oh, mon Dieu ! Je veux Damien…

Puis je m'effondre sur le sol, roulée en boule, et je pleure.

*

* *

Edward n'est pas revenu de Malibu quand je sors de mon bureau. J'appelle un taxi, puis j'émerge dans le vif soleil, surprise de découvrir que la Terre continue de tourner, et les gens de vaquer à leurs occupations. Ne comprennent-ils pas que le monde s'est arrêté ?

J'ai l'impression d'être une somnambule. Et quand j'arrive à la Stark Tower, j'entre par les portes du rez-de-chaussée puis avance dans un brouillard jusqu'au comptoir de la réception. Je passe devant les gardes et j'entends Joe m'appeler :

— Mademoiselle Fairchild, tout va bien ? Vous n'avez pas l'air dans votre assiette.

Je ne suis pas du tout dans mon assiette, mais je ne prends pas la peine de lui répondre.

Comme j'ai ma propre carte, à présent, j'appelle l'ascenseur privé. Je monte, sans aucun autre projet que de me glisser dans le lit pour m'y endormir en attendant son retour de Chicago. Je veux être proche de lui encore un peu. Respirer son odeur.

Je veux me fabriquer un souvenir de lui, car je vais me sacrifier pour le sauver.

J'ai passé ces dernières heures à réfléchir à la question, et je ne vois aucune autre solution. Je ne peux pas parler à Damien de la menace de Sofia. Sinon, il risque de la laisser faire. Il serait peut-être capable de la laisser rendre ces photos publiques en croyant me protéger. Mais j'étais en Allemagne avec lui, et je l'ai vu craquer. Et maintenant que j'ai découvert ces photos, je suis encore plus certaine que les voir s'étaler dans les journaux l'anéantirait. Et chaque fois qu'il me regarderait, il lirait en moi la cause de cette intrusion dans sa vie. Même s'il pouvait se sortir de cet inévitable abîme, ce serait un obstacle entre nous. Et je préfère partir maintenant plutôt que de voir notre relation fracassée par un truc aussi immonde que ces photos.

Je pourrais aller à la police, mais en quoi cela m'aiderait-il ? Plus de gens encore connaîtraient l'existence de ces clichés et le risque qu'ils soient divulgués grandirait d'autant.

Même si je pouvais lui en parler, à quoi ça servirait ? Pourrait-il convaincre Sofia de ne pas les rendre publiques ? Peut-être. Mais alors il vivrait avec cette épée de Damoclès suspendue au-dessus de sa tête jusqu'à la fin de ses jours, et je ne veux pas de ça, ni pour lui ni pour nous.

D'ailleurs, essaierait-il même de la convaincre ? Ou bien ferait-il le nécessaire pour éliminer une menace ? Si Sofia a dit vrai, il a tué Richter pour la protéger. Éliminerait-il Sofia pour se protéger ? Me protéger ? Protéger notre relation ?

Franchement, je n'en sais rien. Et à vrai dire, ça me terrifie.

Aussi ferai-je ce qui est mon devoir. Je vais mettre fin à notre histoire. Et ensuite, Dieu sait comment, j'essaierai de survivre.

L'ascenseur s'arrête, et j'essuie rapidement les larmes qui m'ont échappé au cas où il y aurait quelqu'un du personnel dans l'appartement. Les portes s'ouvrent et j'entre. Je pose mon sac à main sur la banquette qui entoure l'arrangement floral, puis j'entre dans le salon.

Je m'immobilise aussitôt. Damien, assis par terre, est occupé à sortir un cadre d'une caisse de transport renforcée.

— Eh bien, bonjour, dit-il avec un grand sourire. Apparemment, j'ai droit à deux cadeaux, aujourd'hui.

Je retiens mon souffle, reconnaissant l'image à l'infime portion qui dépasse. C'est la photo en noir et blanc des montagnes au coucher de soleil. Pétrifiée, je le regarde la sortir, la contempler d'un air approbateur et lire l'inscription au dos, calligraphiée au-dessus de la signature de l'artiste : « Pour Damien, le soleil ne se couchera jamais sur notre amour. Éternellement tienne, Nikki. »

Je dois lutter pour ne pas éclater en sanglots.

— C'est magnifique, me dit-il. (Il pose le cadre contre le dossier du canapé et vient vers moi, le front soucieux.) Quelque chose ne va pas ?

— Comment était Chicago ? je demande, retardant l'inévitable.

— Productif. (Il prend ma main et me fait passer de l'autre côté du canapé.) J'ai réussi à convaincre David de me parler. Il reconnaît que Sofia ne peut pas être livrée à elle-même. Elle a trop de problèmes, et sans son traitement… (Il n'achève pas. Je ne prends pas la peine de lui dire que je suis au courant. Et que je suis tout à fait d'accord.) David lui a laissé son appartement ici. Elle n'y est pas, je suis allé voir, mais je sais quel nom elle utilise, ce n'est donc qu'une question de temps.

— Quel nom est-ce ?

— Monica Karts. Le nom de famille est une anagramme.

— Je sais. Il m'a fallu un moment, mais j'ai deviné.

— Un moment ? Je viens de te le dire.

— Non. C'est elle qui me l'a dit. Je la connais depuis un certain temps déjà. Juste comme ça. C'est une fille avec qui je bavardais au Starbucks à côté de mon bureau.

Il se lève d'un bond, mais je le rattrape et le fais rasseoir.

— Attends. Il faut que je te dise quelque chose, et vite. C'est pour ça je suis venue. Alors je t'en prie, laisse-moi aller au bout. D'accord ?

Je vois qu'il est inquiet, et j'en ai le cœur brisé. Mais je me répète que je n'ai pas le choix. J'ai passé toutes les possibilités en revue, et je ne vois tout bonnement aucune autre solution qui ne conduise pas à l'anéantissement de Damien.

Pendant si longtemps, c'est lui qui m'a protégée. Cette fois, c'est à moi de faire le nécessaire pour le protéger.

Je respire un bon coup, pour me donner du courage et tenter d'apaiser mes tremblements. J'ai l'estomac retourné et je suis certaine que je vais vomir. Je me retiens. Il faut que je le fasse. *Je le dois.* J'imagine que je garde solidement ce bistouri entre mes doigts puis, avec ce que je dois considérer comme une cruelle ironie, je serre encore plus fort la main de Damien en luttant contre mon désir de prendre cette lame. De m'infliger de la douleur.

— Je ne peux plus continuer, je réussis à dire. Je ne peux plus vivre avec les secrets, les demi-vérités et les dissimulations.

Je vois son regard bouleversé puis peiné, et mon cœur se serre.

— Qu'est-ce que tu racontes ? dit-il.

— Sofia. Elle était sur ces photos, et tu ne me l'as pas dit. Richter a abusé de vous ensemble, et tu ne me l'as pas dit. Et tu as vraiment tué Richter, Damien. Tu l'as tué pour la protéger.

Je ne le regarde pas. Pas question qu'il voie que je ne lui reproche rien.

— Tout ce que je t'ai raconté sur cette nuit-là était vrai, dit-il. J'ai seulement laissé de côté la raison de la dispute.

— Sofia.

— Il allait commencer à la livrer à d'autres, dit-il d'une voix rauque. Ce salaud allait prostituer sa propre fille.

— Je vois, dis-je calmement, malgré mon sang que je sens se figer. Mais cela ne change… ne change rien. (J'aimerais qu'une solution me vienne du ciel. Qu'une bulle magique apparaisse et nous emporte. Mais rien n'arrive. Il n'y a que la froide et dure réalité.) Ce que je t'ai dit est sincère. Je ne peux plus, je ne peux plus continuer. (Je poursuis mon mensonge, car il est nécessaire. Il a le pouvoir de sauver Damien, même s'il me déchire.) Je ne peux pas vivre en sachant que d'autres secrets attendent, je continue, récitant le discours que j'ai préparé. Je ne peux pas continuer de faire comme si ces ombres ne me gênaient pas.

— Nikki…

Il a parlé avec sang-froid, mais il me semble percevoir sa panique et j'ai le cœur serré. Je meurs d'envie de le prendre dans mes bras, de le sentir m'enlacer.

Je me lève, redoutant de céder si je ne m'en vais pas au plus vite. Et je ne peux pas risquer de détruire Damien, alors que j'ai le pouvoir de le sauver.

— Je dois partir. Je… Pardonne-moi. (Je tourne les talons et me hâte vers l'ascenseur, mais il ne me laisse pas faire. Il m'empoigne par le coude et je me dégage brusquement.) Bon sang, Damien, mais lâche-moi !

— Nous devons discuter.

Le choc apparent qui semblait l'accabler quelques instants auparavant s'est changé en une fureur brutale. Je la vois qui monte dans son regard, prête à exploser malgré la peur, la peine et l'incompréhension.

— Il n'y a rien à discuter. Tout est un secret avec toi. Tout est un défi. Tout est un jeu. Ces trucs avec Sofia. Les conneries que tu m'as sorties à propos de Lisa.

C'est à la fois facile et difficile de dire tout ça. Facile, parce que c'est vrai. Difficile parce que même si ses zones d'ombre me rendent folle, je les ai acceptés comme faisant partie de l'homme que j'aime. Et voilà que je chamboule tout, que je renverse la situation pour pouvoir fuir.

Mais j'y suis forcée. Il faut juste que je n'oublie pas, je dois le faire.

— Bon sang Nikki ! Ne viens pas ici me balancer ça en imaginant que je vais accepter sans broncher et me dire que c'est réglé. Je t'aime. Je ne te laisserai pas quitter cette pièce.

Son regard blessé me scrute, et je sais que je dois partir. M'enfuir avant qu'il discerne la vérité sous cette montagne de mensonges.

— Je t'aime aussi, dis-je, parce que c'est la seule vérité que j'aie prononcée depuis mon entrée chez lui. Mais, parfois, l'amour ne suffit pas.

Je vois combien il est bouleversé, et je tourne les talons pour me hâter vers l'ascenseur. Cette fois, il ne me rattrape pas. Et je ne sais pas si je dois être soulagée ou avoir le cœur brisé.

Je monte dans l'ascenseur, le menton levé et les yeux secs. Puis, alors que les portes se referment, je vois Damien tomber à genoux, son visage devenu un masque de douleur, d'horreur et de chagrin.

Je me laisse glisser le long de la paroi polie et, enfin, je cède aux violents sanglots qui me secouent.

Chapitre 22

Je garde les bistouris de Sofia, et chaque fois que Damien m'appelle je serre dans ma main le manche cylindrique du plus gros et me force à ne pas répondre. Je me répète que je ne peux pas le rappeler, même si sa voix et son contact me manquent. Puis, dans le silence qui suit les sonneries, je fixe la lame luisante en me demandant pourquoi je ne le fais pas. Pourquoi je ne me sers pas de cette lame pour libérer toutes ces conneries ignobles et violentes qui bouillonnent en moi.

Cependant, je lutte. Je me force à ne pas me taillader.

Mais je ne sais plus pourquoi je lutte, et j'ai affreusement peur que la force me manque et qu'un jour j'appuie la lame sur ma peau, que je cède à l'appel de la chair qui demande à souffrir. J'ai peur d'y être contrainte, car c'est le seul moyen pour moi de vivre sans Damien.

Je ne suis pas allée à mon bureau depuis plus de deux semaines. Au début, Damien m'appelait cinq fois par jour. Puis il est descendu à quatre appels quotidiens, puis à trois. À présent, les coups de téléphone ont cessé, et l'appel de la lame se fait de plus en plus pressant.

Je sais que Jamie et Ollie se font du souci pour moi. Pas besoin d'être grand clerc pour le savoir, ils me l'ont dit.

— Il faut que tu sortes, me dit Jamie un après-midi alors que je suis sur mon lit, fixant sans les voir les coupures de journaux et souvenirs que je comptais utiliser pour le *scrapbook* de Damien. Juste au coin de la rue. Pour prendre un verre. (Je secoue la tête.) Bon sang ! Nicholas, tu m'inquiètes.

Je lève le nez et, ce faisant, je vois mon reflet. J'ai le teint gris et de grands cernes sous les yeux. Mes cheveux sales pendouillent. Je ne me reconnais pas.

— Je m'inquiète aussi pour moi, dis-je.

— Bon Dieu, Nik ! s'exclame-t-elle d'un ton angoissé en venant s'asseoir près de moi. Tu me fais vraiment peur. Je ne sais pas quoi faire, là. Dis-moi ce dont tu as besoin.

Mais je ne peux pas. Car ce dont j'ai besoin, je ne peux pas l'avoir.

Ce dont j'ai besoin, c'est Damien.

— Tu as fait ce qu'il fallait, murmure-t-elle.

Je leur ai raconté, à elle et à Ollie, la vérité sur ce que j'ai fait et la raison de ma rupture. Je ne pouvais plus garder le secret. Je n'ai pas dit à Evelyn que nous avions rompu, mais elle l'a appris. Je n'ai pas pris ses appels. J'ai trop peur de ce qu'elle va dire.

— Mais Nik, continue Jamie, maintenant, il faut que tu acceptes de guérir.

— J'ai besoin de temps. Le temps panse les plaies, n'est-ce pas ?

— Je ne sais pas. Je le croyais, mais maintenant je ne sais plus.

J'ignore combien de jours ont passé quand Ollie vient me voir dans ma chambre en faisant une drôle de tête.

— Allez ! dit-il en me prenant le bras pour me faire lever.

— Qu'est-ce que…

— On va aller se promener.

— Non, je réponds en me dégageant.

— Bien sûr que si. (Il prend une casquette sur une étagère, me la visse sur le crâne, puis m'entraîne vers la porte.) À l'épicerie du coin. Une glace. Et je t'y porterai, s'il le faut.

Je suis debout et j'acquiesce. Je n'ai pas envie de sortir affronter le monde, mais je ne tiens pas à me battre non plus. Et peut-être que ça me fera du bien, même si je n'y crois pas vraiment.

— Tu as merdé, Nikki, dit-il dès que nous sommes sur le trottoir.

Je ne le regarde pas. Je n'ai pas envie d'entendre ça. Je sais que j'ai bien fait. J'en suis certaine. Et la vérité est la seule chose qui m'ait aidée à survivre.

— Je l'ai vu, tu sais. (Là, il éveille mon attention.) Je suis allé chez lui avec Maynard hier. Il a laissé passer trop de rendez-vous et il y avait des trucs à régler. À signer. La vie et les affaires continuent. Mais, Nikki, pas Damien. Il est anéanti. Merde ! je crois qu'il est dans un état pire que le tien.

Je garde la tête baissée et continue de marcher, mais chaque pas me fait mal. Chaque seconde où je fais souffrir Damien me blesse.

— Je ne veux pas entendre ça, je chuchote.

— Parle-lui, au moins. Va le voir. Bon sang, Nikki, bats-toi !

Là, je suis forcée de m'arrêter. De me tourner vers lui. Et ma colère monte tellement qu'elle chasse la douleur.

— Bon Dieu ! Ollie, mais tu ne piges pas ? Je lutte. Je me bats tous les jours pour ne pas courir le voir. Je me bats parce que je l'aime. Et c'est pour ça que je ne peux pas le voir dans cet état. Tu as vu comment il était en Allemagne, juste parce que quelques personnes avaient vu les photos. Si ces photos sont divulguées au monde entier, il sera anéanti.

— Mais Nik, dit Ollie d'un ton lugubre. Il l'est déjà.

*
* *

Le lendemain matin, je prends mon téléphone. Les paroles d'Ollie m'ont marquée. Ce nuage noir pèse sur moi depuis trop longtemps. La tentation de la lame est trop suave.

Je ne peux plus le supporter.

— Stark International, dit la voix de Sylvia, haute et claire.

— Je… Oh ! j'ai dû me tromper. Je croyais avoir appelé le portable de Damien.

— Mademoiselle Fairchild… (Elle abandonne le ton professionnel pour un ton plus gentil, presque triste, même.) Il fait suivre ses appels personnels à son bureau.

— Ah ? Où est-il ? Je peux appeler directement la maison, l'appartement ou ailleurs.

Maintenant que j'ai trouvé le courage d'appeler, je suis déterminée à le faire. Je ne sais pas vraiment ce

que j'ai l'intention de dire – je n'ai pas réfléchi jusque-
là – mais j'ai besoin de lui parler. D'entendre sa voix.

– Je suis désolée, mademoiselle Fairchild. Je ne sais
pas où il est. Il est parti hier. Sans laisser de numéro ni
d'adresse. Il a dit qu'il quittait le pays. Qu'il avait besoin
de temps.

Je ferme les yeux et me laisse tomber sur le lit.

– Je vois. S'il… S'il appelle, pouvez-vous lui demander de me téléphoner ?

– Je le ferai. Ce sera la première chose que je lui
dirai.

Durant les semaines qui suivent, je suis à l'affût du
moindre ragot. Je traîne sur les sites Web, Twitter et
Facebook, partout où je pense pouvoir trouver des informations sur Damien. Je ne trouve rien. À part la presse
qui spécule sur les raisons de notre rupture.

Je n'ai rien trouvé non plus sur Sofia. Je ne sais donc
pas si Damien l'a localisée et ramenée à Londres, ou si
elle est encore à Los Angeles. Comme je connais
Damien, je sais qu'ils ne sont pas ensemble. Mais je
m'inquiète de la réaction de Sofia quand sa frustration
de ne pas avoir pu récupérer Damien atteindra le seuil
critique.

Le samedi suivant, Jamie est déterminée à me sortir
de mes idées noires.

– Pop-corn et *Arsenic et vieilles dentelles*, dit-elle en désignant le canapé d'un doigt autoritaire. Je prépare le
pop-corn pendant que tu prépares le film.

Je ne discute pas. J'allume la télévision, puis je fouille
dans la corbeille des DVD pendant que passent les infos
locales. Je m'apprête à glisser le disque dans l'appareil,
quand je me fige.

Le visage de Damien occupe tout l'écran, avec des exemplaires floutés des photos qui ne me sont que trop familières. Je me rends compte que j'ai porté la main à ma bouche, et je crains de vomir. Je me lève, fais quelques pas, puis me rassieds. Il me faut faire quelque chose, n'importe quoi... mais je ne sais pas quoi.

— Oh, mon Dieu ! s'exclame Jamie en entrant.

Je me retourne et croise son regard.

— Je n'en reviens pas qu'elle l'ait fait. Je refuse de croire que cette salope a quand même envoyé les photos à la presse.

— Damien doit être dans tous ses états. (Je hoche la tête et sors mon téléphone.) Je croyais qu'il était parti.

Je ne prête pas attention à elle et je croise les doigts, espérant qu'il ne fait plus suivre ses appels.

Mais c'est Mme Peters, son assistante du week-end, qui répond.

— Je suis désolée, mademoiselle Fairchild. Nous n'avons pas de nouvelles de lui depuis des semaines.

— Mais les informations... Il... il est en ville ?

— Je ne sais pas. J'aimerais bien, dit-elle doucement.

— Qu'est-ce que tu veux faire de plus ? demande Jamie quand j'ai raccroché.

— Je n'en sais rien.

Je fais les cent pas dans la pièce, essayant de réfléchir à l'endroit où il peut être. Il faut que je le trouve. J'imagine à quel point il doit être anéanti, et je ne peux supporter l'idée qu'il souffre tout seul dans cette épreuve. Soudain, je me rappelle. Je prends mon téléphone et me tourne vers Jamie.

— C'est bon, dis-je. Je sais comment le trouver.

Le problème avec l'application de localisation de téléphone, c'est qu'elle indique un emplacement trop général pour être utile. Alors, je me retrouve à errer dans les environs de la jetée de Santa Monica. Je suis heureuse, si contente qu'il soit de retour à Los Angeles, mais plus que frustrée de ne pouvoir le trouver.

Je me dis qu'il est peut-être à la grande roue, puisqu'il m'a emmenée y faire un tour une fois ; mais quand j'arrive, pas de Damien. Je m'aventure jusqu'au bout de la jetée, inspecte la moindre boutique, fais le tour de tous les manèges.

Impossible de le trouver.

Frustrée, j'ôte mes tongs et commence à arpenter la plage, mais un quart d'heure plus tard, je n'ai toujours pas plus de résultats. Je traverse la plage en direction du parking et commence à repartir vers le sud, cette fois le long de la rue. Il n'y a pas beaucoup de monde dehors, et tous commencent à rentrer. Je peux scruter les environs à la recherche d'une personne ayant la démarche, la silhouette et les cheveux noirs de Damien.

Je ne le vois pas.

Mais je vois sa Jeep.

Du moins, c'est ce qu'il me semble. Alors, tout en murmurant une prière, je traverse le parking en courant pour gagner le Grand Cherokee noir garé dans un coin à l'écart. Je colle mon visage à la vitre pour regarder à l'intérieur, et j'ai un pincement au cœur. C'est bien celle de Damien, son téléphone est posé sur le tableau de bord.

À présent, il ne me reste plus qu'à attendre ici.

Il s'écoule une bonne heure avant qu'il ne revienne. Je le vois qui remonte de la plage, désespérément sexy avec son jean délavé et son T-shirt blanc. Je sens l'instant où il me voit. Sa démarche parfaite se fait hésitante, puis il s'arrête. Je ne peux pas voir ses yeux dans la pénombre et à cette distance, mais je sais qu'il me regarde. Puis il reprend son chemin avec les mêmes grandes enjambées, juste un petit peu plus vite, comme si maintenant il avait un endroit où aller.

Il passe sous un cercle de lumière près des lampadaires du parking. Je vois sur son visage la lassitude et quelque chose d'autre, de plus dur.

Je me redresse. J'ai envie de courir vers lui, mais je me retiens car je veux le regarder encore. Le voir m'a manqué. Tout de lui m'a manqué.

Puis il est là, juste devant moi, le visage tout en angles et en lignes brisées, son œil noir accusateur, l'œil couleur ambre vide. Je retiens mon souffle, soudain effrayée. Mon cœur bat la chamade, puis j'étouffe un cri quand il m'empoigne sans ménagement et m'attire d'un coup contre lui. Sa bouche se jette sur la mienne et ses mains me broient les bras. Le baiser est violent, brutal. Une exigence et une accusation tout à la fois. Il m'écrase les lèvres, nos dents se heurtent, je sens le goût du sang. Puis il me repousse si brusquement que je me cogne à la Jeep.

— Tu es partie, dit-il. Bon sang, tu es partie ! (Des larmes ruissellent sur mon visage et j'ouvre la bouche pour m'excuser, lui dire que j'y étais obligée, que je n'avais pas le choix, mais il m'attire de nouveau contre lui, et cette fois son étreinte est douce et ses lèvres pleines de désir me goûtent et me savourent comme s'il n'arrivait pas tout à fait à croire que je sois réelle.) Nikki, dit-il en interrompant notre baiser. Nikki, oh, mon Dieu, Nikki…

Je me serre contre lui, les mains dans ses cheveux, puis je plaque de nouveau ma bouche sur la sienne. Je n'ai pas assez de lui. Ses mains glissent sur mon corps, sa bouche s'ouvre pour moi. Ma langue lutte avec la sienne. Jamais je ne serai rassasiée de Damien, et tout ce que je veux en cet instant, ce sont ces retrouvailles. Je veux m'allonger sur le goudron et le déshabiller sur-le-champ, et je me demande comment j'ai pu survivre sans lui.

Puis je me rends brusquement compte que je n'ai pas survécu. J'ai été une somnambule. Car comment pourrais-je être réellement vivante, sans Damien ?

— Pardonne-moi, dis-je. Je suis tellement désolée qu'elle ait fait ça. Je n'en reviens pas qu'elle en ait été capable. Elle m'a dit que si je rompais avec toi…

Je m'interromps. Je n'avais pas l'intention de lui avouer ça.

— Je sais, répond-il sans émotion. Ollie m'a tout dit. Il m'a raconté ce que tu avais fait, et pour quoi. (Je ne sais si je devrais gifler ou embrasser Ollie, mais cette hésitation s'envole rapidement sous les doigts de Damien. Il me caresse la joue, et ce contact familier met le feu à mon corps tout entier.) Tu es une fichue imbécile, Nikki Fairchild. Et je t'aime terriblement.

Je retiens mes larmes et me serre encore plus contre lui, savourant le lien qui nous unit et ce qu'il me procure.

Ses mains courent sur mes reins, sur mon bermuda élimé, l'arrière de mes cuisses. Je gémis, tant j'ai envie de quelque chose d'encore plus intime.

— Je crois que nous devrions monter dans la voiture.

Il ouvre la portière et nous montons. Les sièges arrière sont baissés et recouverts d'un matelas. Je lui jette un regard, amusée.

— On se la joue à la dure ?

— Je ne recherchais pas le luxe. J'ai vécu dans des motels, dans des voitures. Je suis allé partout en Europe et je n'en ai presque rien vu.

J'avale péniblement ma salive. Ollie avait raison. Damien était tout aussi brisé que moi.

— Ce soir, j'allais rouler vers le désert. J'avais envie de dormir à la belle étoile. Je me suis dit que ça me ferait peut-être du bien.

Il désigne le toit. Je ne sais pas si c'est un aménagement d'usine ou une exigence de milliardaire, mais il y a un immense toit ouvrant.

— Non, dis-je.

Je le sais, car rien ne m'aurait fait du bien. Rien, excepté Damien.

— Non, en effet, dit-il en glissant ses yeux sur moi et en tendant une main hésitante. Mon Dieu, Nikki ! Es-tu vraiment là ? (Je ne peux que hocher la tête, car si je parle, je vais sûrement me remettre à pleurer.) Dieu merci, tu m'as trouvé…

Il m'attire contre lui et j'ai l'impression d'être revenue à l'époque du lycée. Je dois avouer que ça me plaît bien.

— Je t'ai cherché pendant des heures, je m'explique enfin. Dès que j'ai vu les nouvelles. Ça va ?

Je lui caresse le visage, pensant trouver sa peau moite comme en Allemagne. Mais le Damien qui est devant moi est aussi magnifique et en pleine forme que jamais, et surtout délicieusement ravi.

— Maintenant, oui.

— Je ne comprends pas pourquoi elle a divulgué les photos.

— Ce n'est pas elle, dit-il. C'est moi.

Je me redresse, bouche bée.

— Toi ? Mais… Pourquoi ?

— Parce que je n'avais pas d'autre choix. (Il me fait rasseoir et se coule contre moi. Nos jambes sont emmêlées et il passe un bras autour de ma taille. Je me blottis contre lui et presse ma joue sur sa poitrine, pour être la plus proche possible.) J'agonisais sans toi. Quand Ollie m'a expliqué quelle décision tu avais prise, j'ai su que je devais en prendre une aussi.

— Mais les photos… C'est contre ça que tu te battais depuis le début. Cet abus, c'était pour ça que tu refusais de déposer. Tu étais prêt à aller en prison, plutôt que de dévoiler ce pan de ton passé.

— Oui, je l'étais… Mais je suis un connard arrogant, et je ne pense pas avoir jamais vraiment cru que le tribunal me condamnerait. Je ne croyais pas pouvoir te perdre. (Il me caresse le menton du pouce.) Mais je t'ai perdue quand même, Nikki, et j'ai dû prendre une décision. Et la vérité, c'est que je vais bien. Je ne dirais pas que c'est une situation idéale de voir ma vie privée exposée dans la presse et à la télévision, mais je survis. Et c'est moi qui l'ai décidé. Rien ne m'a été imposé par des avocats qui voulaient que je me défende. J'ai pris une vraie et honnête décision, en pesant d'un côté ce que j'ai et ce que je risque de perdre, et de l'autre ce que je désire. (Je secoue la tête sans comprendre.) Je veux dire que ce qui pouvait me faire souffrir davantage que ces photos, et j'ai souffert… c'était te perdre. Alors j'ai mis dans la balance mon passé et la promesse de mon avenir. (Il me frôle les lèvres d'un baiser.) Et l'avenir a gagné.

Je lui souris à travers mes larmes.

– Je suis désolée par tout ce que je t'ai dit. Ces histoires de secrets et de zones d'ombre. Il fallait que tu croies que je rompais vraiment avec toi.

– Tu as eu raison.

– Non, pas entièrement. Mais nous ne sommes pas obligés de nous disputer à ce sujet. Je sais très bien que tes secrets ne vont pas s'étaler au grand jour sous prétexte que j'ai gagné cette partie.

– Tu as sûrement raison…

Il me dévore du regard, et un petit sourire se dessine sur ses lèvres.

– Qu'est-ce qu'il y a ? je demande.

– Je suis simplement content que tu m'aies trouvé. Comment tu as fait ?

Je m'autorise un petit sourire satisfait.

– Chéri, je te retrouverai toujours.

– Je suis très heureux de l'apprendre.

Ses doigts glissent sur mon bras que découvre mon débardeur taché de peinture. J'étais trop pressée de partir à sa recherche pour me changer, même si j'ai réussi à prendre une douche la veille. Donc, je ne suis pas tout à fait répugnante. Sa main se referme sur mon sein, son pouce titille légèrement mon téton et envoie une brûlante décharge électrique le long de mon ventre jusqu'à mon sexe. Comme s'il était curieux des effets de son geste sur moi, Damien laisse descendre sa main, abandonnant mon sein pour glisser sur mon débardeur jusqu'à la ceinture de mon bermuda.

— Je veux savoir tout ce que tu as fait pendant les semaines où nous étions séparés, reprend-il. Je ne veux pas avoir l'impression d'avoir manqué un instant de notre vie commune. Mais Nikki, pour le moment, ça m'est égal. Tout ce que je veux, c'est que tu sois nue, trempée et ouverte pour moi.

Je croise son regard, j'attends un bref instant, puis j'enlève mon débardeur. Je n'ai pas mis de soutien-gorge, alors je suis seins nus.

— Tu peux t'occuper du reste tout seul, dis-je en prenant sa main et en la glissant avec la mienne dans mon short.

Comme je ne porte pas de culotte, je me plie en deux de plaisir quand ses doigts caressent mon clitoris avant de s'enfoncer en moi.

— Je crois que vous avez envie de moi, mademoiselle Fairchild.

— Désespérément, dis-je en ôtant mon bermuda.

Je m'allonge, nue, tandis qu'il se penche sur moi.

— Garde ton T-shirt, j'ordonne en m'affairant sur sa braguette. Tu as l'air d'un rebelle sexy avec.

— C'est ce que je suis, dit-il en riant. Je croyais que tu le savais.

Il enlève son jean, frôle mes lèvres d'un délicat baiser, puis me les mordille avant de glisser le long de mon cou, sur mon sein, puis de suçoter mon téton. Il l'aspire entre ses lèvres, l'agace de sa langue et glisse sa main entre mes cuisses pour caresser mon clitoris en suivant le rythme de sa bouche.

– Ta saveur me manquait, murmure-t-il. Te sentir glisser entre mes doigts me manquait. Ta peau qui tressaille quand tu es excitée. Je veux te voir jouir. Je veux t'attacher, te dérouiller les fesses et m'assurer que tu es à moi… Et tu as intérêt à ne plus me quitter. Mais pour le moment, ma chérie, je veux simplement être en toi. (Il m'enfourche, je sens le bout de sa bite qui appuie sur mon sexe et je vois le plaisir monter dans ses yeux.) Je vais te baiser maintenant, Nikki, dit-il dans un grondement sourd et rauque. À fond, et jusqu'au bout.

– Oui. Oh, s'il te plaît, oui !

J'écarte les jambes et je mouille tellement, j'ai tant envie de lui qu'il s'enfonce en moi d'un seul et unique coup. Je suis sur le dos, les mains refermées sur ses fesses, et je sens son cul ferme et ses muscles durs tandis qu'il m'assène ses coups de sexe de plus en plus violents, jusqu'à ce que je ne sois plus que sensations. Jusqu'à ce que je n'aie plus qu'une envie ; m'envoler dans l'espace en emmenant Damien avec moi.

Mon orgasme me prend par surprise. Il est si rapide et si violent que je hurle quand Damien me déchire. Je sens mon corps se crisper avidement autour de lui, puis la délicieuse tension et la pression de sa jouissance, avant qu'il s'effondre, épuisé, près de moi.

– Je t'aime, chuchote-t-il.

– Je sais. (Je jette un regard circulaire dans la Jeep et un sourire me monte aux lèvres. Je me redresse sur un coude pour contempler son beau visage, ses yeux ensommeillés et repus d'amour.) Rappelez-moi combien de milliards vous possédez, monsieur Stark ? Et vous me sautez à l'arrière d'une Jeep ? Quel manque d'élégance !

Il me fait le genre de sourire sexy destiné à me faire mouiller une fois de plus.

— Rien à foutre de mes milliards, mademoiselle Fair-child. Tout ce qui compte pour moi, c'est vous.

Chapitre 23

— Je veux que tu saches que je ne suis pas triste, dit Jamie alors que les déménageurs emportent ma commode. (À compter d'aujourd'hui, ce qui reste de mes affaires sera à Malibu et j'aurai officiellement emménagé avec Damien. Bien que j'en aie envie plus que tout, mon cœur palpite un peu, mais cette sensation me plaît.) Je suis super excitée pour nous deux, ajoute-t-elle. Mais tu l'es encore plus que moi.

Jamie a loué l'appartement pour les six mois à venir. Elle a décidé que le Texas était une idée raisonnable, mais qu'elle n'était pas encore tout à fait prête à renoncer à Los Angeles. Elle retourne donc habiter chez ses parents et, comme elle dit, « réfléchir à ses conneries ». Espérons qu'elle reviendra. Sinon, elle vendra l'appartement. Mais au moins, elle n'a pas à décider tout de suite.

Je tiens la main de Damien.

— Je ne vais pas te dire que tu vas me manquer, lui dis-je. Parce que tu vas revenir. J'en suis certaine.

— En tout cas, je viendrai me prélasser une semaine à Malibu.

— Quand tu veux, dit Damien.

Elle jette un coup d'œil à sa montre.

— Il faut que je prenne ma voiture. Je l'ai laissée au garage du coin pour qu'ils vérifient l'huile et tout. Je n'ai pas vraiment envie de me retrouver en carafe à El Paso.

— Appelle-moi ce soir, dis-je en l'étreignant.

Je m'efforce de retenir mes larmes.

— Compte sur moi.

Elle serre Damien dans ses bras aussi, et à peine est-elle partie que je me tourne vers lui, en proie à un étrange mélange de bonheur et de mélancolie.

— On peut partir aussi. Je n'ai pas besoin de traîner dans mon ancienne chambre vide par pure nostalgie.

— Elle n'est pas vide, dit-il en désignant le lit.

— Je le laisse, je lui rappelle.

Je n'ai guère besoin de lit dans les maisons de Damien, et comme Jamie a loué l'appartement meublé, les locataires n'y trouveront rien à redire.

— Pas le lit, dit-il. Le paquet posé dessus.

Je regarde avec attention et je vois une boîte blanche plate qui se confond avec la couette blanche.

— Qu'est-ce que c'est ?

— Je te suggère d'aller l'ouvrir pour le savoir.

— Rigolo, dis-je.

Je cours ouvrir le paquet. J'y trouve une carte d'Europe pliée, avec de petites vignettes colorées qui indiquent déjà Munich et Londres.

— Nous avons affronté la réalité et nous lui avons dit d'aller se faire foutre, dit Damien. À présent, je crois que nous devrions retourner dans cette bulle. Un mois. L'Europe. Une limousine. Des hôtels cinq étoiles. Et toi.

– À faire ce que tu veux, quand ça te chante ? je demande, ravie.

Il me fait un sourire complaisant.

– Ah ! chérie, tu me connais si bien.

– J'ai hâte.

– Nous pouvons y retourner pour le deuxième round plus tard. Pour le moment, je ne peux partir qu'un mois, car je dois être revenu à temps pour le gala.

– Bien sûr…

Le premier gala de charité de la Fondation Stark de l'enfance a lieu dans cinq semaines seulement. C'est la toute dernière organisation humanitaire de Damien, qui a pour mission d'aider les enfants maltraités à guérir grâce à une pratique thérapeutique du sport.

– Juste le continent ?

Il hoche la tête. Nous n'irons pas en Grande-Bretagne. Cela ne me surprend pas. Peu m'importe si je ne revois jamais Sofia. Et lui non plus n'est pas disposé à la voir. Pour le coup, le psychiatre de Sofia ne l'y autoriserait sûrement pas.

Elle a fait une overdose sur le toit du Centre de tennis Richter à West Hollywood, deux semaines après que Damien a rendu publics les abus subis dans son enfance. En raison de la date de l'overdose et de la certitude qu'elle serait découverte, le psy a considéré qu'il s'agissait d'un appel au secours, et les tribunaux ont suivi cet avis, en Californie comme en Grande-Bretagne. À présent, elle séjourne dans une clinique de désintoxication, sur injonction du tribunal, cette fois. Je pense qu'un jour Damien voudra la voir. En attendant, il continue de l'entretenir. Je ne lui en veux pas, ils ont un passé commun, si trouble soit-il.

— J'aimerais passer quelques jours en Allemagne aussi, dit Damien, dissipant le spectre de l'Angleterre qui semble planer dans la pièce. Nous n'avons pas pu visiter ce pays la dernière fois. Et puisque nous parlons d'Allemagne, ajoute-t-il en sortant une petite boîte de sa poche… Je t'ai acheté ceci avant le début du procès. Je voulais te le donner le lendemain de mon acquittement, mais j'ai été distrait.

— Je peux l'ouvrir ?

— Bien sûr, dit-il avec une drôle de lueur dans le regard.

Je découvre dans la boîte un petit écrin de velours. J'ai un pincement au cœur et des palpitations. Je me dis de ne pas me faire d'idées, tout en sortant l'écrin et en soulevant le couvercle, puis je pousse un cri à la vue du solitaire monté sur platine qui scintille dans la lumière.

Mes genoux flanchent, et je me retiens au montant de la porte.

— Damien, je chuchote, terrifiée à l'idée de faire une interprétation excessive de ce qui n'est peut-être qu'une magnifique bague. Un autre cadeau splendide. Tu l'as achetée avant le procès ?

— Je te l'ai dit. Je n'ai jamais vraiment cru que je perdrais. Le procès. Ou toi. Maintenant, je sais qu'il vaut mieux ne rien prendre pour un dû.

Ses paroles résonnent encore quand il met un genou à terre. Il me prend la main, et je frissonne. Je sens les muscles de mon visage qui s'étirent, mais je lutte : j'ai simplement trop peur pour sourire.

— Une seule femme au monde peut me mettre à genoux. Alors, dites-moi, mademoiselle Fairchild. Me ferez-vous cet immense honneur, et accepterez-vous d'être mon épouse ?

Mon sourire se libère dans une explosion de rire ravi. Je rayonne devant cet homme que j'aime tant. Et alors que je le relève pour l'étreindre, je lui dis le seul mot que je suis capable de prononcer, le seul qui compte :

— Oui.

Composition PCA
44400 – Rezé

Imprimé au Canada
Dépôt légal : novembre 2013

ISBN : 978-2-7499-2090-0
LAF 1811